我是記錄過去的詩，而你要做明天的筆。

——〈桃園的詩〉

你遺下的世界好甜好甜，害我要用淚水稀釋好多遍。

———〈奶茶半糖少甜〉

「你會希望我們來日方長，可是我，再也不敢來日方長了。」

———〈橘子掉了〉

「我一個人耗盡力氣都找不到，沒有的東西，
兩個人一起找就能找到嗎？」

———〈雪糕車〉

我願你光芒萬丈，那麼我抬頭時，
不是哪顆星星是你，星空萬里，我都可以覺得你活得很好。

——〈金枝玉葉〉

世上傷害人的人不一定明白溫柔的意義，但所有溫柔的人，都是被傷害過的。

——〈上鎖的房間〉

「我們，是不是都會幸福？」

———〈打錯了〉

人和鳥都一樣，是無法把所有東西都緊抱入擁的，
你要飛翔，就得展開雙臂。

——〈有一個姑娘〉

告別你的全世界

伊芙 *Evelyn*
著

前言

人與人都只有一次瞬間的初見，在那之後，你我都在奔往告別的路上。

這種漫長的分離幾乎綴滿了彼此人生的書頁，翻來又覆去，分開時理應像是默唸對白一樣牢記於心，每次把話說出口的須臾卻還是這麼狼狽不堪。

還是很努力的去嘗試，但世界上有很多事情是徒勞無功的——比方說「再見」這兩個字。

畢竟不是每一句再見，都能真的再次相見。總有一天你要孤身走過全世界的舞臺，遇到不同的人，與他們相遇、戀愛、吵架、重逢、又再度分開。

你會在東京的十字路口獨自徘徊，在倫敦的地下鐵中被人海淹沒，在臺北夜市中與回憶對抗。跨過山峰和大海，在說著不同語言的城市裡，終究發現世界的殘酷在於，他們給過你那麼多，以致你已攢夠世界對你的傷害，儲足他們給你的謊言，蓄滿生活予你的忍耐。跟這些故事說再見以前如此貧乏，更恐怖的是，說了再見以後好像更要一無所有。

那就讓我陪你反覆頌讀那些不同姿態的告別，那是別人拿不走的，你最後的堅強。道別時就別說「再見」了，因為大概，你與那些過去不會再見了。

人生中總有些人是與你漸行漸遠的，但這些告別大概都不是孤獨的嚮往，是在他們缺席的往後，願我們能奔向熱鬧裡頭的一個寄望。

我知道的，當這個世界向我們虛張聲勢，我們反而要勇敢去承受一切，然後伸出手，要一場溫柔的回饋。

告別他的全世界，其實離開的不只有他，還有那個因為愛他而變得遍體鱗傷的自己。他或她並非你的整個世界，只是你在閱讀這個世界時，贏得你歡笑與眼淚的一篇詩、一個故事。

告別你的全世界，願你在說出告別以後，翻到人生的終頁之前，能在屬於你的世界內繼續往前，閃閃發光。

Contents

五—告別在海洋彼岸

一——告別在臺灣

我是這小小的島嶼
與偶爾掀來巨浪的你對峙
陸地是我昂貴的部分
同是你最不需要的根
想付出些什麼
成為愛你時的安全感
多希望你也被定價
我願一擲千金
卻發現每個人都說他愛大海
並沒有人能買下大海

桃園的詩

——「我是記錄過去的詩，而你要做明天的筆。」

9069

每次當我看見這幾個數字，眼睛都會刺痛一下。那種刺痛就像是在萬紫千紅的背景中久盯著一點黑暗，最後失焦的世界終於給你想要的光，但瞳孔遲鈍得只能給一個狼狽的回應。我在復興北路的某個大樓與大樓之間的隙縫處站立，吹著夏夜熱鬧的風，終於坐上了回桃園的客運。

下班高峰期的車海隨著紅綠燈變換而匍匐前進，把我從城市的中心拉扯回到城市的邊緣。忽明忽暗的光影之間，我把頭貼在車窗上，感覺頭殼裡藏著一塊磁石，無論走得多遠，它總能把我引回那個我從未遠離的社區。我以往很感恩這種天生的雷達，它使我在街角弄巷裡玩耍迷路也能摸黑回家。但人長大以後卻十分懊惱這種植根的方向感，每當我身處繁囂都市之中，總有種格格不入的突兀感覺，揮之不去又無能為力。我習慣把這些零碎寫進簿子裡，用艱深的詞彙包裝一些掠過的不重要的景象，強行製造一種似有還無的悲傷，但實際是我對這些景物已沒有什麼感覺。人不可能一生都綴滿情感，一個作家卻不可能出版一本沒有內容的小說，這是我感到空虛又失職的地方。

窗外夜色漸漸籠罩景物，我始終盯著手中的手機，唯一的念頭是希望螢幕會自動亮起，它卻一直沉睡不醒。

這是我們說再見後的三十二分鐘又三十秒，你還是沒有一句回音。

你跟我告別的時候顯得過分疲憊，眉頭間不經意的皺褶，好像在暗示我的出現占用你太多時間。我有點不知所措，只因我已特意選擇星期五的晚上前來，本想著你翌日不用上班，可以相處久一點，也妄想過週末可以留在你家。但這只是我的奢想，當你的話語如新聞主播一樣冷靜陳述著你的觀點，我便知道我的到來不在你的計畫之內，而你必須修正。

「我還在加班，最近在趕一個專案，忙得要命，明天也要回公司。」

「嗯……」我點點頭，對你的答案不太意外。我已在前來的車程上預習了幾遍各種情況下的表情，好讓自己看起來不會那麼失望。

「你今晚早點回去吧。」你說，好像自覺這句判詞太過斬釘截鐵，於是又加上一句解釋：「下次來臺北，還是先跟我說一聲，不然我時間比較難安排。」

你說著這些話的時候，我不禁下意識地按下放在大腿上塞得滿滿的背包。那是我昨晚早早備好的行裝。但其實我想，你根本已經瞥見我的行李，只是你視若無睹而已，給了我足夠的空間後退。

整頓飯下來，在口中咀嚼的都只有沉默和澱粉質，看著出我們都在忍耐著什麼。你在忍耐我的寒酸與空洞，我在忍耐你總是瀕臨爆發的情緒。低頭攪拌著面前的蛤仔湯，想要說些什麼，卻發現話題和湯中的蛤肉一樣匱乏。突然覺得自己跟這碗湯的性質基本一樣，畢竟是免費奉上的，並非必須的選項，在這個價格反映需求的城市裡，你可能不會珍惜。

喝不完，就放著吧。

結帳前我還是瞧見了你放在檯面上的手機，屏幕上尚未被打開的訊息通知，上面是我的名字和一堆英文名詞組合而成的單句——

詩：我到了，在你公司樓下的公園等你。你工作完才找我，不趕的。

Janet: Andrew，把你的Cold Brew放在你桌上了，明天換你買給我囉。

雖然我慶幸你不只是對我的訊息已讀不回，但不只一次出現的英文名字和當中煞有介事的暗示，已經足夠讓我發揮職業病，填充剩下的故事情節。

是從什麼時候開始的呢？細膩的我開始變得乾癟。

是不是你獨自到了臺北以後開始？你總是無意間說到很多事情，我總是傾盡全力地去回應。你感冒時輕輕說一聲想吃小米南瓜粥，我便凌晨起床去煮，計好時間用保溫瓶盛著，送到你上班必經的臺北車站，你有點驚訝地匆匆接過，我再慢慢地坐客運回中壢。

然後你傳短訊給我說，你今天早上要直接去客戶公司開會，那個瓶子，其實有點礙事。

你說你突然有補假，我把研讀會和朋友聚會都推掉，滿心歡喜地期待一場約會，最後是抱著你熟睡的背影度過一天。

我的存在漸漸依賴於你的存在之上，全心想要灌溉我們的愛情，氾濫地傾倒我所有養分，你卻避過我的所有水分，包括淚水。最後我發現自己已經沒有太多可以給予，你說我的眼淚太多太煩人，可我明明這般乾涸。

那時你的名字還不叫Andrew，像你說你喜歡我名字只有一個單字一樣，你的名字也是這麼簡單直接，我愛瘋狂喚你的名字直到你笑著說我煩人。以前的我們只需一杯芒果爽便能分享所有週末的快樂。以前的我們對世界傲慢，對彼此溫婉。現在卻相反過來了，對彼此粗暴，對世界圓滑——

「別總是說以前以前，你愛的是以前的我嗎？」你聲嘶力竭地喊，那是你唯一一次失控罵我，看作美好的痕跡都瞬間變成瘡疤。

在那以後，我好像明白了，我是記錄過去的詩，而你要做明天的筆。

如果彼此青澀的模樣成了你羞恥的一頁，那麼今天還停留在楔子的我，大概參與不了你那陌生又光榮的未來。

我妄想以我之名成為你一首值得紀念的詩，卻發現我太過狂妄，你才是執筆的作者和鑒賞的讀者，哪種方式都能抹去我一切意義。也許你曾經讚美過我的名字，但如今當它隻字片語地夾雜在你優雅的英文名字旁，還是顯得多麼可笑。

我下了車，終究還是把打好的訊息傳了出去。不知道今次它要躺在你的手機屏幕裡多久才會被打開，但沒關係了，反正我不需等待。從臺北回這裡的客運，大概以後也不會常坐了。

曾經妄想寫一本有關我倆的小說，可是今天以後，發現我還是只夠能力去寫一篇詩、一首關於桃園的詩。不計平仄，毋用押韻，蕩氣迴腸的排比和蟄藏過久的伏線之後，它都只有匱乏的斷句，開首和結局都進行得這般突然。講求邏輯的人通常都看不起新穎跳脫的體裁，如同被書寫的我面對權威的你，果然不配你親手點上一個句號。

奶茶半糖少冰

——「你遺下的世界好甜好甜，害我要用淚水稀釋好多遍。」

上班的時候，往往會幻想身體裝了一個機械臂，於是能不帶情感地重複著這些動作：掏一勺果肉、添二百毫升茶湯、加一勺糖和冰，快速攪拌、放進封蓋機上膜，然後把飲料送到客人面前確認：「請問是現在喝還是外帶呢？」

我依然留在公館那書店旁的奶茶店裡面，每天拚盡全力去沖製各式各樣的飲料，每消除一張單號便有種輾壓速度的爽快感。但在無數來客之間，我最害怕看見情侶。根據累積的經驗，男方詢問女方選擇再告訴我的傳話遊戲大約需時五秒，若當中涉及女方突然想起需要少糖去冰等轉折，便要多加四秒。最後因女方責怪男方的不貼心而在隊伍前擾攘的種種關係，便會總共浪費我十秒的時間。

十秒夠我做什麼呢？夠我快速將兩杯飲料放進封蓋機裡封口，夠我挪動手指多點一個客人的單，夠我將吸管狠狠插進塑膠杯的身體。

也足夠讓我想起你。

秋天那禿掉的枝椏定是把枯萎中的劍，一旦被西風吹得綽綽晃動，便不停刺傷我帶盾的眼眶，提醒我又到了那年初遇你的這個時分。抬手調整一下鏡片，看見店內鏡子中目無表情的少女，真像個沒有感情的工作機器。街角那間快餐店已轉用輕觸式點餐機了，有時我想，要是有一天機械人終會代替人類，第一個被代替的應該是這份工作吧？不需要任何共情能力，只講求速度和精確的一個業務。

但就在這間奶茶店的店員都被換成冰冷機器人以前，還是讓我遇見了十九歲的你。記憶中那個從香港遠道而來的少年，在開學後的某個上課天用著蹩腳國語對我說：「你好，我想要一杯……豬古力奶差少冰少糖。」

尚未對時間變得敏感的我，願意用三分鐘的比手劃腳去弄清楚你想要的是巧克力奶茶少冰少糖，然後忍不住互相取笑。在我笑得顫抖的雙手裡，你接過我為你沖製的第一杯奶茶。

其實在這一個匯聚了各地學生的大學商區，這場交流都普通得算不上是一場邂逅。什麼「彼岸而來的少年碰見了住在這小島上的少女」的此等句子，寫在PTT的留言板上都會被吐槽矯情。但在你喝了一口飲料後，竟然主動問我名字，等我下班，讓我覺得，也許生活裡所有平平無奇的描述都能發展出心動的含義。比如後來你說，正是我傻傻的撇唇取笑，換來你當時的臉紅心跳。

來自八百公里外的你，外表與我認識過的寶島男生相差無幾，卻擁有截然不同的內在。我也曾經嘗試和其他人約會，但他們都不像你，不像你會溫柔的替我按著電梯門扉，不像你會嘮叨我的衣著，不像你會擔心我的健康，不像你會仔細計畫未來，更不像你會看進我的眼，毫無保留的說我起歡你。

「是『喜歡』，不是『起歡』啦，笨蛋。」我哭笑不得地糾正。

還是很想念那些連錯誤發音都成為我們心動契機的時刻，甚至連彼此之間的誤會都能信手拈來，化作一個個甜蜜的話題和玩笑。你曾經煞有介事地對我說：「我們這個週末去吃自助餐吧。」

然後就在我穿著牛仔褲拖鞋赴約時，才發現預約的是酒店吃到飽晚餐，這次換你抿嘴取笑我的大驚小怪：「酒店的buffet不就是自助餐嗎？」

又有一次和你吵架，我抱怨說：「你真的很機車啦。」隔天看見你蹲在地上，圍著我的機車，恨不得把它拆開來研究，不悅又不明地問：「我跟它，哪裡像了？」

是很有趣的，大概是那種貼在PTT上便能引起共鳴衝到白爆的笑料。只是我不曾預料，那些替我們製造美好回憶的差異，後來真的成了我們無可挽救的差距。

偶然和朋友說起我和你分開的理由，反思良久也只能給出這樣一個總結：「大概是，他想要永遠新鮮偉大的愛情，而我想要一直冰鮮持久的愛情吧。」

當你在這小島生活了好幾年後，當你能正確唸出每個發音而毋用糾正，當你明白了國語甚至臺語字詞的各種隱喻，當你熟悉在這裡生活的每項技巧要訣，當你把視線放在更宏偉的未來而對我說——畢業後就要回香港以後，你對我，大概也失去了愛情的新鮮感吧？

愛情其實就是種口味般的東西。喜歡甜的人某天突然說要戒糖，不吃香菜的人試過了就發現其實自己很愛。但不管是哪種口味，有能力的人總會追求新鮮，無能力的人會講求方便。匱乏的我沒有什麼有趣靈魂或亮眼的能力讓個性保持鮮豔，偏偏當初就是這份純粹讓你感到新鮮吧？你說過我像礦泉水，但我知道這是「普通」的一個婉轉比喻。沒有選擇時你自然需要純水，但當你有能力時便不愛飲水，因為它無味，因為它免費，因為它毫不神秘。

你只有在渴得不能忍受時才會想喝純水。

「不能為我留下來嗎？」所以這樣的挽留，我沒說。「又或者，我跟你走？」這樣的問題，我也沒問。我們甚至沒有正式說分手，只是在你安排好所有回去香港的細節後，默默讓「順其自然」成為我們逃避分手的藉口。

我們分隔的兩地沒有時差，於是沒有回音的訊息，不能卸責於時間。彼此沒有勇氣，所以未說出口的別離，不能歸咎任何一方無情。真奇怪，說喜歡時的你信誓旦旦，最後卻拖拖拉拉的說不出一句道別。而我容忍你的拖沓，每天在只有十坪的奶茶店內，我會懷疑八百公里外的你還會不會記得我，像當某個客人點中當天你點過的巧克力奶茶少冰少糖時，在這幾百分之一的機率之中，我會想起你。

你和我只有一個半小時的飛行距離，比我去高雄的需時還要短，那為什麼不遠不短的距離能一下子把你從小島送到高山，害我用力踮起腳尖，還是不能窺見一個有你的明天。

直至我在你的社交網站中，看見了她刻意留下的足跡，原來早在我們分開之前，你們已處心積慮地計畫開始。你從我的人生默默退場，是為了在她的舞臺上閃耀登場。

根本距離不是理由，愛才是。

屬於你的未來也許光芒萬丈，可惜你的未來裡並沒有我。原來一個男人最有同情心的時候，就在他要欺騙你的時候；一個女人最有同情心的時候，卻在她甘願被你欺騙的時候。前者是無數次用沉默回應我的你，後者是不斷為你尋找藉口的我。

你真的給了我好多溫柔，讓我最後選擇自己的去與留。

*

今天有很多對情侶前來，很多女生都選擇半糖的口味，不知是不是受近來生酮飲食的風潮影響。我總是不明白那些為著我店的招牌奶茶而來，卻又執意地要把美味減半的人。

就像曾經的你，點奶茶也一定要點半糖少冰，並霸道地說我也要一樣：「不能喝這麼甜的，你們臺灣女生都喝太甜了。也不能喝太多冰的，對身體會不好。」

當初我應該矯正你並說：不，這就是臺灣的味道，這就是我的味道，請別肆意拆減甜度，然後把這種淡然無味歸咎於我——你要喜歡我，便要喜歡完完整整的我，包括我的優點和缺點，你不能擷取所有讓你覺得新鮮的底蘊，被時間和淚水混合以後，又說它成了杯底令你厭惡的殘渣。

分開以後，我沒有哭，沒有恨你，甚至大方到在網上祝福你。我要你面對我的慷慨時感到內疚，被你自以為是的溫柔反噬，我也能溫柔，誰不懂溫柔呢？口裡說著為你好的假象，心裡卻沒有你的在場。靈魂和肉體不一定要同步，人與奶茶店的商品一樣，都應該在照片前列一句「圖片僅供參考」。

掏一勺可可粉、半勺奶粉，添一百五十毫升清水和茶湯、再加一勺糖漿和冰，快速攪拌、放進封蓋機封口。我用吸管刺穿保護膜，這是一杯完美的巧克力奶茶。店長說巧克力奶茶明天便會在全臺下架了，不禁感到有點慶幸，你再也不能重溫這種美味，卻又後知後覺地發現，你應該已經不稀罕這小島的味道。

我拿著世上最後一杯出自我手的全糖巧克力奶茶，希望充沛的糖分能蓋過你留下的那種半甜帶苦的味度，那是你留在我身上的最後一道關聯。喝上一口，嗯，好難喝，糖漿若不稀釋便無法入口，你的愛若一經掩蓋便淡薄得不能擁有。

你遺下的世界還是好甜好甜，害我要用淚水稀釋好多遍。

真討厭說「臺灣最美的風景是人」的那些人，也厭倦所有把這當成避風港口的過客。這小島真的很小，承受不了你們踏遍青草，再帶著綠意離去。原來「彼岸而來的少年，碰見了住在這小島上的少女」是真的，下一句也是真的——那個遠途而來的少年沒有在這裡生根的理由，自然沒有衝動，要和這裡的少女長相廝守。

橘子掉了

——「你會希望我們來日方長，可是我，再也不敢來日方長了。」

（一）

莊詩涵第一次遇見那個人是在十六歲的秋天，他穿著筆挺的暗紋格子西服，端著高挑個子一步一步往臺上前進。木底皮鞋敲打著同樣材質的地板，喀咯喀咯的踏地聲隔著精準拍子呼喚所有人的注意。那個人轉過身來，臺下的人看到他架著一副銀色半框眼鏡，蓬鬆的黑髮有點長，髮梢稍稍遮蓋了他的眼睛，眼睛有點水亮，像是黑暗裡泛光的珍珠，藏著深邃光芒。

禮堂內唯一的窗打開著，引著那年九月早上八時的光和微風經過。第一縷陽光先是打在他臉上，柔和了他分明的輪廓。他略薄的嘴唇剛好落在光與影的分界線，看似冷漠，張開口卻是厚醇帶磁性的嗓子。他說了一大篇演說，多年後的今天莊詩涵都忘記了許多，但還是記得他最後擺正了鼻梁上的眼鏡，對所有人說：

「我希望你們珍惜高中這三年，這是你們最後能跟著別人指導而行的時光。你還能彷徨無知，你還能一頭霧水，接著三年後依依不捨地離開這裡，戰戰兢兢地步入社會。但如果你已經決定了奮鬥，為自己想做的事花費青春，不循別人的路，不馬虎了事，那麼恭喜你，未來是屬於你們的。願你帶頭離開這裡時，能毫不留戀，奔往明天。」

他淡淡地說完最後一句，掌聲便如泉湧出，淹沒了麥克風裡殘餘的回音。

詩涵這才發現他不是什麼學長或委員，是老師代表，向他們這群新入學的高一生發表講話。她遠遠地打量著這個年輕的老師，覺得他外表看起來帶點高冷，說的話和那些老頭子有點不一樣，卻也沒放在心上。

第一次和他說話，剛好是在同一天。他出現在她教室門前，當著半班女同學的尖叫聲和傾慕的眼光下走到黑板前寫下自己的名字——李廷。

他說他教數學科，是他們的班主任。李廷抓了抓鼻子，半帶笑意地說知道大家都是年輕人，怕麻煩，所以也別為大家互添麻煩了。他開的作業不會太多，幾乎很少，遲交不會罰大家留校但是要交雙倍，期末考前會劃重點給大家但別向副校長打小報告——這下惹得全班都笑了。然後他也笑了笑，說好吧大家是第一天上學誰也選不了誰，他來抽一個人當班長。

突然李廷望向詩涵，她沒反應過來，也愣住看著他，下一秒他說：「就你吧。」他看了看制服上的名字，便往記事本上記下「莊詩涵」三個字。詩涵傻了，啥？為什麼是她？

「因為你是唯一一個還在直視我的。」他頭也不抬地說，像是會讀心術般的落下判詞。

——你梅杜莎還是佛地魔？不能看啊？詩涵不忿地想。

那年校園後方有棵橘子樹，位置隱蔽又潮溼，學生們討厭蚊蟲所以都不太往那邊走。有好幾次在換教室的間隙中，詩涵從走廊往下看，竟瞧見李廷在橘子樹下午睡。倚著樹幹的身影旁放著一疊疊作業本，驟眼看，他似是一位在樹下批改作業時閉目養神的老師，實際上卻是用作業本來掩飾小休。李廷膚色過於白皙，以文青風的標準來說是帶了點柔弱氣質的白，可偏偏他又長得高大，整個人站在身旁時總給人一種無形的存在感，絲毫沒有弱不禁風的氛圍。

當他躺在樹下，就像是一個靜止的雕像淋浴在光影中，融和了周圍的花草錦簇。詩涵看得有點著迷，同時在心嘀咕著為什麼有老師會如此明目張膽的偷懶。這個老師好像挺愛在規矩的底線上貼邊行走，誰也拿他沒辦法。

接下來數天，她也碰見他在橘子樹下睡覺，這就像是一個小秘密，詩涵沒跟誰提起過。有一次班上的同學看見莊班長在走廊上徘徊，好奇想要走過來，詩涵也是連忙扯開話題拉著她離開，沒讓其他人發現李廷在那睡覺的事。

莊詩涵以優等生的身分頗受老師和同學喜歡，她成績優異，模樣清秀，美術造詣不錯，幾乎是同班同學羨慕的對象。但只有她知道，十六歲的她在這個陌生的校園裡遊走，還未來得及擁有什麼，就只獨占了這一個人的風景。於是她不想與人分享，即便那個人是一個帥帥的佛地魔，而佛地魔也不知道自己的片刻正被她占有。

有一次李廷如常在樹下小睡，詩涵從二樓看見副校長正往他那邊走，不禁為他焦急起來，沒想太多，便立即拿起手上作業本，撕了一頁紙，再從筆袋拿出橡皮擦用紙包著朝他砸了過去——竟然一下命中。看著他突然被砸醒坐正身子，四周張望，詩涵立刻嚇得立即蹲下不讓他發現，又忍不住摀著嘴巴暗笑起來，她終於看到這位老師意料不及的模樣。

*

開學數月，作為班長的詩涵經常要到教員室找李廷遞交各種通告作業，這成了無數次機會，讓詩涵近距離窺看李廷教室外的模樣，以及他私下工作的地方。只是李廷的辦公桌上實在是乾淨得一塵不染，也讓她看不了什麼。一般老師的辦公桌上少不免都會放些相框、小裝飾什麼，可他的桌上就只有少量文具、一堆等待批改的作業，和學校的通訊文件等等，沒有其他多餘的痕跡，好像這個人隨時都能收拾包袱離開似的。這個念頭讓詩涵感到有點失落。

「你前幾天交的作業本，為何缺了一頁了？」在詩涵站著觀察之際，李廷突然沒頭沒腦地問。

詩涵有一刻腦袋發麻，想到那天「空襲」他的事，只好默不作聲，同時腦海裡不斷想著有什麼藉口能為自己開脫：「那是我弟弟頑皮，在我做作業時胡鬧撕下來玩的。」

「喔，你弟弟幾歲？」

「……十歲。」

「十歲還會玩作業本啊，你弟太好學了吧？」他抿著唇笑了起來，詩涵抬頭看著他。

這是她頭一回近距離地看進他的眼珠子裡，看見他的瞳孔是淺咖啡色的，帶著黑色的紋路，像琥珀一樣神秘。李廷目不轉睛地看著她，絲毫沒有放過她的意思。

莊詩涵突然察覺到，他總是喜歡神色自若地打量別人，或是透過問一些摸不著邊的問題來套別人的話，像是直接得到答案真的是太過無聊了，要從這種迂迴的對話裡得到擊潰對方的蛛絲馬跡。不知為何，她實在很討厭他這種裝大人的語氣。雖然他明明就是成年人，起碼相對她而言是一個不折不扣的大人。可是自打從第一眼看見李廷，詩涵便覺得他不應該是如此篤定正經的模樣——好像她總能感覺到他骨子裡的輕狂，是和十六歲的她有點重疊的輕狂。

她別過頭，不說話，在他的注視下愈想愈覺得委屈，明明不是自己的錯，此刻卻像是在被李廷盤問似的，想著想著，竟紅了眼眶。

「喂，你……」李廷有點意外地道。

下一秒，她只拋下一句：「作業交了，我先走了。」不待他的回應，便匆匆離去。

一週以後詩涵收到發還下來的數學作業本，裡面夾了一張皺巴巴的紙，正是當天她向李廷拋過去的那張缺頁。她迫不及待地把它翻過來，上面除了幾題批改了的數題外，還多了些陌生又工整的字跡——

二樓的偷窺者：

對不起，

還有謝謝你。

(二)

高一升高二的那個暑假，詩涵被喚去外婆家裡的麵包店裡幫忙看店。她會答應是因為早在高一的時候便發現了一個秘密——李廷原來和她住在同一個社區內，並會在每天早上踢著拖鞋，遛著他家的小柴犬下樓買早餐。

詩涵第一次在自家店裡碰見李廷時，她有點尷尬，可她意外地發現，李廷也有點不自在。這是他們第一次在校園以外的地方碰面。詩涵因為家就在樓上，只穿了T恤和短褲。李廷也是普通的背心短褲加拖鞋，露出毛茸茸的雙腿。兩個人看著彼此簡約得近乎邋遢的裝扮，沉默了五秒後也忍不住取笑起對方來。

仔細看，此刻的李廷沒打扮也沒整理髮型，頭髮蓬蓬鬆鬆的，比較像一個大學生或是研究生。即便是猛烈的太陽天，他還是一點也沒被曬黑，白淨脖子上青色的血管若隱若現，連接下去是起伏分明的鎖骨，詩涵不禁看得有點臉紅。

「班長，暑假作業都做好了？」不知此刻正被人窺看的李廷睡眼惺忪地問。

經過高一整年的相處，莊班長已經習慣了李老師這種挑事般的語氣，於是立即小翻了一個白眼：「這是十七歲前最後一個暑假，如此風光明媚的一個夏日，等待著我的是陽光、海灘和青春！某某老師竟然第一句就追交功課，你說這樣的老師是不是挺討人厭的？」

李廷看這丫頭活潑又語帶諷刺，後悔當初沒多發幾疊數學題給她做功課，能讓她看不見七月的太陽，自然也嘗不出青春什麼滋味。他眨了眨眼睛：「是挺惹人厭的。」然後又若有所思地問：「莊詩涵，我是不是你最討厭的一個老師？」

這次換詩涵不懂如何反應，眼前這個人總是不按理出牌，她只好低聲說：「不能說討厭吧。」

「但也不能說喜歡是吧，唉，虧我春風化雨，這年頭為人師表真艱難呀。」他咬著剛出爐的麵包，明黠地笑了笑，揮揮手便走了。

詩涵當下滋生出半點反叛心態，如果她說「喜歡」，那他一貫的舉棋若定是不是會被她打亂一下？但她終究沒說出口，除了是沒有勇氣，也不知道自己對他的那種注視是不是世俗定義的喜歡。

十七歲的莊詩涵能確定一件事──她只是很重視很重視李廷這個人，重視到願意把他的話都放在心上，他叮囑過的事、教導過的知識，她都不想忘記。這樣的感覺就算說出口，也大多會被他視作玩笑。她覺得發生在她身上的所有事情都能讓他指點、讓他一笑置之，因為他是老師，他有很多時候都是對的。但由心而發的感情，多簡單粗糙也好，都禁不起成年人用紅字批改、抑或是用玩笑對待。

要是說正值芳華的她能說出什麼大道理，便是愈年輕的情感，愈要仔細輕放。剛萌芽的情感脆弱得很，她沒有灌溉的勇氣，也容不得別人胡亂用一把沙塵把它掩蓋。

＊

高二那年李廷不再是詩涵的班主任，也不再是她的數學老師，卻誤打誤撞的成了詩涵所屬的美術社團的負責老師。

根據某天李廷在她家買早餐時的說法，副校長嚴格規定每個老師都要負責一個社團，李廷覺得美術社是全校最樂得輕鬆的社團——不會有學生受傷、社員大多是女生也不太會打架，也不用帶團出征參加什麼聯校比賽，如此輕鬆的活兒真是不接白不接。莊詩涵覺得自己的社團好像被他說成一個廢咖集中營，但畢竟能看見他的時間是少了許多，兩人能剩下這麼一個聯繫，對她來說始終是個慰藉。

寒假結束後，一切的課堂和社團活動恢復正常步伐。放學後詩涵留在美術室畫藝術週要展覽的水彩畫。李廷看著端坐著他面前的背影，少女的頭髮長了，已經要束成一條馬尾，時間過得有點快，日子的痕跡還是可見的。他猶豫了一下要不要問，最終還是選擇了開口：「你明年便要學測了吧，想報哪間大學？」

詩涵正沉迷於作畫中，不加多想便直說：「還沒決定呢，爸媽可能想我去政大吧。」

「為什麼？」

「沒為什麼，我對大學沒什麼概念，我爸是政大畢業的，他好像說過想我進政大。」

李廷眉頭一皺：「你父母和你一點關係也沒有吧，你有自己的路要走。」

他站了起來，大步走到她面前：「你要是沒有勇氣決定，我可以陪你跟你父母溝通。老師我雖然看起來不太可靠，但讓自己的學生不走他們不想走的路，這種事我還是會盡力辦到的。」

接下來李廷什麼話也沒說，教室裡突然被一股窒息的空氣包圍，詩涵屏息靜氣，幾乎能聽到自己的心跳。

最終還是李廷打破了沉默。他嘆了一口氣，轉身拉開椅子坐到她身邊。他有點不自在，在腦海中不斷選擇措辭，然後索性閉上眼，用手指捏了捏一直皺著的眉頭。

「做小孩最不公平的點在於，大人們常對你說有很多事情你不試過，便沒有資格去批評。」

他睜開眼睛，別開頭遠看著窗外那棵橘子樹：「可是小孩還是有權選擇自己去嘗試什麼、想要什麼的。更何況，我不覺得你還是小孩了。」

詩涵望向他的側面，只有他跟她如此正經討論的時候，她才真的感覺他是年長許多的一個。沒有那些跳躍的語調、摸不著頭腦的想法，他只是在理性地指導她應該要做的事情，好像他已經經歷過那些走錯了的後果似的。她不禁想像十七歲時的李廷，是否也曾在迷茫之中徘徊：「老師還在嘗試嗎？還是已經安穩地找到自己想要的東西了。」

「誰知道呢，我可能明天就辭職了，反正這教職薪水也不多，但要操心的事情可多了。」他沒心沒肺地說，又回復了那種滿不在乎的語調。修長的五指托著頭，雙眸半垂，長長的睫毛連著影子，眼底裡像是醞釀了許多零碎的情緒：「但想了想，還是多等幾年吧。」

詩涵當然想問為什麼，但話挪到了嘴邊卻不知如何盤出。她從以前就想像這個人會說走就走，只是一想到這樣便十分無力。

「如果你走了，我想我還是會想你的，老師。」

「我也是呀，班長。」

詩涵看著他淺淺的笑容，突然覺得他的一句「班長」有點礙耳。她其實已經不再是他的班長了，但正如詩涵沒勇氣直呼李廷的名字一樣，彼此的名字之間，隔著一個恰到好處的稱謂。也是這個稱謂讓他們恰到好處地相遇、恰到好處地交談。這個稱謂就是舞臺上最好的面具，給了他們光明正大地交集的理由——例如讓二十七歲的他能靜靜地躺在樹下，看十七歲的她匆匆走過數年初夏。

（三）

高三那年，李廷還是經常肆無忌憚地在橘子樹下午睡。詩涵問過他，為什麼他能睡了三年也沒被人發覺，李廷十分得意地說：「聰明如我當然會看過教室時間表，知道什麼時間全校老師都在上課，在最安全的時間才睡覺。」

經過這些年詩涵長進了，張口就問：「那為什麼你總在我們班換教室時睡覺？」

李廷苦笑了一下，頓覺自己已經說不過眼前這個丫頭了。

九月還未過完，學生會那邊突然傳出一個消息──那棵校園後方的橘子樹，明年好像要被砍了，來騰空位置給校方作新的校園規劃。

詩涵心裡一震，想去找李廷確認消息真偽。剛好碰見李廷在橘子樹下看書，詩涵試探地問道，怎料他眼也不抬就說沒錯，還說施工日期初步定在明年暑假。

「沒有了這棵樹，老師你明年要去哪裡偷懶？」

「不知道，找一個沒有人偷看的地方睡覺吧。」李廷琥珀般的眼睛斜瞟著詩涵，帶點嘆息：「不過大概會偷看的人也不在了。」

詩涵心快跳了一下，她一直覺得他領先自己許多，但到了高三她才意識到，終究會離開的人是自己，相反李廷才是被困住、被迫停下來的那個。想到這裡，她便好想伸出雙手抱抱李廷。明明是這麼不留痕跡的一個人，他卻讓大部分痕跡都刻在了詩涵心上。她知道李廷有多麼倔強，如果他不想讓人親近，旁人是半分也靠近不了他的。可是他卻沒有切斷他們之間的各種瓜葛，那是不是代表他在等待和她並肩的一天？

「老師，如果我考上了臺藝大，你能答應我一個願望嗎？」眼中掩不過希望，詩涵拿出了最大的勇氣去問。她直視李廷，清澈的眼眸不容任何人忽視。

李廷從書中抬頭，此刻九月的秋風就像當年的微風，吹拂他的臉頰，頭頂上的樹葉開始染黃，他若有所感地看著詩涵，覺得當年的風帶了她來，又好像快要送走她了。他突然像認了命什麼似地，沒有作聲。兩個人其實湊得非常近，要是在以往他肯定會拉開距離，可是如今他發現女孩走得愈來愈快了，他預想中的距離好像已不是他所能控制的。而大概總有一天，她要越過他，他說不清自己是不是在害怕那天的到來。

「嗯，待這橘子熟了的時候，我和你交換一個願望吧。」

那年的莊詩涵就憑著這樣一個念想，捱過了準備學測的那幾個月埋首考題和術科考試的日子。白天在學校複習考古題，晚上在家裡練習術考的繪畫技法，日夜幾乎是不用休息的在運轉腦袋和雙手。美術老師給她很高的評價，說她應該是最早一批拿到錄取的考生。可是就在術考前幾天，同學們紛紛討論說，橘子樹再過幾個星期就要被砍了，是校長和副校長昨天臨時決定的。

詩涵一整晚埋首於畫作之中，沒有怎樣休息，一早返校便聽見此事，覺得簡直不可理喻。這群所謂的「大人」說決定一切，讓她守規則守約定，自己卻不按約定行事，計畫什麼的說變就變。她最後一絲的理性也終於崩潰，轉過頭拔腳跑出教室。

李廷在走廊瞧見她飛快的身影，幾乎是看到她的瞬間便猜到她想幹什麼，一把抓著她，不讓她衝進教員室。他拽著她的袖子拉到一間空置的雜物室，李廷啪一聲地關上門，用背擋著門，雙手扶著詩涵的雙肩，生怕她又衝動要跑出去。陽光透過抽風扇的空隙穿透灑下幾縷光柱，瞬間照得整間狹小的房間塵埃飛揚。只見他們挨得極近，氣息幾乎交纏。

詩涵哭紅了眼睛，她哽咽著抬頭看著李廷，委屈直說：

「老師，沒有了橘子樹，你知道我的願望是什麼嗎？」

「你……」李廷知道再也不能含糊過去，他看不得她流淚，他以前就差點弄哭過她一次，那時就慌了起來。他低頭伸出手，想要抹去她的淚，卻還是在碰到她臉頰之前停下來。他放開詩涵的手，神色黯淡了下來，用著他低厚的聲音勸說：「你會希望我們並肩而行，可是莊詩涵，我和你此刻並肩就是為了送你前行的，你明白嗎？」

「十八歲的你可能會希望來日方長，可是老師我，再也不敢來日方長了。」

有一種人總是能讓人篤信一切，但他亦能使人瞬間絕望。就像當李廷如此高傲的人也說他束手無策時，她便知道他試過了，可能試過很多次，用過不同的公式，但這是一道死題——她知道的，身為老師的李廷就算解不出來，也不願給出一個錯誤的答案。

(四)

李廷在假期前的最後一天工作天，看到辦公桌上放著一本單行本，就是那種最普通的、國文科做習作時會用到的單行本。身為數學老師的他其實對中文字跡是有點陌生的，可他還是在看到第一句的時候便認出來了。那個人作畫畫得甚好，寫字也是秀麗的。

老師：

有很多話其實早想跟你說，可是都沒勇氣。本想等到橘子熟了那天，待我拿到錄取信後跟你說的，可是現在橘子樹快要不在了，大概等不到我們交換願望的那天了吧。

你問過我，你是不是我最討厭的一個老師，其實是的。

我討厭你明明對什麼事都這麼冷漠，卻對我如此溫柔。

你能不能留一半的溫柔，等我長大後才給我？若是不能，那麼連最初的溫柔也別展露給我看見，因為這樣，還是小孩的我會很難過很難過。

看見你笑著喊我班長的時候難過，看見你在樹下看著我時也難過，看見你對我的眼淚無能為力時更加難過。

求之不得，卻近在咫尺，大概是最難熬的一件事了吧。

你真的是我最討厭的一個老師，因為如果你不是我的老師就好了，你會是我最喜歡的人。

我的願望其實不是什麼來日方長，我只是希望能毫不忌諱地追在你身旁，希望能直喊你的名字，希望在你偷懶午睡的時候狠狠叫醒你，希望能陪你買熱騰騰的早餐。

察覺了嗎？這明明都是現在的我力所能及的事，只是我有夠蠢的，沒去實現而已。

我的願望你都知道了，那麼老師，你的願望是什麼呢？

偷窺者

李廷看後過了良久，覺得無能為力，嘆息哽在舌根——她能用一切兇器來攻擊他，鎚子、刀，甚至拳頭也無妨，但不要寫一篇最溫柔最普通的文字，迫他細看。那鋒利的頁邊輕輕地割在指尖，他的心會痛。

但他還是親手寫上「已閱」，就像是一位老師批改週記一樣。他的短短兩字，是對她三年來所有情感的最大回應。

莊詩涵收到單行本後看見那兩字笑了，像得到老師最高的評分一樣，心滿意足。

橘子掉了，教室外的橘子還未來得及熟透，二月裡一場不合時宜的瑟瑟西風吹過，便斷了所有甘甜的願望。那天詩涵見到如此景象，把落下的橘子都拾回家去，扒了皮吃了一口，酸得她淚流滿面。詩涵的爸媽看見女兒此番模樣便說：「傻丫頭，這不是吃橘子的時節呀。」

她笑著又哭著地說是呀，終究還是時候不對——青澀的她終於姍姍來遲，早已掉到樹下的他，卻說他正在枯萎。

*

幾個月後，莊詩涵正式收到藝大的錄取通知。她學測原是考得不好的，沒想到還是透過最後面審考進了藝大。身邊的朋友都問她最後拿了什麼作品去呈交。她漠然地說就只是畫了一幅畫，沒別的。

那幅畫上有一棵開得正好的橘子樹，樹下有一個男子躺著睡覺，身旁的紙張被風吹起散落一地，春風吹過十里，回憶漫天散飛。

她想起初見畫中那個男生的那天，他穿著好看的西裝走到臺上，要她頭也不回、毫不留戀地離開這個地方。

她想起他說你要好好追尋自己的路，好像這樣幼稚的自己，是多麼值得他珍惜的一個存在，他不捨得讓她做有違理想的事。

她想起他湊在她身旁，瞇著眼笑說她畫的畫不錯。明明他不懂畫，只是個掛名的美術社團老師，可是他說她有這個天資，喜歡的話應該多畫點，她便信了。

她想他指導的事，她最後還是每件都做到了，她真是一個模範生。

每個人都說她的成績操行近乎完美，沒有人知道她幹過壞事，她喜歡過一個不能喜歡的人，她曾經想過喜歡這回事是不分對錯的，也不需那個她喜歡的人同意。擅自喜歡他就像偷偷分掉他的溫柔，甜美又新鮮，但她分到一點便不想再試了，因為她乖。她想他完好無缺。

再過十數年，有一天莊詩涵發現眼角長出了細紋，她忍不住回首往日的衝動，終於從畫室找出了這幅畫，盯著它，卻無論如何瘋狂地回憶都想不起那年二十六歲的他，眼角是不是也有這些褶子。她突然想對他說，對那個完美的他說，其實他是錯的：「看吧，日子明明還這麼長，現在我比你老了，你卻仍然年輕。」

二—告別在香港

你的眼淚是藏身於東方的珍珠
在陽光下閃閃發光
一不小心掉下來砸在我手上
卻痛得發慌
可我還是珍重地戴在指尖
套上給你的九十九年承諾
有一個人姍姍來遲
對我說　你的試戴結束了
就這樣承續了我用心經營的　愛情
我把你的珍珠抛進　海港
你用眼淚目送我回到　遠方

雪糕車

——「我一個人耗盡力氣都找不到，沒有的東西，兩個人一起找就能找到嗎？」

每當音色柔和的〈藍色多瑙河〉在不知何處響起，我便會開始東張四望，尋找有著紅藍花紋的雪糕車。在街角隨著雪糕車營業的音樂走到巷尾，我拉著你的手，不時會幻想腳下的柏油路上鋪滿紅毯，我們在交響曲中為著那些甜蜜的渴望而奔跑。這種帶點儀式感的暗示，增添了我每次為你去買雪糕的衝動。

我會買兩枝軟雪糕，都是香草味道的，因為你曾經以為香草味就是雪糕的原味，你是多麼喜歡一切原始、無添加的東西。

舐著雪糕的你對我說：「將來不知道要做什麼，便去租一輛雪糕車，你負責駕駛，我負責把雪糕擠到甜筒上，播著音樂走完整個香港就一天了，大概就真的可以成為『富豪』了。」

我笑你天真不懂計畫，雪糕車這種季節性的東西，在冬天是沒有市場的，那時候要賺什麼？

「總有些人在冬天也會想吃雪糕呀。」你咕噥著。

我故作聰明地給你一個答案：那就在夏天時多跑幾趟，而且賣貴一點，那樣能多攢一點利潤，到冬天時賣便宜一點，薄利促銷，這樣才能長遠走下去。

你回說這樣是不對的，把只剩一口的雪糕舉到眼前，像是不捨得吃下最後的甜蜜，帶點嘆息地說：「喜歡雪糕的人，不管什麼季節價錢都會喜歡吃的。值得一定代價的東西在冬日裡毫無緣故就被貶值了，我會覺得自己珍惜的東西被糟蹋了，就不想要了。」

當時我不懂，直說掉價不是毫無緣故的吧，夏日裡趨之若鶩的冰涼，在冬天中人人避之若浼，自然就不再珍惜了。你只默默把甜筒的末端嚥下，然後賭氣說一句：「我就偏偏更愛在冬天裡吃雪糕。」

我也沒想到，那是我陪你吃的最後一遍，來自雪糕車的雪糕。

在某個冬天裡你說要離開，說我不懂你的悲傷，我不再共享你生活上各種形狀的細碎。我本不明白為何沙石般的悲傷也要共嘗，我總以為生活是要把最好的一面端到彼此面前——但當我看你眼內我才發現，一個人不了解你的傷悲，也無法得到你的慈悲。

你原來是會遠去的，我只能不停向你乞求一個機會。

「那你再給我買一枝雪糕車的雪糕吧。」

我像得到解開苦楚的藥引，瘋狂地在街上拔足狂奔，為著能夠重來的甜蜜而翻遍街角，卻依然找不到那輛總停留在角落的雪糕車。我拚命找尋寒夜裡無人需要的冰霜，在手中溫度與空氣氣溫幾乎相等的時候，我帶著一枝便利商店販賣的雪糕，走向你對我的告別。

我低頭：「這已是我現在能給你的所有。」

「你錯了，你不應該自己跑到街上的，你應該帶著我去找的。」你帶著哽咽對我說。

我絕望地反駁：「我一個人耗盡力氣都找不到，沒有的東西，兩個人一起找就能找到了嗎？」

然後我好像倏地明白了些什麼，你也不留一句話就離開了。

＊

像是突然中斷了的〈藍色多瑙河〉，我失去追蹤你的線索，在滿布人海的旺角行人道，在餘暉繾綣的鐘樓旁，在浪花拍打的碼頭邊，你與雪糕車都不見了。這個世界從未如此寧靜，我的心卻從未如此嘈雜。

後來我花了幾個星期，終於找到那架曾與你光顧過的雪糕車。獨自買了一枝雪糕，訥訥地望向那老闆，我才發現他只有一人，駕車的是他，製作雪糕的也是他，這樣貧乏的人竟然販賣著最甜蜜的願望。

我問他：為什麼你賣的雪糕只有一種口味？

「軟雪糕要每天製作的，要專一專注，味道才能新鮮。」

這個城市裡這麼多架雪糕車，你有什麼與別不同的地方？

「哪有什麼秘方，架架都一樣，遇到什麼人，就賣給誰，緣分而已。」

可是我女友……她以前總愛買你這架雪糕車的雪糕，總拉著我往你這裡跑。

「那大概她不是喜歡這裡的雪糕，哪一架都沒所謂，她只是喜歡陪她買雪糕的人吧。」

手中那好不容易得到的雪糕，終於承載不了甜蜜後的負重，溶化在我身上，吸引無數螞蟻爬過來，細細嚼爛我的心。

我終於明白你為何愛在冬天裡吃雪糕車的雪糕，大概只是因為冬夜裡雪糕不容易溶化，我可以陪你久一點，細嘗那好不容易遇上的浪漫。

你那時是不是希望我能夠早點察覺到呢？平常不吃其他甜食的你，只有和我在一起時才特別需要糖分，去平衡我帶來的苦澀。

生活太苦了，我給你的愛，轟轟烈烈之後還是太苦了。但只要我還願意陪你去奔跑，去找尋那些芳香的補償，你便願意承受之前的甘苦。然而當我漸漸遠離你身邊，你便沒有了獨自支撐的理由。

在你走了以後，城市裡的寂寞原來是有各種味道的，是夕陽咽喉裡嚥不下的葡萄酒，是清晨徹夜未眠時冷掉的黑咖啡，是白晝裡無數支香菸燒到盡頭的煙霧，全都那麼苦澀卻昂貴。

我就不要其他味道了，我想要回那年冬天，和你一起嘗過的香草味。

到了夏日，我駕著一架租借的雪糕車，在城市裡不停遊走。某天，彷彿看見你的身影在對面街角出現，奔往另一架相似的車身，我突然感到害怕——原來當同樣的愛別人都能給予，你便不會再奔向那個原點，哪怕我心心念念。

後來每個來客都像你，我仔細看才發現，每個你，身邊都站著一個共享甜蜜的他。

自此我獨自收集世間上所有的甜，想著要是哪天你想要了，我會在〈藍色多瑙河〉的伴奏中為你而來。那時你不必追，不必趕，反正我的餘生都只為你停留。不用擔心我會感到厭膩，失去你以後已經習慣把你銜在嘴邊，偶爾複習回憶裡你落下的甜，口渴的時候替我洗滌在舌尖的，自有無窮無盡的淚水。

金枝玉葉

——「我願你光芒萬丈，那麼我抬頭時，不是哪顆星星是你，星空萬里，我都可以覺得你活得很好。」

我記得十九歲的那年，那年西營盤還未鋪好石磚路，走路時會風塵飛揚，就算是坐在人力車上都要掩著口鼻，車伕不時會誤以為我是嫌棄他們身上勞動的汗味，便低下頭不作聲。但是家中出事以後，便再也沒坐過人力車了，覺得這太過奢侈。我便整日從第一街徒步上高街，和車伕們擦肩而過，他們都會偏偏頭向我微笑。我也不再遮掩鼻子了，塵埃有時比起鈔票，其實更沒有氣味。

後來有一天走在雪廠街的斜路上，腳下的銀纏線露趾涼鞋扎得我的腳掌發紅。我忍著額上的汗珠，抱著永安百貨的棕色牛皮紙袋，那是我在家裡找了半小時才覓得的一個紙袋，好像是弟弟去年聖誕為追求鄰校那校花一擲千金買禮物而來的，搬家時被母親好生收進了櫃子內。

走著走著，我看著腕上的手錶，已是午後二時許。我約了中學那些女同學在餐室聚會，卻因打工耽誤了時間，可是我不能解釋，也不打算解釋。汗水滑過額頭，也理不得妝容是否已經花掉，只能匆匆跳下那石階，一觸地險些拐到腳踝，嚇得我抹一把汗。

我知道這鞋是要不得了。穿這種中看不中用的鞋跑不動走不快我是知道的，以往是不用跑也無礙的存在，可是現在我知道自己不奔跑，便要走不下去了。

「素秋，你在港大唸得好好的，不能被家裡的事耽擱。媽媽出去找份文員工作，再找你外婆家幫補一下，學費你別擔心。」那天母親對著我說。我看著她，本應雍容華貴的婦人仍然雅靜平容，但眼底是藏不住的疲態。我覺得這現實來得一點也不真實，原來現實本就滿布疙瘩，只是以前活在夢中而已。

搬家以後，我盡量一件私物也不丟，好像以為環境雖變，但物件猶在，我就還是我，葉素秋，清高而亮麗，不沾一絲塵埃。新家是在水街一幢唐樓的六樓，是一個三房一廳單位，和房東老太太合住。聽說那老太太是父親故友的老夫人，覺得我母親可憐，自己又膝下無兒女，便租予我與弟弟和母親。

我雖知得人恩惠不能多加要求，可是我實在不喜昏暗的地方，那種檀香滿溢，長年熏香向佛，黯淡無光的空間，好像能把青春都壓出皺褶來。

我閉上眼，想起那年在聖保羅穿過一扇又一扇的門，那明亮又潔淨的廊下是我最喜愛的，格子磚鋪成的地板像是遠看的萬花筒，與學生們素色木訥的旗袍制服有一種強烈對比，卻又意外地相襯。走廊的左方是一個個教室，木製的窗框有一種時光繾綣的浪漫，好像透過這扇窗就能把回憶鎖在那些紋路裡。右方沒有牆壁，面向著操場有一棵百年大樹，把陽光打散到走廊上，柔和了一切。我不用張開眼睛也能感受到陽光打下來的溫暖。我知道我在找什麼，再多走五步，轉角後，穿過一扇漆釉大門，那裡有一道門檻，跨過去——

然後他總會在那裡，站在走廊的盡頭，什麼也不做，笑意暖煦地看我。說一句：

「阿秋，過來呀。」

*

「阿秋，你來遲了。」

一群女生嬌笑細語地喊道，我轉頭一看，正是我認識的舊同學們。從遠看便能看出她們嫩粉亮紅，打扮得像堆嬌滴滴的仙子一樣，笑語盈盈。

我深吸一口氣，是那種久違的芳香，不是刻意塗抹上去的水粉氣味，是有錢人家的傭人洗衣時會用的洋牌柔軟劑和噴灑廳堂的花露水氛芳，就在眼前這群花漾般的少女間散發開來。

我姍姍走過去，帶著恰到好處的微笑掩飾匆忙，好整以暇地一一打過招呼。我對當中那最是豔麗的女生說了聲生日快樂，微笑遞出紙袋，裡頭正是我細心準備的禮物：一對白玉堂的蝴蝶形狀琉璃珠耳環。這對耳環是我數月前便看到的，價格不是很貴但也不便宜，趁它減價，我在今個月多接了幾課家教好把它買下。換作是以前這的確是眼也不眨就能拿下的小飾物，但如今並非易事。只是想到去年對方也送了我價值不菲的小玩意作生日禮物，出於禮貌和禮數，我也是要回禮的。

對方細語道謝，接過紙袋往裡頭一探，略略打開盒子看到禮物，垂頭低眸，白嫩如蔥的纖指掩了掩上揚的唇邊，未語先笑。我有點尷尬，總覺得她在打量著什麼。

果不其然，茶還未涼透，要發作的還是要來了。

生日的那位先是跟旁邊幾位女生竊竊私語，其他人聽後即面露驚訝，她便領著眾人關懷的神情說：「真教人擔心得吃蛋糕也沒味兒了……我爸昨天告訴我，說葉伯父的公司周轉不靈，早幾個月就倒閉了，在總商會那邊成了一樁大新聞呢。」幾句話下來，全檯的焦點都放在我身上，我感覺自己是被抬上餐桌的一尾魚，眾人分吃前均看得津津有味。「葉伯父現在下落不明……阿秋，你沒事嗎？伯母和令弟可好？」

我一愣，笑容有點僵硬，但長年累月的耳濡目染，在婦人堆裡練出來的從容不迫鑲在了骨子裡，裡頭的倨傲教我不能怯懦。我撥了撥鬢邊的長髮，露出仰起的下巴，嘴邊含著淺淺的笑意，卻是皮笑肉不笑：「有心，家父的確生意上有點狀況。不過父母常教我吃得苦中苦方為人上人，葉家本是上一代白手興家打下來的，人上人做得了，偶爾吃吃苦也無妨。我還記得爺爺百年歸老之時，在座各位的令尊贈送花牌讚譽他『材茂行潔，敦本務實』。如今想來，放在世家後輩之中，我們葉家仍是能當得起這句話而不汗顏的。」

眾人面露窘態，分明是聽懂了我對她們這些紈絝子弟的諷刺。那位挑事的主角笑了笑道：「那你今就別付錢了，讓我們這幾個姊妹幫你付了吧。唉，你早跟我說你有困難，也別破費送禮物給我了，我昨天剛逛了永安，當季的款我都買了，都是些身外之物，多一件少一件也沒什麼所謂的。」

言下之意，是過季的款式她根本看不上眼。我本人和帶來的東西都是濫竽充數，瞬間便覺得有點可笑，上流社會的女兒家情誼果然是受不了風吹經不了雨打。

轉眼間，她們又多點了幾道甜品茶水，帳單也添了一個零。我在心底算了算，儘管我已是有備而來，但她有意為難的話，我帶的錢還是不夠付的。

「大家聊得這麼高興，今次的帳，算我的吧。」

一把聲音突然從身後傳出。眾人回頭，有女生發出驚喜的呼叫。

那位聲音的主人半倚在個室的門框，高鮴個子配上一套暗格子紋的深棕色貼身西服，尤顯得四肢修長，不經意流出翩翩公子的氣派。他的面容俊朗，眉宇間一股從容大氣，只是一對眼睛看似和藹，仔細看卻是暗藏冷鋒，不好靠近。

「師兄──你不是在美國嗎？」

他雙手插著西褲口袋，邁步前來，眉眼中的笑意依舊，卻不曾看向朝他發問的人，彷彿他毫不在意誰是誰：「家中老太太身體不太好，喚我回來看看老人家。回來小住幾個星期，美國那邊課業不多，可以抽身。」

然後他看著我，目光不轉。

「你們不介意的話，我約了阿秋去看電影。先帶她走了。」

我靜靜地看著他，這個熟悉又陌生的他。

如果說眼前這群位於人生巔峰的富家子女要作個比賽，他永遠是自動勝出的那一個。家世顯赫、成績優秀、俊朗謙雅──他總是這樣，好像不費吹灰之力便能吸引所有人的目光。

曾經我也是能與他並肩的存在，在聖保羅的幾年人人都羨慕我們，甚至有人傳言我們早是父母訂了的婚配對象。聽到這樣的流言我們相視大笑，大概沒人會相信，我們只是有天像那些老套的戲碼一樣在教室外撞倒了彼此，然後便單純地戀愛了。

腦海中閃過幾幅畫面，那是我們第一次約會，就在石塘咀的太平戲院，上映的新作是奧黛麗赫本主演的《羅馬假期》[1]，我期待已久的一齣西洋電影。女主角是歐洲某國公主，十分嚮往多彩的平民生活。一次出訪羅馬時，她因受不住壓力而出走到街上，撞上了一位正要採訪公主的美國男記者。二人在互相掩蓋身分的情況下，一同在千年古城羅馬展開了一天浪漫又刺激的冒險……

散場出了戲院，刺眼的日光迎面而來，我瞇起雙眼，含著淚的雙眸本就看東西看得朦朧，腳步不穩，他有力的手臂瞬間攬過我的肩膊。他不懂我為何看完結局就淚眼汪汪。在他看來，公主和記者盡情遊覽中互生情愫，最後雖然不能一起，但為彼此保守秘密，把回憶收在心中，也算是珍惜彼此的一場緣分。他們本就是雲泥之別，回到各自的身分過活，這樣的結局十分合理。

「可是就是因為她是公主，她便不能和自己鍾愛的男人在一起……」我用手帕抹了抹決堤的淚水，愈想愈覺得傷心：「但如果一開始男主角不知道她是公主，也不會對她份外照料，肯陪她遊羅馬吧？那麼她也好可憐，她的身分明明這麼高貴，別人為此親近她，亦因為這樣要離開她……」

他覺得我太過容易被觸動了，在我耳邊輕聲說：「其他人我不知道。但我知道我家

1.《羅馬假期》（Roman Holiday）於一九五三年在香港上映，臺灣譯名同上，香港譯名為《金枝玉葉》。

的阿秋永遠是我心裡的公主。」

我低頭咕噥：「誰是你家的阿秋了？」

他用手拈起我的下巴，然後重複電影的臺詞——

Lift up your head, Princess. If not, the crown falls.

請抬起你的頭，我的公主，不然皇冠會掉下來。

「阿秋，你還愣著幹嘛。」回憶被同一把聲音中斷，此刻的他走到門邊，斜睨笑著向我伸出一隻手：「快過來。」

——你始終像個王子一樣，我恍惚地想。

可惜我已不是公主了。

*

從雲咸街往上走是看不見盡頭的斜道，就算在以往有司機的日子裡我都不愛乘車，汽車在長斜坡上極易拋錨，故此每次他送我回家，都會陪我走這上山的路。他其實不知道我的新家在哪裡，於是還是往我舊家的路進發。

對上一次見他，還是他出發到美國唸書的那天。我家出事後我一句也沒向他交代就消失了，但紙包不住火，我早料到有一天他會找到我的，只是我沒想到這一天來得這麼快而已。

他一言不發地陪我走著，我不知他是否生氣了。正常人應該都會生氣的吧，喜歡的人突然音訊全無，要跟你斷個一乾二淨的。

可是我卻很漠然，漠然到連一絲波動都沒有。我是天生便那麼擅長假裝的人，這是生活在上流社會的人自小耳濡目染的一個技能，可是到如今我才發現不用假裝，我是真的釋懷了，當你要面對一些能力不能逆轉的事情時，你便只能接受，只能盡力地減低傷害。

走到煤氣燈街，就在那條長長的石梯前面，他突然停下腳步，他若無其事地看著天空，然後像聊天氣一般，笑了笑對我說：「你不如跟我去美國。你成績好，去考那邊的大學應該沒問題。學費方面你不用擔心，我家可以幫忙。」

我也忍不住笑了，笑得比他誇張。

「那我弟和媽媽怎麼辦？」我反問他：「全家都依托你照顧嗎？你家會怎樣想？」

「你知道我爸媽一向喜歡你……」

我往樓梯下方走了幾級，停下來，然後執意再多走幾級。

他不解，蹙眉說：「阿秋，你別往下走了，快回來。」

「你才應該回去，回屬於你的地方。」我抬頭向站在樓梯頂的他說：「你看，這就是我們現在的距離。

「伯父伯母是待我不錯，可是我已不是以前的我了。」

要是說只有我一個人，我可能還會自私一點聽他的話。但我還有整個葉家的未來要擔負。母親和弟弟，他們都曾是養尊處優的人，現在都紛紛向現實低頭。當連貴婦般的母親都放下面子說要出去工作，我便知道葉家的人是不可能接受別人的施捨的，我更不可以。

中學時期的我，很喜歡一位上海的女作家叫張愛玲，我總覺得她跟我有類似的傲氣，她的文字裡有一股看透世事腐敗的淡漠。她就像一顆流星，縱然要在這世界墜落，卻仍然要落得閃閃發光。

有一次我讀到她年輕時的一篇散文，裡頭有一句：「生命是一襲華美的袍，爬滿了蝨子。」我十分喜歡這句子。現在的我就像被脫下了那身華衣，卻揮不走那些如影隨形的蝨子。我能赤裸地面對這個世界，但不能赤身面對被包裹得溫暖舒適的他，更不能害他陪我一起經歷這風風雨雨。

他深看著我，突然邁開雙腿往下走了幾級：「你不過來，那換我來你身邊。」

但我就是不想他往下走，於是我又跟他拉開了距離。他向下每走一步，就要遠離他的世界多一點，他不應是這樣的，他應該是高高在上的。

他拗不過我的固執，我們來回各走了幾步，最後他索性一下子把我拉過去，我撞進他的懷裡，嗅到他衣服上那種清爽的洗衣粉芳香，那種熟悉又陌生的氣味。我嘆了一口氣，有點哽咽說：「那麼你就不是最好的你了。」

他深深把臉埋在我的頭髮裡，聲音卻輕得像是在棉絮裡：「你就只喜歡最好的我嗎？」

我搖搖頭，他也許不知道我的搖頭是在否認還是承認，但都不要緊了。

我愛你，愛最好的你，也愛不好的你。

如果只是喜歡，我願意和你賭一次，可是因為愛，我捨不得你有一丁點的不好，你可以變得不好，但我不希望讓你不好的原因是我。

像父親離開我們是因為不想拖累母親一樣，愛一個人，你願意為他承受所有孤單，你寧願隔著一個大海看著他好好的，也不願世界的浪花沾溼他的衣裳。

我願你光芒萬丈，那麼我抬頭時，不是哪顆星星是你，星空萬里，我都可以覺得你活得很好，我們都可以假裝大家活得很好。

「你一定要繼續好下去，走下去。」我把眼淚都印到他的外套上：「走到最高最高的地方，你有你該做的事，我也有現在的我該做的事。可這兩件事不是在同一路上的。

我們不應該浪費時間在彼此身上了。」

「你記得我們看過的那齣戲嗎？《羅馬假期》——我感覺我們像是裡面的主角了，但我變成了男主角，我倆像是交換了角色似的。」我拉開他，帶淚笑了笑，然後繼續往前走。

他隨我從煤氣燈街一直走到電車路，一路上我都一直叫他回去，他也不聽。

我望向人來人往的喧鬧街道，下定決心，回頭跑到他的跟前，踮起腳，用力地吻上他的唇。他以為我回心轉意了，加深了這個吻。

但我拉開了他，看著他的眼睛說：

“I have to leave you now. I'm going to that corner there and turn. Promise not to watch me go beyond the corner. Just drive away and leave me as I leave you.”

我要離開你了。我會走到那個角落然後轉身離去。答應我，過了那轉角就別再看我了，你就離去，如同我離開你一樣。

這是那齣電影裡，公主跟記者分手時說的一番話。

他好像也記起這告別的場景，他帶點絕望，用盡最後一絲力氣，喚：「阿秋。」

剛好一輛電車駛至，我轉身跳步上了電車，回頭看著他。從以前到現在，他總是叫我過去他的身旁。我喚了喚他的名字，把他的臉容，印在我的記憶裡：「我不過來了。

我──」

電車起動的叮叮聲響過，蓋過了我的聲音，把我帶離他的身旁。每一下叮聲響起，他回憶裡的身影就變得愈來愈遠──

叮。他說阿秋，等我畢業回來我們就結婚。

叮。他說阿秋，你說我們的孩子叫什麼名字好，不如就順著你的名字叫阿冬阿春阿夏，喂淑女不應動手──

叮。他說阿秋──

叮──

直至那個身影，最後都消失不見。

*

我不知道後來，他是不是寄了很多信給我，我早已搬離那個西環的家了，也刻意向朋友隱瞞現今的住址，要是想開展新生活，就不應對過去有絲毫留戀。

過了幾年，他終於託他的友人向我轉交了一封信。

信內交代了他的近況，還夾著他給我摘下的一枚紅葉。一如所料，他過得很好，我把那塊葉子夾在書頁中用文字培養灌溉。我知道這是美國的楓葉，紅得那麼豔麗。原來他住的城市，秋天來了。

我想了想，香港有這樣絢爛的秋天嗎？

我連停下此刻的腳步都是一種奢侈，早已無暇去管什麼四季。他低頭時腳邊任何一片樹葉都能讓他憐惜，若我還是所謂的金枝玉葉，也許仍配得上他的青睞。但我不是，我已不是那個可供他仔細端詳的模樣。我終於明白到，只有獨立的對待，才不會被時間洗刷。像我這樣的一個人，軀殼尚在，但淋浴在人海為患的現實之中，粗茶淡飯柴米油鹽已經足夠清涮一切。那時那份紅得發紫的情感，早已不在了。

他陪我過了青春中最耀眼的日子，可是他並不屬於我這裡，他值得更好的地方。每個人都應該追求自己能力相襯的頂點。

我曾經也好好享受過一個假期，它最後一次綻放，是在我十九歲那年。假期終要完結，於是你永遠也聽不見最後我對你說的那兩個字，不是再見，而是愛你。

但也沒關係的，有時候愛情和告別一樣，花光力氣，用盡年華向世界投擲的心意，其實都不需要回音。

上鎖的房間

——「世上傷害人的人不一定明白溫柔的意義，但所有溫柔的人，都是被傷害過的。」

（一）

輔導室裡只有一個女生，我關上門，循例檢視著一個有關她的檔案夾，裡面有患者的基本資料和一本筆記本，是以往建議她寫下的心情紀錄。患者資料上的字跡簡單易見：創傷後壓力症。

這個學名很常見——罹患這症狀的人通常是因為曾經歷突發或長期的恐懼、事故，而導致一定程度的精神壓力和情緒困擾。這種精神上的創傷可以潛藏於記憶之中，患者可能並不自覺，或清楚知道自己被某種痛苦記憶支配，卻無能為力。

在明亮寬敞的輔導室內，我抬頭看著眼前的女子。根據紀錄，她已經來看過我起碼十遍了，我與她有一定的信任基礎，只是每次一談到深入的問題便進展不佳。通常我都從簡單的聊天開始入手，但一觸及她的過去她便會焦慮地問：「要如何才能忘記那些痛苦的回憶呢？」

我再次記下她潛意識的抵抗行為，同時調高小提琴音樂的音量配合引導：「不如說，你先想起那些你樂意面對的記憶。沒有的話，想一些生活小事也可以。」

她一聲不響，我沉思這樣下去也不是辦法，靈機一觸，想換一個誘導的方法：「那麼換作我先說吧？你要聽我的故事嗎？」

她略帶遲疑地點頭。始終有些患者不懂得訴說，他們需要透過別人的演示、開導，才肯去發掘自己深處的經歷。我也不介意向她分享我的故事，快速在腦海裡掃描那些冗長又略帶缺憾的過去，抽取出某些有利她共鳴的青春片段，放輕語調娓娓道來。

「我最快樂的回憶，是大學的歲月；我最悲傷的回憶，同樣也是那些歲月。」

記憶其實是種很狡猾的東西，要是只有平凡如煙的日常，你根本找不到一絲痕跡，只得個朦朧印象。必須要有龐大的喜悅或悲痛，記憶才會把它仔細刻劃起來，鎖在心房。

只要鎖上了，誰也不能進來，但是注意了，你其實也出不去。

＊

十八歲的我用力把行李箱拉過門檻與地面的坎，箱子啪嗒一聲地撞上了鐵閘，下意識地回頭查看，姨媽仍然躺在床上睡覺，沒有驚醒或向我送別。沒關係，也許她根本不知道我今天要離開家中，姨媽一向不喜歡我。我輕輕掩上了木門和鐵閘，剩下一道縫，並沒有鎖上它們。

因為我有一個毛病，我不敢關門或鎖門。

有人問過我是不是有幽閉恐懼症或是對金屬過敏什麼的，這的確是一個非常合理的推論，可惜我不是。我能待在一個封閉的空間例如電梯、房間，只要門是自動或別人替我關上鎖上的。我也能戴銀製的首飾，拿銅造的硬幣，卻不敢拿著鎖匙去上鎖。每次要我親自把門扇推到門檻處合上、把門栓扣上，或是將鑰匙插到匙孔裡，我便會開始呼吸困難，整個人發抖，雙手更是會泛起紅疹。

不過是幾個動作，只要毫不猶豫地把門一推，朝鎖芯一扭或是一按——

但我就是不敢，我無能為力。

也是這麼一個怪症，讓我從小被姨媽一家或同學用奇異的目光看待。

「你不鎖門是想惹小偷呀？」

「看醫生不能好嗎？」

「你是暴露狂嗎？」

逛街時我不會試衣服，因為我無法關上更衣室的門。在學校上課時我習慣不做排在隊尾的那一個，因為我害怕被老師點中要我鎖門。我就一直帶著這個秘密小心翼翼地活著，來到這一天。

十八歲的初秋，就在九月一日這天，我終於離開了姨媽家，升上大學，被心理學系錄取，成為大學裡崇基學院的院生，更以特別資助生的名義拿到崇基某座女生宿舍的宿位。對的，我選心理學系也許是抱著那一點點希望，想要更了解自己的心理恐懼。選女宿亦同樣拜那毛病所賜，要是生活環境全是女生，大概可以省去很多不得不關門的尷尬場合。

往宿舍的路上能感受到夏天的尾巴肆意妄為地橫掃一切，餘音未絕的充沛雨水撥動著雜草，不知何處的夏蟬一直在耳邊嗡嗡，彷彿要替我歡迎煥然一新的新生活。到達宿舍房間的時候，我懷著躁動不安的心情，扭開門把打開木門，任它開著。一目了然的房間裡，放置了兩張鐵架子做的床，兩個衣櫃，兩張木書桌和椅子。整個空間空蕩蕩的，鐵造的家具讓這間房間有股森冷的氛圍，街燈燈光穿過窗戶探進來，漏出幾縷窗外垂吊的樹藤影子，打在牆壁上徐徐飄動。

心裡不禁泛起一陣失望的感覺，現實比起幻想果然簡陋，我匆匆把背包和行李箱的東西都翻出來，不到一刻鐘便整理完畢，原來一個十八歲女生的所有物件可以完全放在一個二十五吋的行李箱內，甚至還有很多空隙。

沒關係的，大概世上並沒有一個地方永遠屬於一個人，像這間宿舍這麼簡陋就好了，不用太好的，不要太大的，反正只是一個暫時停留的地方。不需要天花亂墜的言語，不需要時來聚散的陪伴，過去太多人見識到真正的我便尷尬離開，沒幾個人會願意待在一個怪咖的身邊。所以我不需要天花亂墜的言語，不需要時來聚散的陪伴，我要的就是這種現實的冷漠，和無法欺騙我的現狀。

我走到書桌前想打開窗戶，當眼睛掃過窗框時，剛好瞧見一個身影。有一個人正站在宿舍外。

就在樹叢旁的小石徑上，一個男生倚在欄杆抬頭，正看著我的房間。鵝黃的街燈下，周圍叢林的樹葉都染上一片昏澄，我有點恍惚地看著燈色下同樣淡泊的他，忽明忽暗的夜色裡，他的眼睛卻顯得格外明亮。他看到了我，我卻覺得這個人毫不在乎看見的是不是我，我有種感覺，他的目光穿過了我，追尋的是我以外的另一些人與事。

我想起曾經在某本書上看到的一條心理法則，叫黑暗效應。在某個特定地點或時間，兩個人不跟隨大眾，遠離人群，在黑暗中就算只是做著最平凡的事情，比如互相凝望，都能讓你覺得自己和他都是特別的，是一夥的。是因為這樣嗎？我記不住相處了一整天的同學的模樣，此刻卻深深記住了這個人的目光。

背後突然傳來腳步聲。我轉過頭，和我同一層的一位宿生來尋我，問我為什麼還不回去迎新派對。我對新認識的人還是有點慌，但仍然想問：「我們住的這間宿舍，有什麼名堂嗎？」

「崇基的華連堂，有名的『女子監獄』，男子絕跡，特別在……欠缺陽氣？」她開玩笑地說。

我搖搖頭，想說是真的不知道宿舍這個別名。轉身看見房間裡略顯殘舊的家具，想起外牆石磚的牆身和樓下男生止步的警告字句，好像又挺有被囚禁的氛圍。

「回去吧，他們說要玩真心話大冒險呢。」她在門口催促道。我點著頭走到門外，突然想再回去瞧一眼窗戶，看清那個人的樣子，她卻「啪」地一聲合上了門。我心裡一震，想著她都幫我關上門了，也是不好拒絕，便跟著她轉身離去。

我不應該想著那匆匆一面的男生，現在更加要擔心的是，晚點我的室友來了，我要怎麼跟她說：我們的房間，可以不鎖門嗎？

（二）

這是一座自成一角的山城大學，山上有九座書院，新生入學時必須要選擇其中一間學院作為往後四年的所屬院舍。從前大學只有四院，分別是崇基、新亞、聯合，逸夫，此四院的歷史最為悠久，占地亦是最廣。幾年前因應學生增加，又在新區添了五個新書院，合共九院。

華連堂正正是位於崇基學院的一座宿舍，四面被林蔭環繞，白晝時陽光很難曬進屋內，晚上宿舍路旁的路燈也常被樹木遮蓋。我住在三樓靠近樓梯的其中一間雙人房，窗外恰好被一棵大榕樹遮掩大部分景色。我其實不太喜歡這種昏暗的空間，總覺得讓人有點提不起勁。

開學第二天我的室友漫漫便出現了，她是音樂系的一年級生，性格似乎爽朗率直，對小事不太上心。我本來還在煩惱要怎樣跟漫漫訴說我的怪毛病，但經我觀察發現，女生宿舍的人習慣把房門打開通風，我不把門關上也不顯得有什麼突兀，可能大家都覺得女宿比較自在安全？一顆懸著的心算是倏地放了下來，更令我高興的是，漫漫經常要拉小提琴練習，每天晚上她都會主動問我：「我可以去關門嗎？我想練琴呢，雖然隔壁好像是空房，可是我怕會吵到其他人。」

每次我都快速點頭，在心底幾乎是要雀躍歡呼。

一個問題解決了，但很快我發現了另一個無可避免的難題——上廁所和洗澡。

尚在家中的時候，我可以趁著姨媽姨丈不在的空隙快速洗澡或是上廁所，任門開著。但在宿舍裡，洗手間和淋浴間都是連著共用的，女生洗澡的時間都比較長，待個半個小時也是常有的事。一開始我也試過洗澡時不將門完全掩上，故意留下一道縫，想著大家都是女生應該不會不好意思。

過了幾天後，一個宿友突然在門外帶著疑慮的語氣，對正在淋浴間的我喊道：「那個……你忘了關門喔，這樣水花會濺出來，別人走過可能會滑倒。」

全身赤裸的我打了一個激靈，連忙張聲道歉，濃濃的羞恥之心湧上心頭。她們也許已經受夠不時會瞧見我裸露的身體，也受夠了我沒有公德心的迷惑行為。蓮蓬頭的水仍然淅瀝淅瀝地灑下，我不肯定她是不是已經走了，或許她正在等我關上門，要我立刻更正自己陋習。我死死地盯著眼前門上那道救命稻草般的細縫，深吸一口氣，閉上眼一鼓作氣地用手一推，把它關上。

門合上的啪嗒聲音瞬間在我腦內炸響，我不停顫抖哆嗦，打在皮膚上的水花頓時成了一根根黑色的針，插在我身上，刺痛無比。我淚眼汪汪地癱跪在地上，大口大口地吸著氣，那大片大片的黑針海似要把我刺成蜂窩，胃裡更是有巨浪翻騰，我最後終於忍不住，在淋浴室裡吐了出來。

嘔吐物隨著水流黏到我的膝蓋和大腿上，又隨著泡沫飄走，卡在去水槽的間隙裡，變成更噁心的模樣。

我看著那些嘔吐物，似乎看到了自己稀釋後仍帶腐臭的原貌。

進入大學後我第一次想，萬念俱灰地細想：我是不是始終不配生活在人群裡？或是身處正常的人群裡，根本容不下這樣不敢主動隔開世界的一個我？

世界根本不理我的沮喪，卻也不准我逃離這個世界，我彷彿是個找不到繃帶的傷者，每個人經過都不理會我身不由己的傷勢，卻指著我，罵我為什麼不好好保護自己，現在弄得血流成河、淚流滿地。每個活得輕而易舉的人，總是暗地裡繞過活得太過難堪的人事，像街上橫躺的傷殘乞丐，更像屠宰場上血仍未乾的牲畜——只要沒看過那些血肉模糊的境象，殘酷被包裹在保鮮膜下也是新鮮乾淨、可供觀賞憐憫的模樣。

世人都樂於美化不堪，唯有這樣，世界才能一直美好下去。

*

過了幾天，我沿著手機地圖在崇基校園內焦急奔跑。課表上顯示我這節要去上八點半的體育課，看看手錶，已是八時四十分。

今天本想一早就去梳洗，可是趕早課的人潮擠滿洗手間，我必須等到沒人以後，才敢虛掩著門上廁所，結果當然過了正常要出門的時間。剛開學的我也搞不清這校園的路，而崇基校園本身就擁有一個大運動場，我下意識便先往嶺南運動場走去，走著走著便來了一個湖邊。乍看四周無人，大概是都去上課了。

煩惱之際，抬頭看見一個人正站在湖邊草地，像是在看著湖面發愣，我也沒空理會。我決定先跑出這個道路交錯的湖，但當經過那個人身旁時，我手中拿著的環保袋突然穿底了，筆記本和雜物頓時四散一地。

那個人聽到聲響便轉過身來。側身一刻，映入眼內的男子有點失神，頭髮長得遮蓋了他的眉額，卻仍能看見他溼漉漉的眼睛。他的雙眼皮很深，像是能藏很多愁緒在內。白瓷般的膚色顯得他有點冷漠，卻帶著一陣無法言語的優雅。

其實他的模樣我都有點陌生，可是他的一雙眼眸，我說過記住了，果然不能忘記。他是那夜在宿舍樓下的男生。和他在同一個地面上對視，始終不同當晚我在樓上俯視他的角度，他身子原來很高，幾乎比我高了一個頭，卻很纖瘦。我們就這樣正面對望著，令我一時語怔。

他似乎也有點惘然，看我如此狼狽尷尬，只好問：「需要幫忙嗎？」

他柔和的聲線把我拉回來，一手把筆記本遞向我。我沉聲道謝，然後一時也不知如何擺脫這種尷尬，便胡亂問道：「不好意思，我是新生，找不到這節上體育課的地方，你能幫我看看嗎？」

他接過我的手機低頭查看課表：「你這個是網球課，TC3即是Tennis Court，三號網球場在大學體育中心那邊，就是上山的斜路旁。你沒去過？」他一邊垂下眼眸，一邊對我說。他的眼尾生得挑長，眼睫長如蟬翼，一個瞥眼就能勾住所有人的思緒。我搖搖頭，有點迷茫。

他瞧一眼腕表，苦笑地把手機還給我：「那你今天就放棄了吧，反正到你跑過去或是等到校巴上山，上課時間也過大半了。」

我看著時間，的確是來不及去上課了，只好向他道了謝，然後陷入另一輪的沉思：「這裡……是叫什麼『美緣湖』？我想回宿舍，應該要往哪裡走？」我說出實話，作為崇基新生的我還未認得這學院範圍的路。

他花了五秒去理解我的話，然後忍不住笑得雙肩顫抖。他的笑聲顯然有點過分，見我如此無奈，便冷靜下來略帶歉意：「我帶你走回去吧。順便跟你簡介一下崇基的路。」

我點點頭，跟在他身後慢慢地走。

「這個湖叫未圓湖。」他看向剛剛凝望已久的湖面，湖水其實不太清澈，泛綠的水中央有幾朵蓮花待放。他的嗓音恰恰與湖水相反，乾淨悅耳：「知道未圓湖的名字有什麼意思嗎？」

我當然不知道，知道的話也不會說錯名字，所以他直接說出答案：「世事未圓，有很多事情不會圓滿，人能做的是力臻所能，止於至善。」

「走一圈未圓湖要十分鐘。聽說若大學四年間，第一年和最後一年都是同一個人陪你走完，你們能走一輩子。」他悠悠地說。

「噢，又是這種胡說八道的傳說。」我的語氣裡是滿滿的不在乎。

「我也覺得沒有人能做到，四年後的事誰說得準呢。我連明天能不能上八點半的課也不知道。但大學裡就是有這麼多傳說傳言，你們新生應該也聽過不少。」

我想了想：「有很多，他們說若不小心穿過了本部圖書館的那個仲門雕像，就要從旁邊樓梯滾下去到文化廣場才能順利畢業。」

他似是憶起了什麼好笑的事，笑著頷首。

走過池旁的草地，他一個躍步跳上樓梯，經過了崇基圖書館。九月清晨的風剛好不太熱，陽光有點微斜，我看著他的側顏，有點懷疑他到底是不是那夜看到的人，今天的他如此溫潤如玉，意氣自然，一點也不像那夜的男生。

到了眾志堂附近，他瞥看了我一眼，好像想開口解說什麼，我連忙說眾志我還是知道的，飯堂嘛。穿過眾志堂旁邊的小徑，我開始認得回宿的路。我突然驚覺一點：他沒問過我是哪間宿舍的，卻自動帶著路。

「你是崇基人嗎？」我在他身後忍不住問。可是他說：「不，我是新亞的。」

是山上的學院啊。「那你……」我猶豫地想問，他那天為什麼會在我宿舍的樓下？

他突然停下來說：「到了。」

我抬頭，已經到了華連堂的門口。他果然一早便知道我是華連的宿生。看向十步之外，樹蔭下不停騷動的陽光輕輕撫過那個欄杆，正是他曾經靠過的位置。

「那天晚上，我好像看到了你。」我還是忍不住問：「你為什麼在那裡？」

他低頭揚起一個模稜兩可的笑容，轉身邁步走向那欄杆處，一個拱手坐了上去，遙望著我。

「你的背包扣著華連堂的匙扣，我才知道你是這座宿舍的宿生。他們都說華連是女子監獄，你這個新生怎麼會選華連呢。」他的聲音和著沙沙風聲聽不清情緒，這話聽起來，卻像是我做錯了什麼似的。

「不過我覺得更大的監獄從來不是這裡，是外面整個世界。」他又抬頭，似是看向三樓那間房間——正是我住的那間房間。

我一時間不知如何回應：「我選華連，因為……」因為女宿更易掩飾我的毛病啊。

然而他把食指貼在唇邊，示意我別說話。

我屏息看向他，樹蔭的光影徐徐撫過他的臉容，令一半的輪廓陷入影子裡，我看不清他此刻的神情，他說話的聲音很輕，清風卻把一字一語傳到我耳畔：「新同學，別介意我提醒你一點，大學跟高中不同的地方，就是無論你要做什麼，只要你不想，都不需要向任何人交代。」

我原以為只有自己是帶著無法明言的悲傷入學的，此刻看見他，才知道這座校園裡每個人大概都身懷著一點自用的傷感，而他說我不用向任何人交代我不願細談的悲傷。這種對我懦弱的認可實在比什麼迎新營更能令我融入這個校園了。

眼前這個男生的背後緩緩落下幾片葉片，也許他的悲傷不重，只是輕得像一整個夏天的枯葉。我在那刻真正感受到，除了雨聲和蟬聲，那落葉聲才是夏天的最後一聲告別。真像記憶中每個離開我的人，次次虛張聲勢地說過那麼多次我的毛病沒關係，他們不會離開，但最後一次轉身離開的時候，那告別聲反而很輕。

（三）

作為一個心理醫生，以我的經驗，一般來說心理治療的整個過程需時不一，個別患期需要較長的前導期，患者的情緒表現亦會影響治療的進展。有時我的患者會陷入不停自責的深淵，我便需要先安撫她的情緒，並從她的言談間找到療程的新方向。

我的患者似乎十分不安，她躺在扶椅上，上次聽過我分享的經歷後本來她開朗許多，但今天的她反而更加自卑：「我根本就是一個累贅，你起碼有朋友，可是我什麼也沒有。也是因為我，爸爸媽媽才會整天吵架，媽媽說要離婚，爸爸卻不許……」

我對這類父母離異經歷不太意外，意外的是她終於肯向我透露一些過去的家庭矛盾，我鼓勵她繼續正視自己的陰影：「你的爸爸媽媽是不是耍花槍而已？他們還說了什麼呢？」

「他們已經吵了很久了。爸爸聽起來十分生氣，他說媽媽不要我了，是我的錯。我把我自己鎖在房間裡，這樣便聽不到爸爸罵我了。」

典型的童年陰影導致社交障礙，我在筆記本上記錄著，今日輔導的線索挺明顯的，我想是時候給她一點心理上的鼓勵暗示。

我放輕聲量，在她耳邊細說：「不是你的錯，你爸爸媽媽很快便會和好如初的，你的朋友也正在路上來找你，你要再耐心等待。」

「真的嗎？」

「可能不是現在，但只要你夠有勇氣，世界上總有許多溫柔會來找你的，如微風一樣。」我把手放在她的額頭，摸著她的頭髮：「你要做的只是，在你的屋子裡打開大門，留一條縫，這樣他們為你而來時，才能一眼找到你啊。」

*

室友漫漫人如其名，是個浪漫主義者，情感充沛又愛幻想。她對我十分熱情，與我恬靜內向的個性截然相反。但是她沒有疏遠我，反而對我更加趣味盎然。我已經很多年沒交到知心的朋友，內心不禁興奮又忐忑不安。我慶幸現在自己有了這麼一間小小的宿舍房間，裡頭更有漫漫這麼一個貼心的朋友。

但是紙總是包不住火，相處多天，漫漫漸漸發覺到我的不對勁，有一天她在我們的房間故作曖昧地問我：「你為什麼最近半夜都不回來啊，是交了男朋友嗎？」

我正坐在書桌下漫無目的地寫著日記，愣怔了一下，只能低頭支吾回答：「沒、沒有啊，我腸胃不好，經常要半夜上廁所。」自上次浴室的事件後，最近每天我都會待到深夜才去洗澡，匆匆洗完後更要拿著浴巾抹乾淨地上水跡，不讓任何人發現。

漫漫得到解釋後好像就滿足了。我安心地將視線放回日記簿中，眼下的文字有時像萬馬奔騰一樣一氣呵成，有時又像被踐踏過的野草一樣支離破碎。漫漫曾說，愛寫日記的我定是個念舊的人，可我偏偏相反，是個很想擺脫過去的人。我寫日記不是自願的，比較像被生活逼迫而編寫的劇本，我總覺得淡然無味的日子必須加上一點技巧描寫才能讀起來更動人。比如從前在姨媽家，我會把她冰冷刻薄的說話改寫成為我好的體己話，每次她的責罵，在日記裡都變成苦口婆心的教導。說到底我是在為未來的自己想著，希望她回首這片青春時，會像考生賞析古人詩句般看出一種價值來，這樣我便不是那麼可悲的存在，可是每當這樣想便更顯得自己可悲。

轉過頭凝視著反光的玻璃窗，穿過窗戶，便可以看到樓下那鮮有人經過的石徑。自開學以後，我便不曾看見那個人的身影。可能只是巧合吧？是那夜我的疲憊和厭倦放大了他那眼神中那點憂鬱。

這些憂鬱我並不陌生，那是一種無法排遣的細碎痛楚、是沒有盡頭的等待；小時候有一次，因為不敢鎖門上廁所，被同住的姨丈不小心推門撞見了——姨媽知道後大發雷霆，罵我三番四次的毛病老是不改：「你知不知臊？總是要像條狗一樣上廁所？你是要給我家添亂嗎？你不喜歡關門對吧，我幫你關，我幫你鎖，你別出來了！」

十三歲的我在狹窄潮溼的廁所裡等待天亮，等到姨媽氣消了放我出來。我頹坐在馬桶上，眼前和心底都被一陣不想見光的黑暗覆蓋，可我很平靜，沒有恐懼，只要門是別人關上的，甚至把我鎖在籠子裡我也不會特別害怕。不發作的時候連我也覺得自己太過奇怪，為什麼會有這樣的習慣呢？我甚至覺得姨媽罵得我沒錯，我活得不像正常人，我不配有家，我就是個變態——

漫漫打斷我：「哈囉。」

「什麼？」我回頭望向漫漫。

「我說啊，」漫漫對我走神見慣不怪，興致勃勃地追問：「你上次說的那個男生，之後有再遇見嗎？」

「沒有啦，這大學大得像座山似的，哪有這麼容易碰上。」

而當我隔了幾天，在一門通識課上再次遇見那個男生時，簡直是瞬間打臉，這座大學小得像個籃球場一樣，隨隨便便都能碰見相識的人。這個巧合來得有點尷尬，好像會令人覺得這是我刻意安排的。

「嗨。」我坐在前排的座位上，故作自然地向迎面而來的他打招呼。

「你好。」他禮貌地笑了笑，環觀了整個演講室，然後低頭問：「能坐你的旁邊嗎？」

我微微頷首，這科通識課是每個學生畢業前必修課目之一，卻是我不擅長的科學範疇，能有認識的人作個伴總是不錯的。前排的同學傳來點名紙，我從名單中勾了勾自己的名字，遞給他。他翻了翻頁，也在某一行打了勾。於是我終於知道他的名字——宋安言，藝術系二年級。

回到宿舍房間以後立即跟漫漫說此番奇遇，愛陷入妄想的她大概已經想出了一百個戀愛故事，十分雀躍：「你那個通識課編號是什麼？我立即改選，我要看傳說中的帥哥！」

最後漫漫真的成功改修我這門課。又一個星期二來臨，我們二人來到演講室，從遠處便看到了宋安言高眺的身影，他仍是坐在上週的座位上。我帶著漫漫跟他打招呼，他微微淺笑。

我坐在他的旁邊開始專心上課。過了一會兒，終於明白為何漫漫這麼容易便能改選到這門通識課，又明白了為什麼連續兩週上課學生都只有二、三十人，因為這個教授實在是太古板了。一堂講解簡單物理學的通識課，他的電子簡報居然只有五、六頁，不帶圖片只有看不懂公式，還愛突然點名喚學生答問題，倒楣的我不幸地被點中。

老教授喃喃自語地問了一個問題，我卻連問題的意思都搞不清楚，教室陷入一片安靜，教授仍然等著我的答案，讓我幾乎想嘆氣。

安言的手肘突然碰撞了我一下，我的視線移向他的方向，只見他修長的指尖點了點筆記本上的字跡，我馬上跟著說出答案。

教授點頭說終於對了，便繼續他的講課。我鬆了口氣，幾分鐘後安言又把筆記本移向我眼前，上面寫著：之前明明還能改選，上週我就看你對物理不太有興趣，你為什麼還在這門課？

我看懂了他的嘲笑，側頭給他拋向一個沮喪的眼神，突然左邊胳膊受到一記重擊，原來是漫漫，她已經悶到在我肩膊上睡著了。安言瞧見我們兩個胡鬧的模樣，掩唇笑了起來，我又無奈地看著他笑得氣喘的模樣。

我們為什麼還在這門課？難道要告訴他，因為他剛好也選了這門課，我們色心大發嗎？

日子一天一天的過去，到了十月中某堂課上，老教授突然叫我們到教室外的空地集合，說要做一個簡單的物理實驗，需時不長，所以包包不用拿，只帶人出去就好。我正準備走出演講室，沒想到教授忽然喚起我的名字，要我留下來。我帶著不好的預感叫漫漫和安言先走，便快步走到教授面前。

「你這個成績……期中考不太樂觀啊，堂上抽問通常都是宋安言幫你答的吧？這樣他也是害了你，你要再努力一點啊。」教授拿著小考分數對我嘆氣，一向不善面對權威的我只能頻頻點頭。他看到我沮喪的樣子也不忍再多說：「好了，我先出去準備實驗，你幫我關一下燈和鎖好演講室的門吧。」

我僵硬地接過他遞來的鑰匙，全身的疙瘩都起來了，卻不敢說不，整個演講室瞬間只剩下我一個人。

我用蹣跚的步伐走到門外，拉著門把，猶豫著要不要把門鎖上，但是當每次門縫快要消失時就像要把我整個人活生生地吞下，我覺得我一關上門，暈厥感就要迎面而來。我試過數次都不能成功，又畏縮著不敢就此離去，只能呆站在門外，等待教授和其他同學回來。

過了十分鐘左右，喧鬧聲逐漸靠近，他們終於回來了。帶頭的漫漫一看到我使親切挽上我的手臂：「你剛剛去哪了，沒看到你耶。」

近乎脫力的我根本沒辦法回答她的問題，只能默默推開門讓同學們都進去，幾個同學都疑惑地看向我的疲態。安言是最後一位經過我身邊的人，他低聲問我：「沒事嗎？」

我搖搖頭，只想快點下課，不想再有什麼出醜的機會發生。教授看了遍教程，宣布今天的課就到這裡，我一直緊繃的神經才稍稍放鬆，正想拿起背包衝出教室呼吸新鮮空氣，然而有一個女生突然喊道：「慢住，教授，我的錢包不見了！」

「什麼？有找清楚了嗎？」教授顯得十分意外，他隨即把視線落在我身上：「你剛剛不是鎖門了嗎？」

我頭皮發麻，雖然我什麼事也沒幹，但就是自己的無能再度引起了這樣說不清的麻煩。我百口莫辯，只能弱弱解釋：「我沒鎖門，可是我有守在門外，我保證沒有其他人進過教室……」

那個掉了錢包的女生一聽就覺得滿是破綻：「好端端的你為什麼要守在演講室門外？慢著，你剛剛沒有去看實驗吧，我記得你朋友去了，可你沒去。」眾人的視線瞬間望向漫漫，她也尷尬得不能為我說什麼，她剛剛也說了，她真的沒看見我，剛才在我們旁邊的人可能都聽見了。

我不想把朋友掀進來，無奈地把背包擱在桌上：「要不你們搜我的背包，或是搜我身，我真沒偷東西……」

「整整十五分鐘，偷完我的東西再藏到別的地方，或是交給別人那是綽綽有餘吧？」女生認定了我的嫌疑最大，也看不慣我畏首畏尾的模樣：「教授，我覺得我要通報警衛組或是報警。大家都先別離去，都是人證。」

在場泛起不滿的討論聲，我聽到她要報警，滿腔的委屈就要湧上咽喉。漫漫抱著我的胳膊不斷安慰，卻也不知如何是好。這個時候宋安言站了起來，冷靜地對那咄咄逼人的女生說：「說話可以別那麼難聽嗎？現在有什麼證據證明是她偷的嗎？」

「對啊，你們別說得太過分了。」漫漫也開口附和，他們是場內唯一替我辯解的兩個人。整間演講室就這樣陷入一片對峙的死寂，女生和安言都互不讓步，我像法庭上被審了三天三夜的罪人，聽著庭上因為我而唇槍舌劍，自己卻無言以對。

「宋安言，你別多事了，根本你自己也不是什麼好人。喂，你知道去年那傳聞，你來說說？」另一個女生突然從席間發話，再度引起眾人囁囁嚅嚅的討論。

一個打扮得秀麗的女生被拍了拍肩膊，聳著肩支吾地說：「他……去年他纏著我學系的一個學姊，那是他的前女友……傳聞他甚至衝進學姊住的女生宿舍騷擾人家……到現在還有人看見，他不時會待在學姊住過的宿舍樓下等候，可是……」接著那女生好像想到了什麼，可能覺得當眾說人是非並不道德，倏地收了口。

「一個小偷，一個變態，果然是好朋友啊。」不知是誰在席間嘲笑。

那聲「變態」像是一巴耳光打在我臉上，掀起火燒般的灼痛。姨媽也曾經這樣說過我，她說我是害人精，只會為人帶來惡運——這一巴一巴的耳光我從小都忍過來了，自然能再承受多次，可是我絕不能讓安言因為我而受到丁點侮辱，這麼溫柔又待人友善的他，為什麼要因為我而被這班只懂奚落的人嘲諷？我憤怒地站起來想要揪出剛剛說這句話的人，但是有一個身影動作更快地擋在我身前。

是安言攔下了我，我焦急地望向他正想叫他讓開，但一對上他的雙眸，便不能動彈，那是一陣毫不在乎，幾近心死的眼神，就是初見那夜，我從房間窗戶看見他的那個眼神。他搖搖頭，示意我別衝動。

此時教授乾咳了幾聲，終於肯出面解圍：「大家都冷靜一點……這位同學啊，先別報警，先通報警衛組，可能可以看一下監視器。」

剛剛還氣勢迫人的女生突然發出一聲驚呼，眾人紛紛望向她，只見她尷尬地從地上拾起一個錢包，面色通紅地說：「那個……我想不用了……教授。」

安言看見事件突然得到一個這麼可笑的結局，滿臉的不在乎，他是第一個反應過來然後颯然走出教室的人，甚至看都沒看那幾個詆毀他的人。我也受不了被人指罵後湧上心頭的委屈，更不想再瞧見所有人遲來的羞愧表情，便拖著漫漫快步離開教室。

＊

當天晚上漫漫抱著枕頭，坐在床上對我說：「之後你不是要上課所以說先走了嘛，我不放過那個說安言傳聞的女生，死纏爛打追著她問，才知道那個傳說中的學姊跟宋安言以前是情侶，不過早分手了。」

我呆看著天花板：「是嗎？」

「我問她，知不知為什麼安言還要去纏著人家？她只說不太清楚就找藉口逃走了。這種人也真是，要是什麼都不知道，就別言之鑿鑿說人壞話！然後我又八卦了一下，安言前女友好像也是我們學院的，唸法國研究，比我們大兩屆。法研三年級不是都要去留學一整年嘛？也難怪安言這樣難過，思念著女友卻無法挽留。」

我默默細嚼漫漫的話，卻嘗不出什麼滋味。我又憶起安言今天和那夜落寞的神情，很奇怪，安言每次在我腦海裡出現的時候都是那麼縹緲又脆弱，像是一不小心他就會隨風消失不見。尤其在這間初見他的房間裡，我總是三番四次想起他的模樣。

我想起那女生今天在課上說的傳言，一個激靈，驀然明白了一些事。

也許只是一刻衝動，但我很想見他，不加思索便向他發了訊息：你在哪裡？

本以為安言不會回覆，但他還是回了一個表情符號：一個湖泊的圖案。

世事未圓，有很多事情不會圓滿。安言對我說過的話，我竟然都記得。

十一月的晚風瑟瑟，快步穿過往眾志堂的小路，很快就到了池旁路。走下樓梯，遠看夜半更深的湖面水波不興，靜靜反射著空中的月亮，竟有種清澄如鏡的錯覺。湖旁的一排大樹枝葉深茂，垂下的氣根緩緩地飄動，像是在夜海肆意地暢遊呼吸，分走我部分的氧氣，於是當我看見他正坐在草坡一角時，只能屏息悸動。

我徐徐地沿著湖邊走，不發一言走到他身旁。一步一步窸窣的草聲在夜裡響亮，他當然知道是我，也懶得回頭。我坐近他的身旁，他開了一罐啤酒遞向我，接過時碰到他的手指，指尖涼得很。

我們就這樣一人拿著一罐啤酒，看著未圓湖的湖面發呆。

安言的氣息混著酒氣，透過晚風吹到我身邊。我終於忍不住沉聲道：「今天謝謝你替我說話。」

他沒說話，只是用酒罐碰了碰我手上的啤酒，我猶豫很久，還是決定開口：「你的女朋友……」

「前女友。」安言聽罷，竟然開了口：「他們說得沒錯，我和她早分開了，是她提的分手。是我一直纏著她不放手。」

我看著他的側顏，想要好好看清他，卻覺得他夜色下的臉頰恍恍惚惚：「你的前女友……當初也是住崇基的吧。」

安言沒說話，又喝了口啤酒。

湖面本來波平如鏡，不知哪來的風吹過，泛起了漣漪便一發不可收拾。我轉過頭，安言原來也在看著我。他的眉頭微蹙，令我幾乎想伸手撫平那些皺褶，可我知道那些細紋會蔓延到他心裡，是我觸不到的角落。

「我沒猜錯的話，她曾經也住過華連吧……我第一次看見你那天，你在凝望她曾經住過的房間。」我添上一句：「就是我現在住的那間房。」

他的輪廓線很分明，泛著粼光的湖面上，我可以清楚看見他臉上細絨透亮的汗毛，唇邊欲滴下的水珠，溫潤如玉的瞳孔。他突然抿唇睨笑了起來，不否認我的猜想，別過頭灌完那罐啤酒，就把空罐子丟在草地上。

「你真的很喜歡她，可是安言，為什麼你看起來總是這樣悲傷？你還在等她嗎？」

他氤氳迷離的眼睛找不到焦距，喃喃自語：「我找不到她，她一下子便消失了。我若別逼得她那麼緊，她便可能會留下來陪我……所以我現在只能站在樓下看看她以前的房間。對，我就是個變態，但是你們都不是她，不知道她有多恨我。我明明只是想要彌補一切，她如今卻不理我了。」

我伸手撫摸他的頭髮，酒精的氣味太重了，這不是安言應該有的氣息。這刻的他把自己困在心房內，即便在門外不停敲門，他也不願回應。

我抱緊眼前脆弱不堪的安言，把頭靠在他的肩上。我早在無數次對視中便發現了，我總是在安言眼內尋找他真實的模樣，他卻在我的瞳孔中試圖索求一個前女友的假象。但我明明也一無所有，我要怎樣做才能使他好過一點？是不是只有讓我變成她，他才能不那麼痛苦？

我一直擅長做代入角色的假想，小時候姨媽要罵我打我，我便會想像另一個我去安慰自己，因此現在要我模仿一個愛著安言的人，簡直易如反掌。我把自己想像成愛著安言的她，誘使他打開一道隙縫給我進來，輕聲說：「如果我是她的話，我可能只是累了，想自己一個冷靜一下。我只是在國外不是嗎？我仍然在好好生活啊。」

我明明這麼愛他，卻不得不離開，離開之時，我會想對他說什麼？

「我只是想……讓時間和距離把我們變成一個更好的人，答應我，你一定要過得比我好。我就算離開了，也不可能恨你的，也不會忘記你。」

他凝望著我，眼神氾濫著依賴，好像沒有我就不行似的，好像全世界內只有我是他唯一的渴望。人真是種奇怪的生物，總愛把自己想像成最特別的一個，在人海裡卻不敢做那突出的存在，可是當有一個人把你看得那麼要緊，你便恨不得掏光整顆發疼的心臟，空出位置來好讓他能挪進去，也做你的唯一。

我這一刻想做安言的唯一。

他把額頭抵在我的額頭上：「你會想我嗎？」

「想的，安言。」

於是他靠過來，吻上我的唇。

安言真是個溫柔至極的人，連悲傷時的吻都這麼細碎，像要一下下啄沒我的心瓣。原來一個人的悲傷到了極致，嘗起來的味道是苦中帶甜的。對啊，我們就是被世界遺棄的人，白天看起來完好無缺，當獨自面對心中那不能言語的恐懼時便無法自衛，更會被人人唾棄、被歲月蠶食得支離破碎。

眼角餘光中的湖面像是泛動著波浪——突然想問安言，在這所大學裡的眾多傳說裡，有沒有一個是關於在未圓湖邊接吻的下場？但我開不了口，安言夢囈般的啜泣聲讓我心疼得厲害，他的溫柔和悲傷永遠都被捆綁在一起，是同一片淹沒我的海浪。我以為自己懂得游泳，但原來當兩個人匱乏得只能互相抱擁，便注定終要雙雙沉溺於互相慰藉的大海。

（四）

有些患者出於逃避心理，會在潛意識下無視誘導的方向。他們沉溺於療程時身心極度放鬆的狀態，會誤以為心理狀況得到改善，其實不過是潛意識的自我欺騙。一般而言，若情況輕微，我們會容許這範圍內的落差並作出調整，陪伴他們逃避，畢竟得到患者的信任也是治療中重要的一環。但若他們的依存過深，我們便會開始注意，並在必要時加壓，迫使他們正視那些逃避的缺口。

就像今天，我對著第十二遍來應診的患者，耐心地問：「你再想想看，你的家裡有什麼？」

「我不知道。」女生又給出同樣的答案，這已是第三次她拒絕回應我的問題，我有點洩氣地記下她的反抗行為，她應該算是我執業以來狀況最難掌握的一個患者了。

「真的嗎？是不是你沒有看清呢？我記得你上次說過很多細節，散落一地的碎片、未洗的碗碟，未簽的學校通告……你的父母呢？」

「媽媽……她今早好像出去了，但她說她很快會回來的。」

「真的嗎？可是我們上次見面，你也是這樣說。」我搖搖頭，下了個關鍵的決定：「你說，你的媽媽——真的會回來嗎？」

我知道這樣帶點強勢的逼問對患者而言是會有點痛，心理治療不同實際手術，要割開傷口時，哪怕是剖心，也沒有麻醉藥，但是復原效果卻會比真正手術好得多。作為過來人，我比誰都清楚。

畢竟我們都知道，痛楚是前往清醒的其中一條捷徑。

*

大學二年級的時候，我和漫漫剛好過宿分底線，又再一次成功申請到華連堂的宿位。漫漫一直是個人緣極佳的女生，一年級的時候她便跟整幢宿舍的人都混熟了，當然包括舍監、管理員和清潔阿姨。因此到了二年級的時候，不知她用了什麼花言巧語或是賄賂舍監，我們竟然能待在去年的房間，當然更令我開心的是，我的室友仍然是她。

「我研究過了，這裡絕對是全幢華連堂最清幽、風景怡人的房間！更重要的是什麼？我們住慣了嘛！看，我們去年常常打掃衛生，起碼不用擔心上一手有什麼奇怪宿生把床褥啊衣櫃啊弄得髒髒的。」漫漫像個地產經紀一樣，正滔滔不絕發表著她的高見，我點頭附和，她攬著我的肩膊繼續細說：「說起來，早知道我們根本不用擔心宿分不夠，我看大家都不懂華連堂的好。你看，我們隔壁的房間今年又沒人住了，是大家都被『女子監獄』這個名字嚇怕了嗎？」

已經好久沒聽過「女子監獄」這個名字了。我不禁想起安言，他曾經說過真正的監獄不是這裡，而是外面整個世界。我其實經常聽不懂他話裡的意思，哪怕我們已經牽過手、接過吻，看起來已經是在一起的模樣，但我心裡清楚，自己仍然走不進他內心最深處的那間房間。那裡大概有著他細膩不堪的愛，可是他似乎把門鎖上了，不會把真正的愛分給我，我知道他要把那些真正的溫柔都留起來，待他的女友回來後物歸原主。

他沒明說過我們的關係，我也不會去問。我願意陪伴他度過這些孤單的時光，我擁有的本就不多，每次看見他卻想給他所有，我不會占用他太多的愛，只要分給我一點點溫暖就夠了。當初就是因為獨處的時候太冷，我們才會互相依偎。就像是極地裡企鵝要站在一起才能抵擋寒溫一樣，沒有人會怪責在雪地裡被風雪吹襲的我們，為什麼會互相抱緊取暖的吧？

那天深夜，我純熟地在黑暗中起身，見還在熟睡的漫漫絲毫未動，便躡手躡腳的走出房間，留一道門縫。我快步走到共用的廁所，看清楚每個廁格都空蕩蕩確保無人後，才放心走進最後一個廁格，像過往的每個晚上一樣，把門開著去廁所。

我坐在馬桶上快速解決忍耐已久的尿意，想要拿衛生紙清潔卻發現廁格內的衛生紙剛好用完，回頭想把褲子拉上時，一包衛生紙出現在我面前。

漫漫站在廁格外面，一邊向我遞著衛生紙，一邊瞠目結舌地問我：「你為什麼不關門？」

「我……」我整個人都僵硬掉了，大腦彷彿缺氧，過了幾秒才反應過來，連忙把門最大程度地掩上：「我太懶了，想著反正是深夜便懶得關門。」

「不對啊……」漫漫等我穿上褲子，從廁格出來後，將她的擔憂細細道來：「我其實從去年就想問你了，為什麼我在的時候，都沒見過你去洗澡或是上廁所什麼的。你總說我回來前你已經去了，可是當我有時在半夜睡醒，會發現你不在床上。

「尤其有很多次，睡覺前我明明關好了房門了，可是一早醒來看見你還在睡，我卻發現房門沒關上。那定是你半夜出去過呀，我都知道，你習慣不關房門的。」

她最後就我的罪行落下判詞，對我而言亦是靈魂的拷問：「可是為什麼你連上廁所也不鎖門呢？」

完了。

我想，沒法編下去了。

原來我那可笑的毛病早就被漫漫察覺到了，只是她不戳破。

可是完了，漫漫的最後一條問題直刺入我的心臟，我再也想不出什麼辯護的理由。我想起小時候相似的經歷，姨丈看見我上廁所的模樣後用一副尷尬又不堪入目的神情看我，姨媽更是恨不得把不知廉恥的我打死。長大後我以為這些恥辱好不容易能離我而去了，但原來都一樣，我仍然是那個被鎖在廁格裡倉皇無措的小女孩，是無藥可救、屢教不改的怪物。

每天每夜，我都掏盡全力活得像個正常人一樣，我看起來平凡無缺，卻是經歷了這麼多不堪的細節和顧慮才能勉強維持這種平凡。我渴望潛入人群中分享熱鬧，又害怕被熱鬧滾燙，害怕我站在中央，怪癖就會三百六十度地被掀示出來。於是我習慣貼著牆角走，走到世界的邊緣上，可是周圍的風太大、笑聲太大，我便感覺自己要慣性往下墜落。

我虛脫無力地靠在洗手臺上，用手掩著自己的臉，對漫漫說：「我……從小就不敢把門關上，更不能鎖門……我要是關了鎖了門，便會特別噁心痛苦……」

漫漫走過來抱著我，我很慶幸她還願意觸碰我，她看著我崩潰的姿態十分擔心，滿臉不解地問：「可是為什麼呢？」

對啊，為什麼呢。

我真的有試過想這個問題，千千百百遍。

第一次不敢關門，是什麼時候的事呢？

我凝視鏡子裡的自己，眼眶紅得像隻厲鬼一樣，但一滴眼淚也流不出來。我用力把嘴張開，看見自己快要窒息的樣子，卻依然發不出半點聲響。

＊

一星期後的某個晚上，我仍在校園裡徘徊。在游泳池旁的小賣店買了隻雞腿做晚餐，在池旁看著山上那些宿舍的燈光不滅，綿延整片山頭。已過晚上九時，我拿著背包走進大學圖書館。那裡的地下一樓是二十四小時開放的學習空間，我想著反正明早有八點半的課，不如在這裡睡一晚也無妨。找了一處有軟墊的角落，披上一件外套，便閉上眼睛打起瞌睡。

自那天被漫漫撞見我的秘密後，我已沒有臉在她面前出現，更遑論住在宿舍裡。雖然她傳過很多條訊息找我，可我都不知道要怎樣回應。我開始每晚在校園的不同地方逗留，有時是心理系的自習室，有時是圖書館，反正能捱過一個通宵的地方，我都不會放過。

睡到半夢半醒之間，好像突然有人靠近，胳膊被搖了搖，我勉強睜開眼睛，只見一個人蹙眉道：「你怎麼在這裡睡？」

幾個月過去了，我們只見過幾面。今天細看，他的頭髮又長了點，髮色也好像有點不同，總之就是和記憶中的他有點不一樣。剛睡醒的我有點迷茫，只好呢喃著：「明早八點半有課，將就在這裡睡一下。」

安言似是有點不悅，把我拉起身。他拿過我的背包拖著我離開圖書館，一直向上山的方向走，我心裡知道那是往新亞書院的方向。路上他都沒說話，也沒問我為什麼不回去自己的宿舍，只是一直拉著我的手不放。若有路人看見，大概會誤以為我們是對普通情侶。

來到了山上斜坡旁的一幢宿舍，安言喚我在門外等待，他先進去，過了一分鐘又出來：「門口的管理員又在睡覺，進來吧。」我跟著安言進了大門，這是我第一次到別的宿舍，從前住的華連樓高只有三層又是女宿，安言這裡不同，層數多，並且是男女宿。

進了宿舍以後安言便沒再拖我的手，反令我有點不知所措。我跟隨他來到了一樓的某間房間，他掏出了鑰匙開門，我倆進了門，他開了燈，然後把門鎖上。我有點呆滯地看著他，他問：「怎麼了？」

「這是你的宿舍？有點不太好吧……」我環觀四周，左方的床上一片混亂，床邊的牆上貼了幾張ＮＢＡ的海報；右邊倒是還算整齊，就是門後的衣櫃旁放了一幅大油畫，占了門後的大片位置。

「你覺得危險嗎？我覺得你睡在圖書館更危險。」安言坐在左邊的床上，拍拍床上的被褥：「今晚你睡我那張的床，我睡我室友這張床。」

我實在不好意思打擾別人：「他人呢？」

「待會他回來的話，跟他說一聲，他會找到地方睡的。」

我疑惑地說：「你怎麼說得你室友隨便都可以找到地方睡。」

「誰知道呢。」他斜睨一笑：「你不覺得這所大學裡，每間宿舍房裡都可以有很多秘密嗎？」

我一時語塞，我的確有自己難於啟齒的秘密，但安言也有屬於他的秘密嗎？

這個時候安言的手機震動了幾下，他看了一眼便皺起眉頭，兀自站了起來，把我的背包藏在書桌下。還未來得及問他發生什麼事，便見他關上燈，稍微移開那門後的油畫，在衣櫃門拉開了一道不大不小的隙縫，然後在漆黑中拉起我的手說：「你先進去待一會。」

我睜大眼睛看向他，他只好解釋：「宿舍群組有人說今晚『打蛇』了，就是舍監巡房抓非宿生，他們由一樓開始。出入口和樓梯都有人看守，你現在走也來不及了。」

他的話音剛落，不夠一分鐘後便開始有人敲門。我連忙彎腰把自己擠進衣櫃裡，幸好安言的衣服不多，完全能容納我一個人。但幾秒後安言也爬了進來，他拿著畫布後繫著支架的一條麻繩，在關上衣櫃門之前用力一拉——油畫便靠在了衣櫃門上，擋著門把。

我驚惶地看著他：「怎麼你也進來了？」

他一邊給我一個噓聲的手勢，一邊在手機上不停打著訊息。片刻後他再打了段字端給我看：我要是不進來，他們問為什麼敲門這麼久也不應門，是不是有點可疑？反正被抓到的話兩個人都要受罰，不如賭一把。

我嚥下一口唾液，心跳得有點厲害。他在手機屏幕的餘光中看我這般緊張，不禁竊笑，湊在我耳邊細語：「怕黑？」

我搖搖頭。

「怕我？」

我有點心虛，卻還是搖搖頭。

「那你在害怕什麼？漫漫告訴我了，你為什麼不敢把門關上？她很擔心你。」

我蹙眉看著他，發現自己此刻幾乎是瑟縮在他懷內。他低頭凝視著我，漆黑中的眼睛像是有萬里星空，又像是醞釀著一片漩渦的深海。

我相信漫漫沒告訴他太多細節，不然他怎麼還會願意這樣溫柔地看著我，在他眼中，我似是一隻受驚的小白兔，可愛又可憐，值得他不停撫摸安慰。

「你在怕什麼呢？」他抵著我的額頭說，像是要撫過我那些故作堅強下的傷痕。我本來就是擁有許多尖刺的人，能填滿我的尖銳，好像只有安言磕磕絆絆後換來的凹陷。他靜靜地摸著我的額頭，發現那條劉海下的疤痕，語氣變得有點急躁：「什麼時候弄傷的？」

我也毫無頭緒，可能是小時候姨媽打我時弄的？反正此刻我只想起那年晚上初見的他，一年級時給我帶路的他，還有未圓湖畔與我接吻的他，均帶著濃烈的哀傷。現在的他好像已經沒有那麼難過了，然而當我靠得這麼近時，近到能看到他瞳孔中的自己時，我才明白自己總是隱隱約約地害怕安言些什麼。

我怕我走不出去，我怕沉迷得太深。

我知道安言看著我時，那些眼神代表的意思，永遠都不是為了我，是為了那個他想念很久的人。不然的話，他不會總在悲傷時才想起我。他從來不會在我高興時出現，只在我同樣落寞孤獨的時候，才肆意地向我釋出溫柔。因為他知道他需要我，我也需要他。我們在某種意義上都一樣可憐，都是被遺棄的人，於是只能抓緊彼此互相索取。

安言在黑暗中向我靠來，腦海中明明想要拒絕，卻還是無能為力。我們在狹隘的衣櫃裡親吻。他親我時總是很輕，但我心裡明白，互相舔舐彼此傷口的那些溫柔，無論有多輕，其實都不過是種殘忍。

有人打開了門鎖進來，只聽聲音來者有數人，他們不停踱步審視著房間的環境。我聽到腳步聲在衣櫃門前徘徊，心跳瘋狂加速，安言似乎感覺得到，指尖摩挲著我的頭髮。

突然一把男聲在門口響起：「咦，陳舍監，您巡房嗎？我剛好院隊練習結束回來。什麼？我室友宋安言？您也知道他不常回來的，藝術系的人窩工作室的時間還比在宿舍多呢。他就當這裡是置物室，你看他這幅油畫，都放這裡快一個月了，灰都積了幾吋厚。」

「要不要我給你挪開檢查一下衣櫃？哎不過這畫看起來很重……噢不用啊？那您慢走。」

過了一會兒，那把男聲終於敲了敲衣櫃門：「他們上了二樓了，出來吧。」

我和安言匍匐地爬了出來，驚魂未定，便看見一個身材魁梧、身穿籃球球衣的男生打量著我倆，男生露齒大笑：「哈囉，我是Jason，是安言的室友。」我點頭示好，想盡量表現得輕鬆大方，但一間房間裡突然擠滿二男一女，場面看起來實在是很古怪。

安言看到大家無言以對，Jason又站著不動，於是他只好胡謅了個藉口出門暫避，稍稍稀釋這滿室的尷尬。我能理解安言如何如此不自在，讓室友看到自己帶一個陌生女生回宿，還是在這種情況下被撞見，怎樣也不太正常。

我深吸了口氣，懇切對Jason說：「不好意思打擾到你。」

「沒事，我剛收到他的訊息才跑回來的。」他咧嘴笑了笑：「你是安言的女友吧？」

「我、我不是，」我下意識要揮手否認，然而剛剛在衣櫃裡發生的事又歷歷在目，自己也無法說得清。我垂下雙眸：「他還在等他的前任回來不是嗎？」

Jason聽到我的話後倏地一震，他帶著不可置信的目光轉身看我，然後試探道：「他有沒有跟你說過以前他和我姊的事？」

我愣住搖頭，隔了一會後才猛然抬起頭，我意會到他口中的「姊」，是指安言的前女友——Jason正正是安言前任的弟弟。

Jason看了看門口的位置，猶豫了一下還是伸手鎖上了門鎖，然後正色看我：「……我知我沒資格這樣說，但如果你不清楚安言之前發生過什麼事，我勸你還是不要和他在一起了。」

「我姊──安言的前女友，她永遠不會回來了。」他閉上雙眸：「不可能回來了。」

然後他頹然坐在床鋪上，給我說了一個故事。

「我姊和安言在進大學前便交往了，我姊比他大一歲……他們是在一個法國畫展上認識的。安言是個好人，他一直很體貼，對我姊姊也很好。

「但我姊在上大學前就患了病──她有憂鬱症。

「憂鬱症的可怕之處是，沒有人知道什麼時候會發病，發病的時候，這一刻她可以看起來好好的，笑得十分高興，可是原來她正在心底哭泣，她覺得自己這個情緒病就是個怪病，會不停責怪自己：為什麼笑得不夠真心呢？萬一被人發現，讓家人擔心怎麼辦？當她發現自己不能控制她的情緒，她便開始把自己的情緒清空，把自己封鎖起來，不對人說話，不流露感情。

「她到最後的沉默，其實都是她最努力的抵抗。

「然後就在那一天，她傳了訊息給安言，叫他到宿舍找她。那是一幢女宿，是不讓男生上樓的，但安言還是衝到她的房間去找她，卻沒看到她，想她是跑到學校外了。一個星期後……他們……他們最後在對岸的海灘上找到她。

「他很自責，他覺得要是他去早一點，就能找到我姊了。」Jason停頓了一下，還是只能嘆息：「但是沒辦法的，也許不是那一天，但誰知道是哪天呢？這個世界已經給了她太多壓力，化在她身上就是這個病。憂鬱是個囚牢，把她鎖住，把我們所有的陪伴都隔開來，我們明明一直在她身邊，卻無法觸碰她的心房。」

我無法言語，心裡一震。

我終於明白他心底莫名其妙的悲傷和憤怒，安言為何這般脆弱，又不停在這校園中掙扎。他為何肯接受我的陪伴，卻一直無視我的情感。憶起過去幾年的點點滴滴，心裡隱約存在的疑問，連著回憶的拼圖逐塊逐塊拼湊起來，終於成了一條完整的直路。

沉默了很久，我終於開口問：「當年她住的房間，是302號室嗎？」

他點點頭。

我的腦袋一片空白，想起安言對我說的那些話。

每間宿舍房裡都可以生出許多秘密。

更大的監獄從來不是這裡，是外面整個世界。

*

我傳了一個訊息給安言，叫他到未圓湖等我。過了十幾分鐘，他回覆我說到了。我打開Jason傳給我的一道訊息，按下複製再貼上，傳給安言。

這條訊息，跟當天安言收到她的訊息一模一樣。

——要對你說再見了，我在302等你。

然後我就在草叢一旁等待，心裡忐忑，不過幾分鐘，果然看見他匆匆跑來的身影。安言的恤衫顯得凌亂，頭髮因為奔跑吹得一頭凌亂。我看著他跑進華連，不理管理員的阻攔，衝上樓梯，沒了身影。

我的手機幾乎是在同時響起，接通了電話，耳邊的聲音顫慄著：「你在哪裡？」

我問：「那一天，你也是這樣嗎？」

他的喘氣聲不停地加深：「你在做什麼，為什麼……」

「我只是想幫你而已，你走到窗邊看看。」

安言照做了，他的身影在三樓第二間房間的窗邊徐徐出現，就是我和漫漫在住的房間，終於印證了我心中所有的猜想，我心中一酸。他也看到了我，拿著電話的樣子十分無助，蒼白的臉上兩目泛著閃光，像極了初見時充滿悲傷的他。

「可是安言，」我倚在石徑旁那欄杆上，仰望著他，就如最初他在這裡與我相遇時一樣：「我和漫漫一直住的房間，其實不是她住過的302號室，而是303號室啊。」

他瞠目結舌，不知是聽不懂，還是不相信我的話。

「華連一般不讓男生上樓，所以在那之前，你從來沒去過她的房間……」我不忍看他，於是閉上眼睛：「於是就像我今天重來一遍一樣，你那天衝上了樓梯，到了三樓——」

我在腦海裡代入他的處境，仔細刻劃那時的景象：「情急之下，你看見有道門開了一半，剛好它又是面向石徑的第二間房間，暗示效應和慣性思維的影響下，你便會以為這是302號室。

「但你不知道的是，樓梯轉角處的301室是面向樹叢旁的，那是管理員住的房間。所以面向石徑的第一間房間是302室，第二間……即是你現在身處的這間房間，其實是303室……也許當時的你太匆忙了，也沒多看門牌，就急著去別處找她。

「我們一年級時，隔壁是間空房。我和漫漫都以為是因為宿生太少所以空置了，但到今年它仍然是間空房，原來是因為……」我神色一凜，不欲再說下去。

安言不知何時斷了線，已經走到樓下，他像是被掏盡所有力氣，只剩最後的神智支撐著軀殼。他一步一步走到我身前，我伸出了雙手，擁抱破碎的他。

「所以安言，你還不明白嗎？」我撫摸著他的頭髮，篤定地說：「沒有來遲的，你去找她的時候，她其實就在隔壁的。是她故意開了我現在這房間的大門，讓你混淆，讓你來了卻找不到她。她是真的想跟你道別的，不過想看你最後一眼——」

最後一眼了，我要走了，請你別怪我，我不是故意想拋下你的，只是我不想再用那雙與痛苦纏繞的雙手去觸碰乾乾淨淨的你。人在痛楚時總是一邊渴望被救，一邊帶著頹然絕望，就算在這個世界裡與你度過平平無奇的一天都覺得抱歉。給過你的愛這麼多，大概是因為夾雜了這些的雜質，懦弱、自責、厭惡、浮躁，全混在一起，成了一潭無底的沼澤把我往下拉。我不敢再握緊你的手，因為怕有一天我會耐不住隨時崩塌的倔強，索性希望把你也拖下來陪我一起悲傷。

在那之前「我」——她選擇了從你的世界消失。

安言，我知道你由第一天便將我當成了她，那她真正的心意，你應該要知道。

不只是在今天，這兩年來受你影響，早已在不知不覺中代入了她的角色。可能是因為我和她都是帶著言不由衷的傷痛、獨自走在這世上的人；我們明明什麼都沒幹，那些如影隨形的不幸、煩惱卻死死地跟著我們。大概因為有類似感應，我們才會愛著同一個人吧？

曾經不止一個人對我說過，我的存在就是個悲劇，會帶來不幸。細心想想，我從小的地方的確很像個監獄，一直被人盯著，是不是因為這樣我才不敢關門呢？但我長大後我想不對呀，從來困住我的都不是我身處的那些地方，而是那些人，我姨媽、我姨丈——很遺憾，後來我發現那些人也包括著你。那年我在這個房間裡遇見你，你把我困在了那間你從未踏入過，卻永遠仰望的房間裡。你也許並不是存心想把我當作代替，只是每次看我從那間房間走出來，你便會想像她過得好好的。可是這也的確傷害了我呀。

原以為我有一天會習慣的，也妄想過有一天能改變你，但終究是我太天真了，我們只會愈來愈馴服於彼此的溫柔裡。你覺得你本就這麼懦弱，不可能傷害我，卻從來不知道原來懦弱的索求比一切都要飢渴不止。

每次你的眼睛流著淚，於是都看不見我的心也流著血。

我們都一樣脆弱，為什麼不能放膽去承認呢？我就是個不敢關門鎖門的怪咖，你就是不敢面對分離的膽小鬼。

有時這個世界會給你許多傷痕，亦會給你很多溫柔。世上善於傷害的人不一定明白溫柔的意義，但所有溫柔的人，都是被傷害過的。如果不能避免你被愛傷害，就讓我也成為你的傷口吧，讓我把你的傷口端在你面前，迫你細看。

你已經不是小孩子了，成年後你能流浪但不能逃亡，你要的是堅強而不是倔強。你要繼續走下去，走到距離那個傷口很遠很遠的以後。想要忘記的事情別頻頻回望，想要珍藏的美好，便放近心臟。記得你跟我說過，聽說若四年後還是同一個人陪你走完未圓湖，你們能走一輩子。但這是錯的，根本沒有人能完完整整的參與你的生命，有些人會遲到，也有些人會早退，別把一輩子想得那麼堂皇，當你甚至無法預約明天的生命。

「沒事的，會好的，你把心裡鎖上的門打開，放她走吧，她已經做得很好了。」

我淚流滿面地吻上安言，這可能也是我們的最後一個吻。我能陪他向她告別，可是之後的路只能由他去選擇。

安言，知道接吻時為什麼要閉上眼睛嗎？因為當你再次張開眼時，都願意相信彼此面對的是更多美好——我真的希望，你能迎接從此沒有她的未來，也能告別你心中那些，我形同虛設的過去。

（五）

到了療程後期，只要收集夠瑣碎的碎片，就算只是毫不起眼的痕跡，都能拼湊出患者潛意識內深藏的恐懼。通常這個時候，患者已有足夠的能力去面對記憶中的陰影，只要給他們少許提示，他們便能記起整個故事。

「從小到大爸爸和媽媽都不停吵架，媽媽想和爸爸離婚，但總是因為我的存在而不忍心離開。爸爸說媽媽背著他搞婚外情，說不會輕易放過媽媽。」

我仔細地記錄她的童年回憶：「然後呢？」

「十歲那年，有一天我放學回家，看見爸爸……」

我點點頭，鼓勵她繼續說下去：「爸爸怎麼了？」

她說：「爸爸叫我關上門，我照做了，媽媽偷偷把鑰匙塞給我，然後把我推到房間裡去。」

我不停轉動筆桿，想著這是個關鍵，是走出困局的必要道具：「什麼鑰匙，它在哪裡？」

「我不知道呀，我記不清了。」

「真的嗎？」我閉上眼代入她的處境：「鑰匙通常是放在不顯眼的地方，你找找看。記憶是很狡猾的東西，它可以儲藏很多東西。在你看不見的地方，它們都一直沒有消失。」

我轉動筆桿，手一滑筆卻飛走，不知掉到哪裡去了。我低頭尋找，卻看不見它的痕跡。

她的聲音突然在黑暗中響亮：「你不是知道在哪裡嗎？」

我一愣，我要知道什麼？

「鑰匙，當時不是你把鑰匙攥在手上的嗎？你就在那間上鎖的房間裡啊。」

什麼房間？我正想要記下患者說的這一切，伸手探進口袋再多拿一枝筆。卻突然摸到裡面，躺著一支冰冷的物件，並不是筆——是一支鑰匙。

我茫然抬起頭，輔導室裡的確從來只有一個女孩，那便是我。我在一個房間裡，背景播放著蕭邦的離別曲獨奏，是漫漫經常在宿舍練習的小提琴曲；牆壁掛上一幅油畫，是一面封塵了的肖像畫，好像便是安言那天放在衣櫃門外的那幅；客廳中央有一缸金魚，牠們的尾巴有火焰般的紋路。是爸爸買回來的生日禮物，媽媽每天出門前都會餵牠吃飼料……門是米白色的，對，那天我放學回家，便是剛打開這道門——

我驚疑不定地張大了眼，看見爸爸揪著媽媽的頭髮，屋子裡滿地狼藉，家具雜物全都散落一地，好像還有一攤鮮血濺在地毯上。

「快把門關上！」爸爸滿布紅筋的怒目死裡瞪著我，他一邊向我大吼，一邊往死裡地捏住媽媽的脖子，讓她痛苦尖叫。

平常溫柔如水的爸爸瞬間變成惡魔，嚇得我不敢不從，我立刻轉身關上門，門縫被我合上的一霎，一陣打碎玻璃的聲音在背後響起，我愣怔地回頭，竟見媽媽躺在地上，身下是那缸金魚、水跡和更大片的血跡。

媽媽用盡全力從碎片中爬起來，用盡最後一絲的力氣撲向我，她把一支鑰匙塞到我掌心，然後拖著我到房間門前焦急地說：「藏好，快，躲到房裡去，別出來……」

我大喊媽媽，她卻不管我的無助，雙手把我往房裡一推，我哭著合上門扇。門關上的一刻我彷彿又聽見什麼東西被砸中的聲響，我哭著不知如何是好，只能盲目聽媽媽的話把門鎖的鎖心按下。「咔嚓」的一聲，又伴隨著外面重物砸下的聲響。

我絕望地攥緊手中的鑰匙拍著房門救援，甚至把額頭撞到硬如牆壁的木門上，瞬間頭破血流。但懦弱的我仍然沒有開門，因為一門之隔的媽媽對我一直說——

「別出來，沒事的，乖……」

「沒事的，你已經做得很好了……」

「把門鎖上，別出來……」

直到外面什麼聲音也聽不見。

長大後的我想起了這完完整整的片段，卻也只是無能為力地看著悲劇重演。

從十歲那天起我就在自責，我不應該關第一道門，那麼或許媽媽和我都有機會可以逃出去；我更不應該鎖上第二道門，不然也許可以救到媽媽，至少我可以陪著她——

「不是的。」一把聲音從我耳邊呢喃，細膩又清脆的嗓音似曾相識，我想起來了，是安言：「她不會想你陪著她走向痛苦之中的，這是我發現真相時你對我說過的，不是嗎？」

「你快出來，鑰匙就在你手上，外面已經沒有危險了，這個世界再也不會有人傷害你了……」

「沒事的，你做得已經很好了。」

最後這句，正是媽媽在這個世上對我說的最後一句話，原來我沒忘記，我一直記著。我漠然地目睹這落幕的一切，緩緩伸出手緊握門把，扭開門鎖，終於邁開顫抖的腳步走出去。

然後不帶迷茫地把門重重關上，掏出鑰匙，把過去這些傷痕留在這間上鎖的房間。

*

睜開眼睛，我在躺椅上醒過來，冷汗沾溼了整個後背。熟悉的輔導室映入眼簾，明亮舒適的空間裡坐著一位中年女醫生，她的身邊有我熟悉的安言和漫漫。我哭著向他們撲過去，安言一手將我摟著，就像那天在華連樓下我擁抱他一樣。

聲音泣不成聲，心裡的碎片像是一塊塊拼圖，並全都拼湊起來，心是碎的，可是的確，都東拼西湊地縫補起來了：「我想起來了，全都想起來了……」

「我知道，我們都聽到你說的了，沒事了。」安言低聲哄著我，任由我把淚蹭到他的衣領上，漫漫在他身邊，也同樣淚流滿面。

我的輔導醫生把面紙遞給我們，微笑說：「幸好你的朋友堅持要在催眠的過程中陪你，你才有勇氣把過去的經歷說出來。這是我們的第十三次輔導了，我想在你畢業前，我們應該可以結束療程。」

「可是我不確定我是不是真的痊癒了，可能在現實中，我還是不敢關門上鎖……」

安言聞言：「沒關係，你不敢，就讓我來幫你。」

漫漫也趕緊說：「對呀，我替你守在門口，我還能幫你防色狼呢。」

我一想到往後要是每次上廁所，門外都有漫漫蹲著像個保鏢一樣，便覺得這場面太過搞笑，漫漫搔著頭，不明白我在笑什麼。可是她也開懷大笑了起來。我的身邊不知從什麼時候開始，便聚集了一班看盡我醜態也不願離開的人們。

謝謝你們，可是我隱約覺得，我已經敢了。我敢把門關起來，獨自面對世界給我的那份孤單，因為母親那時在門外替我擋下了更大的痛苦。

我準備好要去學會擁有，我要在人生中蒐集更多的溫柔，才不辜負她承受的一切。

所有向我們告別的人，其實都把僅餘勇氣留給了我們。我們被留下要獨自面對世界，但我若過得好，躺在回憶裡的人便也過得很好，我若過得不好，離開我們的人便仍然活在永恆的痛苦中。他們離開我們的時候，我們同時也將他們置之不理啊，我以為一個人承受的痛苦，都是他們忍受過這個世界的千錘百鍊之後，在我回憶留下的勇氣。

而當我真正愛過，從悲傷裡全身而退時才會發現，我根本不可能恨那個哭著離開你的人。媽媽離開我，「她」離開安言，跟我當初離開他時都一樣，都是盡最大的努力想要保護心愛的人。我們受過傷害，可是這並不能阻止我們去愛，就算世界繼續令我們遍體鱗傷，我仍然相信終有一天，你會找到一個愛你的同時，再也不會令自己受傷的人。

聽說受重傷的企鵝會獨自走向冰山裡，即使牠渴望海洋，還是把那片充滿糧食和水源的大海，留給了牠愛的同類。即使頻頻回望，牠仍然緩緩離開族群前往遠方。

世上所有迫不得已的離開，大概都不是孤獨的嚮往，是在我缺席的往後，願你能替我奔向熱鬧裡頭的一個寄望——我知道的，當這個世界向我們虛張聲勢，我們反而要勇敢去承受一切，然後伸出手，要一場溫柔的回饋。

三——告別在中國

願
穀雨時潮水將我的吶喊蓋過
夏至的灼熱把我的淚痕曬乾
秋分的乾燥把你的柔情撕裂
小寒時皓雪將你的遺憾冷藏
秋冬予你
春夏留我
紅牆下各自過了四季
我們就能彼此相忘

打錯了

——「我們，是不是都會幸福？」

（一）

飯碗掉到地上，碎片散落滿地，些許掉進了蟲蛀的地板的隙縫中。我搖搖頭，想要彎腰去清理。

「別動！」婆婆雄厚的嗓子爆出，又連忙放輕聲音，小跑步到我身旁：「媳婦啊，你千萬別亂動，待會踩到了碎片就不得了，有孕的不能傷、不能傷啊！有了傷口便容易感染，待會寒風入體，傷了胎兒……」

我聽到那種連帶的推算後果，雖然知道是誇張的，但腦袋也有點發麻：「不、不會的，媽。」

正見婆婆要收拾碎片，想要扶起她，又想起她說過孕婦不能隨意彎腰，不禁伸直了腰板，唯有怯怯地說：「媽，你別拾，我叫娣兒來拾吧，你別做這些功夫。」

「你懂什麼，那丫頭做得了些什麼！」她吼道，噴出幾滴飛沫到我的臉上，嚇得我下意識地縮了縮肩膀，她連忙掩著嘴巴：「哎，不能大聲，嚇到胎兒就不好了……可是呀，不是我故意挑剔，那個臭丫頭，幹活幹不了，家裡頭的粗重活又做不好，就是沒用！媳婦呀，我真的不是要怪你，但若當年你肚皮爭氣一點，為我們吳家生個男丁，就我們供不了他到城裡讀書，也可以下田擔杆子幫忙幹活嘛！我的好媳婦，就看你肚子這次能不能爭一口氣……」

話音未落，窣窣窸窸的聲音傳出，屋子裡唯一一道木門被打開，風隨即唰唰地吹進來，隨寒風而來的是臉容疲憊的你，臉上燻得汙黑，雙目有種蠟黃色的呆滯，嘴唇也乾枯得裂出皮屑。你轉身脫下襤褸發黃的棉襖，回頭看見屋內的我們，愣著問一句：「怎麼了？」

我想要答沒事，卻被婆婆打斷：「今天薪水發了嗎？那礦管龜兒子那邊有沒有給少？啊、發了？發了就好，明天拿來陪你婆娘去城裡醫院檢查一下，看看我的孫子有沒有健健康康的，這些天等得我呀，焦人得很。」

「孫子？媽，你知道是個男的嗎？」你緊張地問，抓緊了髒兮兮的工作汗巾。

「我當然知道！你看我瓜媳婦的肚那麼尖，一看便知是男的！隔籬陳嬸的媳婦啊，懷胎時肚子便是尖的，結果生出來就真的是個男娃兒！這準沒錯。哎，你不說我還真忘了，我再去端碗補湯給她喝。」

我見婆婆走開了，這才走到你身邊，拿起一條乾淨的毛巾給你擦臉。看見你的雙頰瘦得微陷，手指甲縫裡全是灰黑的煤灰，像是已經嵌進皮肉裡的組織，再怎麼擦拭也不能去掉。每擦一次，胸口便像注滿了鉛般沉重。

我想起了初見你那天，就在這村口的榕樹蔭下，我媽把我半拉半推地拽到這村來見你。這是我家和你家說好的親事，他們就要勸我別到鎮上讀書，為著早點嫁出去，拿來聘金能給我弟治病。我知注定會見的，也知道我擅長的東西若不能給我和我家帶來此刻的溫飽，也是無用。可是當真的到眼皮子下時又不知如何是好。那天榕樹的樹蔭下隱隱透著幾絲金光，素服瘦削的你筆直地站著，你傻傻地笑，遞給我一包綿綿的白糖糕。

這是我第一次收到異性送的禮物，鬆軟的白糖糕在陽光下晃漾，看花了我的眼。白糖糕很軟，很好吃，肚腹飽滿的感覺像是可觸摸的現實輪廓，讓我對那些虛無縹緲的夢想失去了點執著，對景況多了些妥協。這麼多年了，過去的事影影綽綽，那個樹畔前的人，好像也如塵埃般被每天的生活反覆擦拭，卻終究還是換來一個不再泛光的你。

「媽只是太緊張了，我不要緊的。你剛發了薪水不要亂花，拿來添點冬衣吧，你和娣兒的衣服都快要穿爛了。」

「我不冷，娣兒的拿些舊衣再縫縫就好。」你握住我的手，急切的眼神中有太多的注視，我從那滿著血絲的瞳孔中看見了同樣粗糙的自己，和你帶點沙啞的嗓子重疊：「但孩子不能不顧啊，這些錢倒是要花的，你的肚子都這麼大了。」

「可是……」

「噓，放心，沒事的。」你抿起乾燥的唇微笑著，暗黃的牙齒還留有些許煤灰的痕跡，聲音卻乾淨軟糯得讓我陷入其中：

「沒事的，我能撐下去。我們、我們都會幸福的。」

（二）

杯子被人打破時發出清脆卻刺耳的聲響，碎片撒落一地，在隙縫間與前陣子的碎片混合，卻無人去管，無人去摳。

你急忙上前阻止婆婆：「媽，你不要這樣子，待會傷到了胎兒——」

「傷？哪有這麼容易受傷！」她收回了拋出杯子的手，氣喘喘地向我吼道：「就算傷了又如何！就說她是賤命，一輩子沒好運，嫁了進來連帶我們家也沒運！生了一個女兒，誰知道這次又是個女的！我早就覺得她沒那麼好命，肚子尖起來那麼扁，沒福沒氣的，哪來是個男的！你說說看，為啥子我們家這麼沒福呀……」

我哭得一塌糊塗，抽搐地呢喃著：「對不起、對不起……」還想要說些什麼去解釋，聲線卻模糊在喉嚨裡卡死發不出來。我把眼神投向同樣驚訝的你，你不忍地撇過頭，對你媽說：「媽，她又不想的……」

「不想？我也不想啊！誰會希望生個白吃白喝的女娃？養來供著放家裡看好看的嗎？」她氣沖沖地用手指指著哭得顫抖的我，突然想起了什麼，問：「你的工錢還剩著嗎？」

「還、還剩著……」你瞥見母親炙熱的眼神，喉嚨滾動嚥下了一口唾液：「媽，你該不會想打——」

「打！當然要打掉！留住來幹嘛，留來幾娘母的吃窮我們嗎？花少許錢能省下一大筆花費，這錢花得不冤！明天帶她到村尾劉嬸那裡打掉吧，我跟她可熟了，不會算太貴的。」她說罷便打開了門，打點一切去。

我好像還未明白這幾句話內藏的意思，下一秒卻被無盡的恐懼感掩蓋。我磕磕絆絆地走過去，撲到你懷中，力度太大撞到了斑駁的牆角，掉了些灰。

「我不要！我不要打掉我們的孩子，我不要，別、別……你不會准的對不對？對，你一定不會准的——」

你終究還是把目光對進我的雙眼裡，我彷彿第一次看清你的黑眼珠子，那裡原來空無一物，是連我的倒影也裝不下的一片漆黑。

「老婆啊。」

我一陣哆嗦。

「沒、沒事的，打掉吧，我們總要生活的……我們沒錢多養個女娃啊。」你窘迫的樣子如同當年初見娣兒的須臾，再帶點絕望，好像再不注給你希望，你的背梁就要折斷。你又再抓住我的手，那分明跟給我白糖糕的是同一雙手，這次卻像是要餵我喝下甜膩的毒藥：

「對……沒事的，我們都會好好的。我們、我們都會幸福的……」

(三)

破舊的連線電話從我的手中滑落，被打結的電線吊著，碰不了地。

你捧著一碗泛著熱氣的湯藥，看見我愣著站在電話旁，問：「誰打來的？」

「打、打錯了……」

「打錯了電話嗎？那就掛了吧，來喝了這碗湯，你現在身子還很弱的。」

「醫院打來說，說弄錯了資料……娃、娃兒是男的，我們打錯了，打、打錯了……」

我的腦海一片空白，隨即想起那天腳下的鮮紅。我想顫動、想吶喊，卻發現力氣被抽走，心臟被挖空。我看著眼前這個給過我白糖糕的男人，這個總是溫柔得軟弱的男人，這個我愛過的男人，我想問，好想問——

「打錯了，但我們，是不是都會幸福？」

醫囑

——「即使這個病生於與你有關的憂患，我只是希望，中毒至深的我，能死於與你有關的安樂。」

「……我不知道這是不是一個約定俗成的習慣，每次遇到新認識的人，他們可以不問我的全名、不問我的年齡，卻總是問我來自哪裡。我生在北京，但長在天津，那麼我應該回答哪一個城市呢？你可能會說，北京和天津不都挨在一起嘛沒什麼兩樣。老兄，這分別賊大了，答北京和答天津完全會影響你在相親聚會中拿到幾多個異性的微信——但每次最後我都會答天津，反正我不喜歡女人。

「今晚的時間差不多，下週我再告訴你們要怎樣與寂寞共處，我是你們的主持人K，晚安。」

關麥以後用眼角覷了眼導演的反應，他只是打了個呵欠，看起來很正常的樣子。深夜三時的播音室就是有這個好處，偶爾說一些出位的話也無傷大雅，跳脫發言在夜幕的包裝下比在白天都能入耳。用手機刷著網絡電臺的聊天室，沒有散布仇恨的言論，只有幾個常見帳號在留言。真想問，人到夜晚是不是都會變得溫柔？

開臺時我有挑選過話題，盡量美化用字，也不說謊，我的確不喜歡女人。但我還是把話掖著一點沒說：我很討厭天津。這是個有著太多痕跡的城市，這裡的人可以接受各式各樣的疤痕，什麼歷史課本上的租界遺珠、折衷主義下新舊混合的歐風建築、津門故里的煙火歲月都一一被接受保留，卻不公開允許我以真實的姿態生活在這個城市。

然而往後若被問起，我想我還是會再一次毫不猶豫地說自己是個天津男兒，除了因為我是被世界上最好吃的煎餅果子餵大的，還有因為在這個絡繹不絕的津城裡，有世界上待我最好的一個人。

一個醫生。

*

一道敞亮光線隨門扇竄進來，不用打開眼皮蓋也能感覺得到。那個人的木底皮鞋在門口咯噠幾下後脫下了，腳步聲往廚房那邊走去，接著大潺潺流水聲響起，大概是他在洗手消毒。

「別睡在沙發，要感冒的。」進門後過了三分鐘，終於，沈子凡的聲音從我頭頂傳來。我就算沒睡透也真的睏斃了，做完節目回到家已接近天亮，只是比剛下班的他早一點回到家。

「喂。」他又喊了一遍。

我一翻手，將披在身上的外套再摟緊一點：「我就喜歡睡沙發……你別吵我……感冒了你就從醫院拿點藥給我……」

我幾乎能讀出他的腦電波，他肯定在想：有病嗎？幾歲的人了還像個孩子似的。的確他仍是慣常地嘴上不漏糖，吝嗇得很：「我是醫生，不是開藥局的。」一邊說，還一邊用手摸了摸我的額頭，確認我的體溫正常。

沈子凡的手掌很大很冰，放在額上涼涼的很舒服。我有著體溫偏高，容易發燒的體質，所以他習慣不時摸摸我的額頭。換作平日我會取笑怎麼只認科學的他會用這麼一個不科學的方法測體溫，可是我今天什麼也沒抬槓，我不需要吃藥，只是需要他的安撫。

「酒吧那邊太辛苦受不了的話，還是找份輕鬆一點的。」他為我分析道，手仍然擱在我額頭上。

我沒告訴他，每星期有幾天我都會去電臺當深夜閒聊節目的主播，他自然以為我還是在以前的酒吧打工。那間酒吧的老闆說我話太多了經常和客人扯談，不符合他店的高級格調所以老早就把我解雇了。拉倒吧，我也不愛裝高級，我只是需要一個向世界訴說的平臺，關於這份愛。這個城市有時容許這種同類的愛，有時又要埋沒它，我就在這之間的含糊界線上來來回回地張揚。

我沒把沈子凡的手挪開，反而裝模作樣地吸了吸鼻腔，一副感冒真的要來的模樣。

連我也不理解自己為何總在他面前展示最可憐的樣子。每次我在外面稍微表露底蘊，害怕別人一旦指責說，你心底那棵幼苗是見不得光的，便會想轉身逃離回家尋求養分。已經習慣用最潦倒的樣子來獲得醫者的憐憫，這樣才有得到優先治療的可能——我對他偏偏就是這樣造作又矯情，充滿試探和迴避。總是帶著不安的我，只能反覆將他推開，給他一大片後退的餘地，看他始終不走，看他永不回頭，然後獲得滿滿的安全感。

沈子凡常常說我要活得健康一點，我嘴上說聽他的醫囑，心裡卻清楚自己很難健康，像我這樣的人天生就缺乏勇敢去愛的功能，只能小心翼翼地向愛的人匍匐靠近。他的手總是一次又一次的，試圖降低我的體溫，想要阻止我自我慢性摧毀。

但是醫生，沒有用的，他們說我對你的愛儼如一種病毒，是要害你的。在這種不被允許的愛情裡，我病入膏肓，我藥石無靈，即使這個病生於與你有關的憂患，我只是希望，中毒至深的我，能死於與你有關的安樂。

*

「有一個聽眾留言問，過幾天就是高考了，不是重點高中的他想考一本是不是不可能……

「同學，我用自己經驗來告訴你吧，高中排名能給你信心，但你有了光環會先自扣一百分。老子我那時上的還是和平區重點高中排名前十，最後211大學沒能考上。總之你要是一味的軸，給自己太大壓力穩不住了，是學霸也不能好好發揮對吧？我在這裡祝你逢考必過，別不及格，早點休息，最後是你點的歌，李榮浩的〈年少有為〉，同時送給所有考生……」

高中時代彷彿是很遙遠的事。

我誤打誤撞進了有天津魔高之稱的二十中，高二那年更是擦邊考進了實驗班。那年我班上不知為什麼顏值偏高，總有些別班的女同學會圍在窗戶偷看我們班的男生，我不幸被包括在內。那時我實在很煩連溫習的時候也要被圍觀，也很煩那些一天到晚往我抽屜塞信的女同學。我想，我連化學真題都來不及看了，怎麼有時間看情書？轉頭一看，我看見同桌——年級前三名的沈子凡沒在溫習，反而在看我。

我沒多想就挨過去，悄悄地說：「沈子凡，幫我趕一下那群女生，用最有效的方法。」

他瞧了我一眼，好像是在再度確認我的決心，然後在我仰頭催促的神情下，冷漠地走到教室門前，對她們拋下一句：「他說他有喜歡的人了，很抱歉。」

站到最前的那個女生愣住看看他再看看我，最後擺出一副「我什麼都明白了」的表情，掩著臉跑出了教室。後面的群眾隨即發出「喔唷唷」的圍觀笑聲。我就在這種說不清的尷尬中啞口無言，也瞬間刷紅了臉。

沈子凡這個二五眼，他那個學霸的腦袋覺得這是最有效的方法嗎？的確後來，給我的情書是少了——因為大家都默認我「看上」了沈子凡看不上任何人！但最令我不忿的是，翌日那個女生竟然移情別戀喜歡上沈子凡了！拿我當幌子嗎？

結果在情人節那天，那女生魚死網破地捲土重來，在所有人面前對沈子凡公開告白：「就算你不喜歡女人我也喜歡你。」

沈子凡眨眨眼睛細品她的話，然後一臉冰霜地微笑：「我沒說我不喜歡女人，但我的確不喜歡你。」

我那時在一旁吃瓜，真想拿個揚聲器向其他圍觀的吃瓜觀眾叫喊：看吧，他果然喜歡女的，造謠說他和我一樣的人就是個傻子。

然而心裡有什麼東西像泡沫一樣「啵」的一聲戳破了。

高考前三百天，記不起自己是怎樣在實驗班反覆被考題輾壓而過，反正那些我曾經犧牲很多腦細胞才能清空腦容量放下的數式，對我後來的人生一點屁用都沒有。只記得高三人人都神經緊張，人人都不太正常，前一天跟你好的人今天就挑事跟你吵了。某天起驀然發現大家看我的視線都不一樣，但我根本沒有心力去找那些青春少男少女背後疼痛的原因。

我開始發現自己的習作經常沒發回來，跟老師說了後，他往班上問一句，是不是有同學拿錯了作業本啊，還給人家，快應試了心態擺正一點。隔天幾本失蹤了的作業就真的全都出現在抽屜內。這次跟那些情書不同，我有翻開來看，紅色墨水大刺刺的組成了「死變態」、「噁心」、「別考了掉人現眼」等字句，橫屍在作業本上，跨過我底下嘔心瀝血才解好的數式。

忍不住跑去找沈子凡，他也給我端出幾本差不多同被塗鴉掉的作業本。但他覺得這只是惡作劇，好像完全不當一回事。我茫然地看著他收拾書包，想說的「對不起」說不出來。我想跟他抱歉不止是因為害他捲入這種破事兒，更加是因為我打從心裡覺得那些詛咒也許都沒錯，我就是動了心思——對一個對我沒興趣、喜歡女生的男生。

但就連他覺得這不是一種傷害這回事，也給予我充分的傷害。我對自己的懦弱及他的堅強同時感到可悲又可恨。

一直到高考前夕都如芒刺背，成績一直是我在班上的狼皮，能掩蓋我底子裡與所有人的不一樣。但幾次備考我都愈考愈差，排名倒數下去，周圍的嘲笑聲彷彿逐漸增多，我感覺身上的毛皮要一綹一綹的掉光了，慌得很。後來老師將成績一直保持優異的沈子凡調離了我的座位，他不再是我的同桌，彷彿我成了被遺棄的一個。

到高考英語那天，我在新興街上往考場方向走著，一整晚沒睡的疲憊隨著太陽猛烈地對我拳打腳踢，焦灼得我胃疼。這才想起我什麼都未下肚，匆匆在街邊的煎餅果子店隨便點了一份。沈子凡與我同一個考場，在路上剛好碰見我。不知怎麼的，他竟然不發一言地在我旁邊坐下來，也叫了一份煎蛋餅與豆漿。

我突然覺得特別沒意思，這注定是一場敗仗，我對他說：「我不想考了。」

他看我一眼，咬了一口煎餅，輕輕地說：「不想考就進去隨便寫寫吧。」

「考不上怎麼辦？」

「你有非做不可的夢想嗎？沒有的話，考不上重點大學也沒什麼。」

「他們每個人……」我頓了頓，肯定自己是瘋了沒得救：「都說我有病。」

沈子凡放下了煎餅，靠過來仔細看我的臉，然後在我怔忡下，伸出手第一次觸碰我的額頭，淡淡地說：「你體溫有點高，但你沒病。」

「你怎麼知道。」

「我是要做醫生的人。」他喊了一遍我的名字：「你信我嗎？你沒病，你在我眼中正常得很。」

我仍然記得那天早上，沈子凡的手掌在夏日裡很冰涼，指縫間甚至帶著幾滴豆漿包裝的水珠，往我的鬢角劃過，一直要往我心裡滴去，模糊了抽屜裡那些鮮豔的噬人的紅色墨水。從那時起他就沒騙過我，我的確考不上重點大學，可是仍是活得好好的。他的確當上了醫生，在後來鬱鬱葱葱的歲月裡一直提醒我說：我很好，我很正常。

他總是告訴我，我有一個正常的肉身，而我人不知足，也想要一個正常的靈魂。

升上大學後他問我要不要合租一間房子，我應聲說好，就這樣我們住在了一塊。以沈醫生的智商應該沒蠢到看不出我對他的想法，然而我們誰都沒承諾過誰什麼，也沒向對方索求什麼，不掉進世俗的約束裡便不用承受世人的指責，至少我是這麼想的。

沈子凡每次都恰到好處地避開我對這個世界的敏感，像是替病人治療時一邊聊天一邊避過要害，縫補了我身上四十八道傷痕。我想他應該是可憐我了，就像醫生可憐病人一樣，也沒辦法的，再來一次，我依然會毫不猶豫地把自己交給他。

他說過有病有痛都要就醫，我深知我的世界裡有種痛只有他才能根治——那是我掏盡力氣抵抗，也終究愛莫能助的相思。

*

導演突然遞給我一份稿子，單單是瞄了一眼上面密密麻麻的字，便不禁將手中紙張攥緊：「以下是來自市內衛生局的特報：截至五月十日二十四時，不明原因造成的呼吸道傳染病確診個案新增三十五宗，新增死亡病例二十宗，累積確診個案二百零一宗。疫情應急指揮部發布了最新呼籲，市民應提高防疫意識，不聚集、勤洗手、外出戴口罩……」

下播以後，導演與我討論下期節目應該要停播，或是改在家中開播。我點點頭，不時心神不寧地看著手機，裡頭躺著早上給沈子凡的訊息——晚上能見面嗎？

然後就在再一次要放棄的時候，提示音響了起來，一條跳入眼眶的訊息儼如鎮靜劑般迅速撫平焦躁：「十分鐘，醫院東座地下A道走廊。」

我沒帶任何東西便往第三醫院出發，心裡清楚無論帶些什麼，也不能快捷交到他手上。現在所有進出醫院的物資都要登記和消毒，沈子凡說別浪費醫院人員的功夫，我也十分認同。反正他這個人向來滴水不漏，就算在隔離宿舍也能好好照顧自己。幸好以前也來過東座地下這條走廊給他送過東西，依著記憶左拐右轉，很快便來到了地面一排通光良好，寬敞透亮的落地窗外，離遠便隱若看見一個身影在廊下等待。

沈子凡立在白光如注的走廊下，靜靜的倚在窗邊，正抱著臂閉目養神。我不忍喚醒他，默默地走到他身後凝望著他，又想起他只有十分鐘的空隙，還是伸手敲了敲玻璃。

他聽到了聲響便轉過身來，以一種難以言喻情緒的眼神，隔著玻璃與我對視。

此刻要不是有這層玻璃，我發誓我會花光人生的勇氣去狠狠抱他，就勇敢這麼一次。但這個剎那隔在我們的不只有玻璃，還有他身上的保護裝備、看不到盡頭的隔離，還有隱形的病菌。他全身上下都被一層薄薄的防護紗衣包裹，醫療用口罩緊貼他半張臉，只剩下護目鏡下的眼睛是尚可見的，卻滿布了紅絲。突然覺得我花什麼勇氣都只會自慚形穢，相比之下，他這個人就是勇氣。

他掏出了手機給我撥號，接通了，對我問：「好看不？我的戰衣。」

這個人總是在奇怪的時刻注滿另類幽默感，我直覺想嗆他哪會有戰衣這麼薄如蟬翼，可是想到這心情又凋萎起來，不想戳破他僅有的保護，哪怕只是言語上。

我盯著他戴著手套的手，囁囁細道：「手定是都洗紅了吧。」

「嗯？」

「我說，」我抓緊手機，張開嗓子說大聲一點。念頭一轉，把手端到他跟前，貼在窗的玻璃上，盡力閒話家常：「你看看我的手，消毒液都弄到脫皮了，像條脫皮蛇。」

他靜靜地愣了幾秒，然後緩緩把左手的手套脫下來，我正要阻止，他噓聲說：「沒事，是時候要換的。」

沈子凡將手掌放到玻璃上，骨節分明的手指蒼白修長，但全都乾涸得五指裂皮，掌紋在乾燥下深刻得像是要劈開手心。我倆的手對齊相貼，他手掌本就比我大，驟眼看是他的手包裹著我的手，但我絲毫感覺不到他的溫暖，此刻我只能感覺得到玻璃的微涼，偏偏與他平常用手掌替我測額溫時的溫度那麼相似。

「你的手怎麼都縮小了。」他說。

「別扯了，你有握過嗎？本來就這樣。」

「在你睡著的時候，」他思量半秒，索性直認不諱：「有呀。」

我說不出話來，口罩戴久了就會侷促，只好低下頭。

「在家裡要好好打掃衛生。」

「嗯。」

「襪子不能隨便亂丟，外出回家後要立即洗手。」

「嗯。」

「還有酒吧的工作能別去就別去了，有點危險。」

我受不了他竟然覺得我處境比較危險這回事，想往口袋掏菸抽一口冷靜，可是眼角掃過他的衣角，又瞬速放棄了。彷彿重回了高考碰上他時的那天，那陣恍如隔世的無力感和焦慮又席捲而來，想把我淹沒。

我低下頭苦笑：「有時我覺得活這麼一場真累人，平常沒有非活不可的理由，也這麼磕磕絆絆走過來了。反而現在隨隨便便就能倒下了，卻覺得不甘心，覺得沒理由，想努力的活下去。原來人活一場，終究就是為個理由啊。」

他沒否認我的說法，只是喊了遍我的名字：「喂，我好像沒叫過你為我做什麼吧。」

「好好照顧自己，別喝酒，別抽菸，你——」我聞言抬頭，對上他欲言又止的眼神，他還是給了我最後一個醫囑。

「你等我回家。」

手指稍微在玻璃上攥緊一點，好像就能摸到他的指尖，和他身後背負的大片流光，卻還是差一點點。

醫院內一片燈火通明，哪怕這刻亦有生命離去，進出這裡的人始終是帶著希望的，像互相等待彼此的他與我。

這個城市的所有生物大概都有種從容就義的趨光性。

比如是奮不顧身衝向高燈的蛾，木棚下凝望蠟燭的乞丐，還有此刻就算千瘡百孔，仍多麼想用力奔向他尋找一個理由的我。

*

「今晚是我主持的最後一期了，下期有新主播來啦。先說我不是表現不好被解雇啊，是疫情前申請的研究院終於錄取我了，過幾天就要出發去美國。老兄們，別擔心我，哪怕不是因為你們，我也會為了天津獨麵筋的鮮，鴨油包的香，和八珍豆腐的嫩而勤力學習，快點回來的……我是你們的主持人K，我們後會有期。」

想到美國讀研究所的確是很早以前就猶豫的事情，這些年像影子一樣依附沈子凡生活，雖然他從未說累，我也沒有讓自己舒服地過。從那天在醫院看到他疲憊的樣子便決定了，我不能賴著他，我終究要離開他找回自己最初的模樣。當我也能在陽光下毫不畏懼地生活，不怕流言不怕中傷，才有被愛的資格。

這幾年來沈子凡不只是我一個人的醫生，卻是我唯一的醫生，他不用藥，僅僅用溫柔治療我所有無以名狀的悲傷。他給了我的所有醫囑，我也不是條條遵守，我會無視，我會無能為力，但更多的時間是我在他的陪伴下努力抵抗，不至於陷入膏肓。

人活在世上的確不需理由才能生存，但若要去愛著誰，便想盡力成為不負對方珍重的理由。因為愛他，所以這個世界所有美好的一切都與他有關，也願意為他經歷一切美好的艱難，讓自己變成對方值得的美好。

沈子凡送我到機場那天，天津是久違的晴朗。在離境口前準備入閘，他突然叫住我，向我拋來一包塑料袋。我連忙接過，低頭仔細看，裡面是一包包藥丸。

「給你的藥，暈機時就吃一粒，別犟著。」

我慨嘆每當人要告別時還是能拿到一些好處的：「沈醫生，你終於肯為我犯險，偷拿醫院的藥了。」

他對我翻了一個白眼，雙眸還是最終落在我身上。

「其他人病了，我開藥就好。你病了，我無法只是開藥。」

我愣然一下，伸出手掌撫上沈醫生的額頭，在他猝不及防的呆滯下痞痞地說：「哎，醫生，你體溫有點高，但你明明沒燒啊。」

然後便揮揮手，轉身離去。

經過了重重關卡後終於登上飛機，早機的原因令我很快昏睡過去。醒來時剛好是空服員發餐的時候，我對著眼前的炒麵發怔，勉強吃了幾口，但伴隨氣流的進食實在讓我晃得慌。趕緊翻出了沈子凡剛給我的藥，仔細看看每包藥的處方。

我卻被那些熟悉的字跡震懾得心裡一震，所有若無其事的偽裝都瞬間卸下在心房，散落一地，隨著顛簸與我一同搖晃。

一位空服員瞥見我的異樣，靠近細看，倏地嚇了一跳：「先生，你沒事吧？你……」

「你們這麵好辣……能給我杯水嗎？」

空服員真的轉身去拿水了，我連忙用面紙抹去不受控制的淚水。那包令我熱淚盈眶的藥仍然攤放在餐桌上，藥袋上礙事的字鮮明又不容忽視。我想，這個醫生真的好煩，給我下的醫囑很短很短，期限卻很長很長——

致主持人K：

你可以只活一場，

不過必須有我在場。

我等你回家。

有一個姑娘

——「人和鳥都一樣，是無法把所有東西都緊抱入擁的，你要飛翔，就得展開雙臂。」

（一）

「皇阿瑪——」

小燕子睜著圓潤的雙眼，從梁子上一躍而下到龍椅前，落地不穩翻滾了一圈，然後畫面定格在趙薇張開嘴巴皺著眉的表情，字幕滾出，「啊——啊——啊啊啊啊——」熟悉的片尾曲隨即跟上，這又播完了一集《還珠格格》。

李雁拿起遙控器暫停了播放，拿起茶几上的馬克杯，轉身到廚房倒了杯溫水。已經是晚上十點，她走到落地玻璃窗前，身下的二環路上霓裳十色，車輛前後紅白色的車燈流瀉了整條街道，這片景色自她搬進這間公寓以來就每晚重複著。她別個頭看見裝飾鏡裡的自己。一直暫停在靜止畫面的投影機還亮著，小燕子靈動又明黠的神情剛好投射到她臉上，與她的眼角重疊。

愣怔了一下，她想起曾經有人看著她的眉梢，裝模作樣地說：「你跟小燕子真像。」

李雁那時忘了問，究竟是她像小燕子，還是她像趙薇。後來也一直沒有機會再問了。

她癱坐在沙發上，抬頭對著天花板呆滯，沒頭沒腦地說了句：「阿媽——幫我洗碗。

「幫我拿杯水。

「我的衣服到哪了，我找不到。」

空蕩蕩的房子沒有回應，她也不是失憶的，口中的阿媽此刻身在廣州，沒法管她這個不肖女。她想著的，是另一個人。

而那個人，已經離開她好久好久了。

*

七年前李雁初到北京的時候，覺得自己飛進了一個大染缸，簡單到連呼吸都不會，能傻呼呼地被霧霾嚇死。

最初的第一年，她在石景山蘋果園和另外兩個小女生合租了一間出租屋，自己有個次臥，已經是很不錯的了。

這個起點是標準配置，沒啥可怨的。在北上廣生存，不論男女，要是不是靠爸族，便是個沒有課金能力的低端玩家，還只得一次首抽機會。礙於戶口問題，外地人有百分之九十都只能抽到銅蛋——被一間不介意收實習生的中小企公司錄取，月薪人民幣三千五百元，轉正五千元，於是李雁也不例外。

有一天她的室友又在公司加班，正跟她在微信感嘆：「四面八方的人都想湧來北京，想要變成一樣的人，可是每個人都變一樣以後，又嘆息自己如此平庸。」

凡是在北京五環邊上跑圈的北漂，東奔西走，都是為了尋找一個落根的隙縫，能夠愈跑愈深。每個人背上可能都背負著一些宏大的夢想，而夢想是個很玄的東西，它可以是無價的，追求它的路上卻有很多人拿著它的名義跟你談價錢。

李雁不置可否，坐在燈光慘白的地鐵車廂內隨著顛簸搖晃，同時正跟室友在手機上談論遠大的理想，這種對比讓她有點落寞。這個城市太龐大了，迫得她的腳步到處徘徊，這個城市又太擠擁，讓她的不安無處安放。

她不知道自己要走到哪個角落，身上支撐她的僅僅是自尊、忍耐和青春，都是些不值錢的東西。但她始終認為人總要為自己爭取什麼的，現在他們這些極力沾上邊的外地人，既然都決定要參賽了，首要任務是義無反顧地躋身於這個城市的跑道上。

正當她低著頭暗自沉思時，突然大腿傳來一陣磨蹭，她起了一陣疙瘩，斜睨一下自己的大腿——坐在旁邊的陌生人正用著小腿不斷往她腳部靠攏。李雁快速瞄了對方一眼，只見一個中年大叔閉著眼睛看似正在睡覺。

李雁坐著靠邊的位置，於是稍稍挪開身子，大叔卻依然靠近過來，他的腳一下一下地抖著，顫動著噁心的頻率。李雁受不住他身上濃郁的汗味，更可怕的是，她發現他手上的手機鏡頭正對著自己。她感到一陣毛骨悚然，腦海裡盤算著各種想法：

是要換位置？可是我明顯是個下班族，換了位置他也有可能跟上來。

要現在下車？但現在也快晚上十點了，他跟著我下車豈非更加危險？

大聲揭發他的惡行？但萬一他是真的在睡覺，惹火了他要報警怎麼辦？

正當她猶豫不決時，一把洪亮的聲音從頭頂傳出：「找到你了，幹啥呢。」

李雁抬頭，一個身材魁梧的男人與她對上視線。他撇嘴笑著，膚色黝黑，梳著一個平頭，兩鬢剪得甚短，劍眉如星目光炯炯，笑起來時眼角會有笑紋，顯得他瀟灑爽朗。

「微信你又不看，電話又不接，還在生氣呢？」男人接連問道。明明是在冬日裡，他卻連羽絨服也沒穿，只套了一件黑色夾克。他長得甚高，幾乎要彎下腰來跟她說話，

V領T恤的領口露出了同樣黝黑的脖子，和掛著的銀牌吊飾。

「丫頭片子，是不是還覺得委屈？嗯？」男人低頭望著李雁，向她打了一個眼色，示意身旁那個中年男人。她一個激靈才意會起來，支支吾吾地接上：「對呀。」

「行了吧，都一個星期了，冷戰夠了，都不讓我來接你下班。」他一字一句都有濃烈的北京腔，卻字字句句都說得清楚：「以後我來接你好不好。」

李雁細聲說了聲好，男人便攬過她的腰。李雁透過厚重的大衣感覺到，男人只是把手搭在衣服上，並沒有真的觸碰到她。此時剛好到了站，他帶著李雁下車。下車時男人冷冷盯著那「剛睡醒」的中年男子，對方縮了縮肩，不敢回望。

「那個……」列車駛去，李雁看著陌生的車站，又看著陌生的男人，不知從何說起。

男人看穿了小姑娘的尷尬，雙手插著褲袋，顯得雲淡風輕：「那老頭子一上車動作便奇奇怪怪的，原先我以為你們認識的，可是看多了兩眼發現你們沒談話，你還在發抖，所以就多管閒事了。」

李雁點點頭，不作聲。

男人看她的身高還不到自己的胸口，覺得她太過纖弱，遇事不吭聲的個性更是危險：「姑娘，你初來北京吧？多留點心眼吧。」

李雁半帶驚訝地反問：「你怎麼知道我是外地人？」

「全京城都知道這一號線一多扒手二多色狼啊，誰會穿這麼少在地鐵遛彎兒呢。」男人聳了聳肩，悠然自得地補上一句：「何況還是個好看的姑娘。」

李雁睜著一雙眼睛看著他，覺得對方是在誇她，又是在嘲笑自己的無知。她的眉毛彎彎的，盈眸睚眦，雙頰因剛剛的驚魂未定而泛著紅暈。男人打量著，突然想起什麼來。

「你長得好像那個電視劇的女主角，叫啥呢……」他沉思，然後打了個響指：「對，小燕子！你跟小燕子長得真像。不過是個沒膽的小燕子，都不會哼聲反抗的。」

「你還長得像五阿哥呢，頭髮也沒幾根的。」李雁無奈地回嗆。

男人摸著自己的後腦杓，好像覺得李雁說得也挺對，淺笑順應：「那就是五阿哥救小燕子，英雄救美，應該的。」

李雁對著這個愛說笑的男人，心情十分複雜，難以言喻。

就在北京的第一年，李雁碰上了一個人，這個人愛胡謅胡鬧，眼底裡卻藏著一股倔強凜然。他用那雙粗糙又結實的手，笑笑鬧鬧便把巍巍欲墜的她拉回城市中央。這個城市裡人來人往，看似每個人都一樣，但只有他，看出了她的不一樣。他說他叫周晨亮，晨曦的晨，光亮的亮。

（二）

周晨亮是個實實在在的北京漢子，李雁跟他交談沒幾次後便在心底蓋章認定了此事。

兩人從第一次周晨亮「英雄救美」之後便交換了微信，是李雁借「表示謝意」為由向他拿的。周晨亮當時只是眨眨眼睛，便點頭說好。

李雁心想，會不會太刻意？可是結論是李雁想多了，她發了一個微信問候，周晨亮的名字下卻一直顯示未讀。

直到兩星期後，周晨亮回了一道訊息：冬訓完剛放出來，你找我啊？

李雁看著未解鎖的螢幕，有這麼一條訊息提示。她挺好奇他所指的冬訓是什麼，卻賭氣決定要待個半個小時才回他的訊息。

然而周晨亮沒打算讓生命浪費這半個小時，他的第二條訊息緊接而來——

丫頭，你想不想吃地道的京味兒？

*

李雁仔細搭配好一件粗針織連衣裙配卡其色的牛角扣大衣，匆匆趕到約好的勁松站。從遠處她便看見有個高個子佇立等候。她整理了一下自己的髮絲，走近時才發現，周晨亮穿著灰色厚棉T和黑色運動褲，脖子意思意思地圍了條藏青色圍巾。他是真的不怕冷，這快近零度的天氣，每次都穿得如此單薄。周晨亮聳了聳肩說慣了，他這個人只怕熱。

「你是當兵的？」李雁疑惑地問。

「怎麼說？」

「你說你冬訓完了，然後你頭髮真的沒有幾條啊。」

周晨亮聽罷，興味盎然地大笑了幾聲。他凝視著她的臉頰，挺直腰背，舉起右手至劍眉沉聲道：「北京市石景山消防救援中隊副隊——周晨亮向你報到。」

李雁的心被眼前這男人的敬禮狠狠觸動了一下。可是她臉上保持平靜，她點點頭：「哦，周同志你好。」

周晨亮帶著她在勁松老胡同裡走街串巷。李雁並不是第一次到朝陽區，但之前逛的都是三里屯、朝陽公園那些熱門景點，如此深入地探索一個社區還是第一次。

一月裡的北京寒風蕭瑟，北風穿過長街短巷後變得更加凜冽，對李雁來說更是冷得刺骨。周晨亮瞧見她發抖的樣子，便解了自己的圍巾披到她的脖子上，也沒說什麼，繼續往前走。李雁看著面前高大的背影，直覺覺得他是在為她擋風。

走了十分鐘左右，在一個巷子裡拐彎，一條小店林立的巷道映入眼簾。各家昏黃的燈光穿透毛玻璃，把暗淡的小巷照得黃燦燦的。隔著各店的旗幟和亮牌，不知何處飄來的桂糖炒栗和花雕酒暗香織成一張暖意盎然的網，包圍二人。到了盡頭有家涮肉店，正是周晨亮要去的老店。怎料店家說裡頭滿座了，只剩外頭張著桌子和板凳還空著。

周晨亮見她本就哆嗦的模樣，想著算了吧再換間店，但李雁拉了拉他說：「沒關係啦，吃著吃著身子就暖了。」周晨亮點了點頭，二人就在店外坐下。

這是李雁第一次在北京吃地道的涮肉鍋。周晨亮一看便知道是這家店的熟客，板凳還未坐穩，便張口點了羊蠍子鍋，又追加了羊上腦，鮮毛肚和各類菜品。沒過多久，店家便端來一個熱騰騰的紫銅炭鍋，裡頭是滿滿的羊蠍子肉，滾燙的紅湯混合了辣椒、八角、料酒等調料，香氣迫人，那股辣油的勁兒味更是令人垂涎欲滴。

兩人二話不說，立即開吃，李雁吃下一口冒著熱氣的羊肉，辣中帶鮮，感到體內的寒意瞬間都被驅走了。

周晨亮看她吃得滋味，心情也愉快起來。兩個人就這樣吃著涮肉喝著啤酒，一問一答地聊著。周晨亮知道了她是剛來北京的廣州姑娘，在一間新媒體公司當實習生。李雁也知道了他是北京長大的本地人，高中畢業後便加入隊伍，當了消防員已快十年。

「那為什麼是北京？」周晨亮突然問道。他一直不明白若只是為了求職混口飯吃，北京跟上海廣州那些大城市有什麼區別。

李雁頓了頓，不知如何用語言去概括自己的想法。

「可能因為這裡……能讓人覺得寂寞吧。有才能的人都到過北京，所有人都注視著這裡，這麼多離鄉別井的人都成功了，我也想成為這樣的人，要為夢想打拚過，為生活拮据過。北京有太多歷史，有這麼多人前來時的痕跡，好像跟著走也會有了未來。

「要是在家鄉，太過安穩狹窄了，你會跨不過那個坎。」李雁總結。

周晨亮掏出了香菸：「不介意吧？」李雁搖搖頭。

他點了菸，呼出一陣雲霧。望著這巷子上的天空，撇唇笑了：「以前北京不是這樣子的。哎，也不是說現在不好，就是未遷拆那麼多胡同小巷時，晚上半個北京城就像現在這條巷一樣，每家每戶都亮著燈敞開門，聽著曲打打牌九又是一晚上。

「小時候我家就在白塔寺附近。每到放學時，街頭就有些小三輪車賣扒糕、冰花什麼的。有一檔老夫婦人特別好，常請我吃扒糕，待我像待親孫子似的。後來我搬到新區去了，那邊也有扒糕賣，但也不是那個味道了。

「真想讓你看看那時的北京——這裡有時真的讓人挺沮喪的，它看起來很亂很市井，真正暖心的東西都以發展之名被蓋上一層灰。但，這就是生活。你得用心看，才能看到裡面藏起來的人情味兒。」

周晨亮的菸隨著他的話燒了一大半，仍被他夾在指尖。積蓄的菸灰終於落下，然後竟伴隨著一片雪花。

下雪了。

一片片的雪花從夜空落下，是北京這一年的初雪，讓李雁看呆了眼。隔壁檯的食客都騷動著，能往店裡面搬的就往店裡搬，只有她仍呆坐原地靜看著雪。

突然一個陰影覆蓋在頭頂，李雁抬頭一看，周晨亮不知從何處找來一把傘，在她身旁問：「未見過雪？看傻了你。」

李雁搖搖頭——她這個南方姑娘還真的從沒看過真正的雪。她興奮地走到巷道中央，想用手抓著飛灑漫天的白雪。雪下得愈來愈大，李雁轉著圈，覺得自己要被這些雪絮覆蓋。

周晨亮看這姑娘在雪中撒野，她的眉眼生得靈動，笑起來就像雪中紅梅般嬌豔。他這才發現李雁今天原來又穿了裙子，不過比上次長了點，笑著罵道：「南方來的丫頭片子，還敢光著腿在大北京裡遛達，不怕冷也不怕被人拐了去。」

李雁轉圈轉得太過，開始感到有點暈眩。地上已有薄薄的積雪，她一不留神滑了一跤，正要往後倒下——

周晨亮見狀立即邁步跑上前，剛好一手抱住她的腰。

李雁驚魂甫定，才發現自己跌入他的懷內，和上次一樣被他攬住腰部。不過這次，周晨亮的臉近在咫尺，李雁能看到他長長的睫毛，未刮乾淨的鬍碴，還聞到他混了香菸味的氣息。

李雁順著酒意膽子也上來了，望著他的眸問：「喂，我就說你上次抱我腰是故意的吧。」

「丫頭，我保證上一次和這一次都不是故意的。」他的眼睛總是帶著笑意，如今更像是有閃光飛揚：「但下一次便是故意的了。」

說罷，他吻上了李雁的唇，帶點不容抗拒的力道，連試探的打算都沒有，就像初次見面那天他毫不猶豫地出手救了她一樣，果斷又猛烈。李雁閉上眼睛，想伸手抱著他的脖子。周晨亮沒預計她的動作，一失平衡就要滑倒，還拖著懷中這姑娘，兩個人都摔得實實在在的。

周晨亮看了看兩人抱作一團跌坐地上的樣子，不禁搖頭扶額。李雁張開眼，臉燒得火紅，她好像還是稍稍扭傷了腳踝，於是周晨亮匆匆結了帳，彎下腰來叫她別折騰了，快上來。

周晨亮輕嘆一句：「你怎麼就不能讓我省點心呢。」

李雁被他背著，把臉靠在他溫熱的脖子上，酒意和倦意侵襲了她，紛飛的大雪好像仍在下，落在眼蓋上愈來愈重，她最後迷迷糊糊地說：「這就是生活呀。」

(三)

上京第二年，李雁完成實習轉正後沒多久，就被另一間新媒體公司挖角。轉了公司後薪水漲了不少，也接觸到更多網路紅人和媒體工作者，圈子一下子就擴大開來。同時她搬到周晨亮的家，二人正式開始同居。

同居是周晨亮先提出來的，那時和李雁合租的女生中有一個受不住工作壓力要回鄉了。合租少了一個人，考慮到位置和交通成本等問題，李雁覺得還是找新的出租屋比較划算。周晨亮見她上出租網找得費勁，摸摸她的頭：「瞎操什麼心，搬過來吧。」

記憶中那是間總被陽光眷顧的屋子。李雁去的第一天剛好周晨亮休班，他領著她一開門，明亮的居室占據了景色的大半。白色的牆，杏色的沙發和木製的書櫃置在客廳的各角，麻質的窗簾被風吹起，陽光灑進屋內，照到角落的植物。李雁聞到周晨亮沖茶的香氣，和吐司剛烤好的芳香。

她想，如果老了以後要畫一幅畫代表她在北京的日子，大概也是這幅景象了。

茶微溫，風漸寒，屋正暖，而你在場。

在這個本就陌生的城市裡，有一個僅僅屬於他和她的地方，李雁心裡覺得踏實了許多。她把自己的衣服放進周晨亮的衣櫥裡，自己的牙刷和他的牙刷並排在梳洗臺上，拖鞋也變成了兩雙。她看著自己的東西漸漸布滿他的屋裡，她問他，不會覺得我占了你的地方嗎？周晨亮用手指彈了彈她的額頭：「這京城住二千萬人，擠得氣都換不過來了，多了你這麼一個小不點還嫌多？湊合過吧。」

李雁扶額搖頭，果然期待周晨亮會說情話什麼的簡直就是妄想，什麼湊合過——你只是分了一半的屋子給我，可我的心全都給你了呀。

周晨亮的確不說情話，但他其實是個很易懂的人，他性情豪邁，喜歡和討厭都擺在臉上。喜歡的食物他會一直吃到膩為止，討厭的東西他壓根就不會讓它出現在他生命裡。

他總是很清楚自己想要的是什麼、喜歡的是什麼。如此毫不猶豫的性格，大概是他在工作上訓練良久得來的。他的生活可以說很規律，也可以說很不規律，上班的時候他會消失一個整天，然後下班放兩天假，通常愛窩在家打拳或打電動。但當遇上突發事故要出警或者訓練時，又會連續消失好幾天。他很少談論那些工作的細節，工作時不看電話也不回微信。李雁問過他工作上是不是常常遇到危險，他抿嘴笑了笑，說自己不是電視劇的英雄，哪有天天進火場的業務量，就是訓練苦、打掃苦、在局裡待機苦。

李雁當時就相信了，笑說他是個混飯吃的。

直到有一次在深夜，李雁在床上獨自驚醒，她走到廚房倒水喝，突然聽到雜物碰撞的聲音，原來是周晨亮回來了在浴室洗澡。

她驚訝他會這個時間回來，想起來他已消失了三天，比平常的值班都要長。她在浴室門問了他幾句是訓練嗎，走廊沒開燈，只聽潺潺的流水聲，他含糊應了幾句，叫她先去睡。

李雁直覺覺得不對勁，站在門外等他出來。但周晨亮就是不出來，流水聲從未停止。

李雁跑到玄關，看到他脫下的夾克，在口袋內摸到幾包人民醫院剛開的止痛藥，他的夾克上還有一股敷藥混合消毒酒精的氣味。李雁氣炸了——他就是這樣，覺得她不需要知道的事情就一點也不漏點給她知道，天知道他上班時遇上什麼危險了？愈想愈生氣，李雁激動得在門外哭了起來，拍著門喊他的名字。

門倏地被打開，只見周晨亮圍著浴巾在腰間，上身披著另一條毛巾遮住右肩，卻還是能看得出手臂上明顯的繃帶，他的臉上也貼了幾塊ＯＫ繃，看起來有點狼狽。

李雁便哭得更激烈了。

「哭啥呢？」他無奈地用剩下無恙的一隻手擁她入懷。

「你工作時在做什麼，你在哪裡我永遠都不知道。一回來就受傷，我知道你怕我擔心，可是我不知道並不代表我不會擔心啊！我們是要一起過日子的，你能瞞得住嗎？你這個混蛋！」

周晨亮沉默了一會兒，接著把頭埋在她的長髮裡，用力吸了幾口，咕噥了幾句。

「……我怕黑。」

「什麼？」

「下次睡覺前，給我留盞燈吧。」他拉開她，若有所思地說，然後又苦笑起來，臉一半埋在影子裡，於是這笑看起來一點也沒笑意，脖子上的銀牌吊飾反射出微弱的光。

「真正的火場，最可怕的不是溫度，不是沒有空氣，那都是裝備可以讓你支撐一段時間的。燒得最猛烈的現場，最可怕的是濃煙滿布，伸手不見五指，背著幾十斤的裝備或背上一個人，但面前是真的黑暗一片，找不到路。」

李雁無法想像，也不敢去想像。她想問：他這樣值得嗎？

「在家給我留盞燈吧，下次我想著，就覺得起碼心中有點光，爬都要爬到出口，回來你身旁。」

她抱著他，心口如針扎地疼。她是個渴望溫暖的人，一直覺得他的性格就像一團火，燒呀燒，好像永遠不會熄滅一樣。這個世界本就漆黑一片，沒有什麼人生來就發光發熱，支撐著他發亮的，原來僅僅是如此軟弱的自己。

(四)

李雁又重看了一遍《還珠格格》。

《還珠格格》其實是她小時候最愛看的電視劇。以前她覺得小燕子長得好看，靈動活潑又可愛，為了友誼愛情不惜一切去冒險。但長大後才發現，小燕子是個麻煩的存在。她口上說為了紫薇，卻受不住錢財的誘惑去冒認紫薇的身分。愛上了五阿哥，決意要在宮廷生活，又拋不下那些過往的自由隨興，弄出這麼多亂子來。

周晨亮曾經說過她像小燕子，但她其實不太愛做小燕子，這個女子永遠都是起伏不定的麻煩，都不肯向現實妥協。同樣是本不屬於北京的女子，李雁自問能為這個城市放棄一些無關痛癢的瑣碎，蛻變成一個全新的自己。人不可能永遠停留原地的，就算是一隻燕子，不冒險飛到安枕無憂的高處築巢，又怎能安居樂業？

周晨亮總說像小燕子簡簡單單多好，胡胡鬧鬧又一天。李雁卻想，要是沒有主角的光環，沒有五阿哥的包容，憑她這樣胡鬧，能簡單地過上一天嗎？

上京的第三年，李雁又再轉了一間公司。新公司在百子灣，她又再度投入每天逼地鐵的生活。然而她不再是第一年的小雁了，在地鐵上遇到色狼她會避開，看見滿員的地鐵，她一個助跑就能擠進車廂。周晨亮問過她為何要跑到老遠去上班，李雁說除了因為薪水，更是因為機會。

新公司不單純做文章轉貼的營銷公眾號或寫手平臺，還會培育有潛力的主播，以視頻的方式報導娛樂新聞。托了以前同事的大力推薦，新公司很看好李雁，想要讓她嘗試做娛樂影片的主播。李雁雖然覺得這工作性質容易招黑，但這是千載難逢的機會，朋友們都叫她不要錯過，公司內更是有好幾個女生在盯著這個位置，她嚥了嚥口水，連忙答應了這個新工作。

轉做幕前之後，李雁在社交平臺上開始多了關注。她本就生得好看，加上寫得一手好文章，主持節目時經常能說出一些生動有趣的段子，點擊率和彈幕數都維持得不錯。有了流量加持，她漸漸有贊助及其他廣告工作，收入更是翻了一倍。她如今已算是一個小網紅——雖然她不太喜歡「網紅」這個標籤，她覺得自己憑的是實力才有今天的小成績。

周晨亮知道她轉了工作後一直不明確表態，只語重心長地叮囑：「要是你是真心喜歡做的話，便認真做吧。你高興便行，只是小心一點。」

李雁其實知道男友是不太喜歡自己做這份工作的。經常會有陌生的男人傳私信給她，最初是閒聊，後來便開始不斷說一些噁心的話，周晨亮有次看到了，十分生氣，直接搶過她的手機罵回去。每次有李雁的影片上傳到網站，底下的留言都有好有壞，揶揄、諷刺的話語更是紛至沓來。她有次回家更發現，信箱內有粉絲露骨的表白信，她不知道他們為什麼會知道自己的地址，只能默默忍耐。

機會多了，閒言閒語便會跟著來，盯著自己的視線來自四面八方。若這是成名的代價，她尚能接受。

李雁知道周晨亮會擔心，為免加深他對這份工作的負面印象，她開始鮮少談及自己工作上的細節。她漸漸明白周晨亮為何一直不太解釋自己工作時的模樣，有些獨自的辛酸就算放大了也無補於事，說了會讓另一半擔心，那還不如不說。

靠近年末，李雁忙著錄影片，出席品牌活動，和撰寫推廣文章。

周晨亮在年中升了職，已是一個中隊的隊長。李雁聽了以後雖然為他感到高興，但心裡有種說不出的納悶感。周晨亮近大半年幾乎把時間都待在局裡，自入冬以後都在準備冬訓，又不時要出動應付節日裡頻生的火警。二人開始見不到面，就算見了面也有股欲語還休的沉默在彼此之間蔓延。

晚上，李雁埋首在手機中刷自己的微博，周晨亮剛洗完澡出來，摸了摸李雁的頭，說了句我去上班了，早點睡，便轉身出門。

他這幾天為了冬訓日夜鍛鍊，回來倒頭就睡，期間還替同事值了幾次的夜班，李雁實在不明白他為何要做額外的付出，如此吃力不討好的工作，都像要耗盡他的精神和體力。

她看著他遠去的背影，默默走到客廳打開了那盞檯燈，不明不暗的燈光，是每次他去上班以後，她都會為他留的一盞燈。

淡黃的燈色下，她腦海裡突然有種現實得昏暗的想法：她剛剛手指點幾下發出的品牌推廣貼文，可能已抵得上周晨亮大半個月的薪水。

如果同樣的金錢她已能負擔，他是不是可以停留在她的視線，別走得太遠？

他們是為彼此發亮的光，但若其中一方發出的光芒開始過於燦爛，繚繞另一方的餘光彷彿不復當初耀眼。好比眼前這盞燈罩下小小暖暈——李雁相信它能照出腳下三寸的現在，卻不肯定它能否照回黯淡模糊的過去，或者照出光影綽綽之未來。

*

李雁完成了一天的拍攝工作，臨走時攝影師說他可以載她回家，李雁道謝後微笑婉拒。步入了地鐵站的入口，她想著周晨亮說今天會下班回家，便順路買一點肉回去，晚上煮頓晚飯給他吃。

打開手機上的朋友圈，那個早已回鄉的前室友上傳了一張抱著玫瑰花束的照片，她和她男友燦爛地笑著，下面配上幾句字句：簡單幸福的交往紀念日。

李雁看著這幾句，心裡不禁自問：自己想要的到底算是簡單，還是太過複雜？

日落後的小巷漸冷，黑暗像翻倒的漆料般流瀉到巷頭巷尾的每一處，李雁在小巷裡獨步著。回憶起幾年前的那一天，彷彿亦是類似的一個冬夜，周晨亮帶著不諳世事的她走過幾條胡同，那時面前的他背影很近，他們一起走到北京的最深處。現在二人一起居住，她也在北京開始站穩陣腳了，他卻好像走出了她的生活裡。

她低頭，雙腳被街燈的光拉出長長的影子，她又不聽話地穿了裙子出門，周晨亮看到應該會生氣的吧。想到這裡便想加快腳步走回家，卻在轉彎的時候，瞄到背後有個陌生的身影。她頓了頓，拿出補妝的鏡子照了照身後。

有人在她身後一直跟著她。

那個男人李雁從未見過，中年模樣，輪廓埋在黑暗裡令她看得並不清楚。側身斜睨，男人穿著格子紋長西褲，腳一拐一拐的，似乎是個瘸子。他抽著一個袋子，不時有奇怪的喘氣聲。

李雁憶起當年在地鐵車廂遇到的色狼，又想起最近郵箱內愈發頻密的騷擾信，不禁打了個哆嗦。

李雁加快腳步，身後的雙腿似乎亦隨即加快，只是他追得吃力，黑暗中不斷傳出的喘氣聲更加令她脊梁發冷，眼看快要到家，李雁在袋中掏出鑰匙，又突然想起這豈不是把家中住址暴露給身後男人知道？她發抖地拿起手機，想要打給周晨亮。

「嘎……嘎……小姑娘……」那瘸腿男人突然追到身後，似乎將要伸出雙手碰她。

李雁花容失色，連忙把手上的袋子都往男人砸去。男人吃痛叫了一聲，沙啞的嗓子像是在嘶叫著什麼，不知所云，雙手在空氣中不停擺動。李雁只覺他令人毛骨悚然，胃裡翻騰已久的噁心感令她窒息，她大聲尖叫，大罵：「你這個死變態、死瘸子、化子，快走開不然我就報警！」

「李雁！」

雄厚而清晰的嗓音在她身後襲來，李雁一回頭，是周晨亮錯愕而憤怒的樣子，他大步前來，擋在李雁和男人的中間。她正想要向他求救，他卻正色嚴詞地斥罵：「住手！在幹啥呢？」

李雁愣怔在原地，她看見周晨亮護著那個瘸子，幫他拾起地上的袋子，然後拍走他身上灰黃的塵埃。周晨亮仔細聆聽那男人含糊的話語，不斷地點頭，李雁只能聽到他說的幾句：「是、我知道。隊長。」接著他一轉身，漠然看著李雁，只拋下一句：「你回家等我。」

李雁拖著緊繃過後的身軀回到家中，她把肉放到冰箱中，走進浴室，打開水龍頭洗了洗手。她抬頭看著鏡中的自己，出門前精心描畫的妝容此刻已經溶掉不少。用了卸妝油抹走一切，李雁看著沒有施粉的自己，陌生感頓然而生。

她好像又回到了第一年初到北京時那茫然無知的模樣，卻又感覺身邊的一切已經不一樣。

周晨亮很快便回來了，他關上門，不發一言的走到李雁旁邊坐下。沙發往他的方向沉了下去，李雁的心也跟著一沉。相處數年，就連對方的沉默都能嗅出情緒的好壞，言語幾乎已是多餘，但她就是希望此刻他能多說些什麼，一句廢話也好。

他點起一支菸，吸了好大的一口，停留幾秒，終於吐出濃濃白霧。他的語調聽起來不慍不火，隨著吐出的煙霧消散在空氣中：「他說若他的模樣嚇倒你了，很抱歉。他是來找我的，但不清楚去我家的路，看到你就想問路。」

李雁本感到濃濃的委屈，但他如此輕描淡寫的態度反而讓她不知如何申訴，只能低頭解釋：「我……我不知道你們是認識的。他看起來一拐一拐的，說話又含糊不清，又是在夜裡。」她想了想，還是如實說出心中的隱憂：「這半年來一直有粉絲騷擾我，我怕是有人跟蹤我。」

周晨亮聽罷，突然笑了，笑聲愈發兇狂，笑到身子發抖，他把頭埋在屈曲的雙膝之間，背部隨著笑聲起伏。李雁一時語塞，不知所措。

「一拐一拐……」周晨亮抬頭，靠在沙發上，用手臂遮住自己的眼睛，聲音悠悠傳出：「那個人是我的前隊長，冬訓前有一次出警，一幢家具廠在深夜失火，最初只是一級火警，火場內排除了有人員傷亡。但突然有個女工衝出來哭著說她孩子不見了，定是下午跑進廠裡玩。」

「我是副隊，當時一聽，竟然沒做人數點核，沒找人再問問那女人詳情，想著火還不大，就和幾個同僚走進火場。」

他又笑了笑，像在說一宗荒謬至極的笑話：「我們剛走上一樓，對講機便傳來說是那女人緊張得失了理智，她的小孩已經跟著她老公疏散到別的集合處了。我便下令收隊，怎料……那家具廠竟然違令存放了過多的油漆，火勢迅速蔓延。幸好幾個同僚走得沒我前，他們趕得及抽身離開，我卻被倒下來的火柱堵住了去路。」

「我隊長……他在指揮車裡一聽到消息，便定了計畫，親自走入火場搜索。找到我的時候，一手扶著我想要把我拖出去。但我們剛跨過門口的障礙物，門框便倒了下來，壓在他的身上。」

李雁用手捂著自己的嘴巴。

「他本來可以不進去的，李雁，你明白嗎？是我沒有足夠經驗作正確判斷，進了火場連累了他。

「一個帶你進隊，本來可以快退休的男人，因為一個不知天高地厚的下屬，傷了腿骨，往後走路都不能正常。對……就是你說的『一拐一拐』。他吸入了過多的濃煙，灼傷了喉嚨，以後說話也是這樣不清晰。但他什麼都扛了下來，他沒向上面匯報是我的過失。他說反正他都要退休了，我卻還可以上火場，可以多救幾個人……

「於是他退下來了，我成了隊長。我這樣的一個人竟然成了隊長，我能不努力嗎？

「這個城市裡不是所有人都漂漂亮亮的，你能在早上化著妝穿得美美的，是因為深夜裡，在那些骯髒不堪的暗溝之間，有人為你排除一切危難。這些人，包括你說走路『一拐一拐』的人。

「李雁，你可以去追求你想要的幸福，但不能用你的定義，去貶低別人的幸福。你問過我做這工作值得嗎？真好笑。我有問過你同樣的問題嗎？

「愛一個人是在他身上為他考慮，而不是在他身上，為自己考慮。你有站在我的立場為我考慮過嗎？」

周晨亮沒再說什麼，捻熄手上的菸，關了沙發旁的燈，剩下李雁與他留下的黑暗互相對峙。

（五）

李雁其實不太喜歡自己的名字，覺得雁像一隻醜小鴨，後來遇上周晨亮，他說她像小燕子，她便開始覺得像一隻翱翔天際的鳥兒也是件挺不錯的事，像她幾經辛苦終於飛入北京城找到了自己的歸宿，想要愈飛愈高。

但她永遠記得自己狠狠跌落地的那天，剛好是她上京的第五年當天。

那天天氣很好，多天被霧霾纏繞的北京竟然出現藍天。她心情一朗，抱著一袋水果走往周晨亮的消防局。周晨亮今早傳了一條微信給她，叫她替他帶點更換的衣物。她有點訝異，周晨亮不曾帶她到過他工作的地方，今天卻叫她前去。她特意買了一袋水果，想犒勞一下與他工作的同僚。

走到局前，紅色大字報寫著「紀律嚴明　赴湯蹈火　竭誠為民」幾個字。李雁問接待處的職員周晨亮的辦公室在哪，小職員的神情有點奇怪，可能鮮有外人來訪，結結巴巴地給她報了樓層號碼。

她走了幾層樓梯。局裡不大，輕易便找到了職員所說的房間。走到門前，餘光中卻有一團疊影。李雁一怔，探頭窺看。

辦公室內站著周晨亮，他背著李雁，正抱著一個同樣穿著制服的女生，看不清他此刻的表情。女生臉頰紛紅，側頭靠在對方寬橫的肩膊上，笑語鶯鶯。周晨亮摸了摸她的頭，就像平常他揉李雁頭髮一樣的姿勢，又帶著她熟悉的笑意道：「別鬧了。」

李雁的手一鬆，手上的水果散落在地上。聲響驚擾了房裡擁抱的二人，周晨亮顯然是一眼便看見了她，雙眸一黯，那女人則雙手掩臉，匆匆跑出房間，剩下周晨亮和李雁。

周晨亮整理了一下敞開的領子，沉聲說：「對不起。」

李雁搖頭，表示不解。

「是我對你不好。但我早就對你沒感覺了。你也是吧。」周晨亮一字一句宣告著，穿著藏青色制服的他看起來英氣凜然，氣宇非凡，截然不像當年初見的他那般總是帶著幾分戲謔，於是便更加深了這一字一句的殘酷：「你想要的東西，我給不起你了，你去找別的對象吧。」

「你在說什麼……你為什麼要這樣對我？」

窗外的藍天澄澈無雲，幾聲鳥語偶爾哼起，是屋簷的轉角處正在築巢的燕子。周晨亮抬頭看了看，背著她苦笑說：「我現在才發現你的名字也是有個『燕』字……」

「李雁，祝你高飛，但你若想飛得好高好高，便只能找到自己真正想去的地方，不是因為人人趨之若鶩，不是因為那地方看起來華麗堂皇。人和鳥都一樣，是無法把所有東西都緊抱入擁的，你要飛翔，就得展開雙臂，你的價值是在於你看過的景色，而不是你懷內的東西。」

李雁一個字都聽不懂，她抱緊雙臂，下意識地看了看自己的懷裡，其實一無所有。

*

周晨亮收拾著辦公室的狼藉，李雁已經踉蹌離去，她遺下的水果卻滾到房間的四處角落。

一個藍衫女子默默地走了進來，幫他收拾。

「隊長，這樣真的好嗎？」女子忍不著問，她剛才看見李雁離去時搖搖欲墜的模樣，同情之心油然而生。

「挺好的。」周晨亮坐回扶手椅子上，看起來淡然若定。

他從抽屜掏出了一包菸，想了想，又把它丟到書檯上。他習慣性地摸著脖子上的銀牌吊飾，問那女子：「你知道這是什麼嗎？」

女子點點頭，她雖是後勤隊的工程師，卻也知道救援隊的隊員每人都有這麼一個銀牌子，可以刻上名字，用來辨認身分……

若有天命喪火場，燒得只剩灰燼，尚有這塊銀牌能對認英魂。

「本來是要刻我的名字的，但有天給她瞧見了，問我這是幹啥的。我不想嚇到她一個姑娘家，便說這是制服的配件，寫什麼都可以的。」

周晨亮笑了笑，像是回憶中仍然儲有這麼一段溫柔，足夠他細味很久：「那個傻丫頭，竟然說要寫上自己的名字，說要讓我上班都想著她……更傻的是，我竟然照做了。」

「後來想想，這也挺不吉利的對吧。」

「她一個大好姑娘，喜歡漂亮的、好看的。她本來就長得好看，不應陪我這個不知天高地厚的男人耗掉大好青春。尤其是我這麼一個不知天高地厚，險些賠上自個兒性命又連累同僚的傢伙。」

他除下了銀牌子，拿在手上，修長的手指撫過那一筆一劃：「她其實挺傻的，是一個不知道自己想要什麼的傻姑娘。我第一天見她弱不禁風的模樣，便想要保護她，就算讓她一直無憂無慮地傻下去也沒關係。但當你看過火場上被燒焦的屍體，那麼痛苦、那麼恐怖嚇人，你便不想有一天會看到這個牌子，又看到牌子連著的那具僵硬焦屍，竟然是她愛的人。」

那麼便不如不讓她愛好了。

(六)

李雁作了一個夢。

夢裡的周晨亮穿著橙色消防服，背著一身累贅裝備身處火海之中。他孤身一人，頹然坐在火還未燒到的一角，看起來疲憊不堪。汗珠和水氣積累在護目鏡使他看不清周圍，他便索性脫了頭盔，探頭看了看氧氣筒剩下的分量，不禁嘲笑一聲，認命似的把龐大的氧氣筒也解除下來。

他黝黑並帶點汗垢的臉容在火光中顯得輪廓分明，眼睛裡像是有星光躍動，他伸手往脖子處探去，掏出了什麼。不遠處的鐵門正簌簌抖動，周晨亮看見煙霧往門縫迅速吸引，他眼神一垂，看著手中抓著的銀牌子，上面似乎只有兩個字。

然後火焰捲著氣流從大門處爆炸開來，浩瀚熏天的黑煙終於吞噬一切。

李雁突然驚醒過來，從沙發上睜開眼睛，不禁心有餘悸，卻只記得夢裡有隱隱約約躍動的火光。她往四周看了看，什麼人都沒有，投影機還在播映那套她已經看了多遍的電視劇，茶几上那杯熱水已經涼透。

李雁轉過身，躺在沙發上遙望二環的夜景，驀然想起朋友圈看到過的一句——

春天不會一下子來臨，它還未喚醒大地，我還未不辭萬里，為了見你。

她突然覺得冬天要過去，春天要來了。她是一隻小小的燕子，天性想要尋找和暖的春天。早在冬日裡，曾經有人用身體溫熱她的周圍，讓這個總是寒風的城市，有一天能成為她真正喜歡的春天。

她在手機打了同一段相似的句子，按了送出，不知那個人會不會看到。

每個在深夜發朋友圈的人，大概是在等對方能在清晨看到這麼一條訊息。她知道向大海投擲的情緒，已不能換來他的即時回應。若能讓他感到一種似曾相識的內疚，那便是她渴望的慰藉心理。

身後投影機繼續自動播放著那套家傳戶曉的電視劇，螢幕上有著戴旗頭的女生正嬌聲唱著：

有一個姑娘　她有一些任性　她還有一些囂張
有一個姑娘　她有一些叛逆　她還有一些瘋狂
呀　是那個姑娘呀
呀　我就是這個姑娘

窗外的二環路又被夜幕染黑，但在這個城市下燈火始終永不闌珊，有幾輛閃著紅燈的消防車正在橋上風馳往西邊駛去。李雁沉吟著熟悉的旋律，剛好別過了頭，於是看不到那幾點紅光一個轉彎，紛紛淹沒在大樓沉默的佇立裡。

寂寞時總是想要掏心掏肺去付出什麼，到最後淚流滿臉心滿意足，卻發現這樣感動不了別人，只是感動了自己。

———〈羅森的林〉

總有一天世界的慰藉會以意想不到的方式前來，
溫柔但猛烈，遲緩卻澎湃。

———〈青春碎事手帳〉

我願你在回憶裡永遠恣意張揚，但永遠安然無恙。

——〈青春碎事手帳〉

就算天塌下來的一刻，大概他還是保持著誠懇的姿態，塵土飛揚之間，願她在這個逐漸崩塌的世界中，能永遠被溫柔相待。

——〈我回來了〉

我不在別人的愛情裡揮霍，因為我還欠著帳，
那些對牠或他的思念，我一直按時供養。

——〈在巴黎養貓的日子〉

我們不長大，我們只是在不停老去。

——〈唐人街〉

四──告別在日本

你我就像棋盤上的黑白子
下了一子才會有另一子的落下
戰中有序　面面相覷　互相對峙
我讓你三子　你吃我一子
而我們的雙手從不會觸碰彼此
我輸了　反正這局下了大半生
青澀的下手　老練的收手
罷了
你的茶我還留著
等你走遠了　我才喝
若你回頭
那這局還是我
大獲全勝

青春碎事手帳

——「我願你在回憶裡永遠恣意張揚，但永遠安然無恙。」

我總是相信某些城市是隨青春一同鑲在回憶裡的，如十七歲那年的沖繩那霸。

早上七時床頭櫃上鬧鐘準時響起，伸出一隻利爪把陷在夢中的我狠狠抽起來啪的一聲摔到牆上。反射弧遲了三秒才被按下，十七歲的我滾在地上張開眼睛，後腦勺遲鈍地燃起火燒。匆匆梳洗後換上校服，我隨手拿起橡皮筋紮一條馬尾，想到昨晚在《ViVi》看到的技巧，用梳尖在頭挑鬆一點想讓頭型看起來更高，結果成品失敗得像個崩塌的鳥巢。

我推著自行車，在往學校方向的斜坡路上緩慢前進。夏天明顯已經來臨，卻不敵春日裡溼氣的囂張，兩個季節一同滯留在島上，令沖繩這幾天都擁擠得令人無法呼吸。眼前的柏油路被埋在密雲中的太陽烘成一個熱浪爐灶，露出皮膚的兩截手臂，也被海風的黏稠封住毛孔。眼鏡框不停從鼻梁上滑落，連帶內衣肩帶也掉了好幾遍——所有物事都要我狼狽，但我的一雙手只能黏附在自行車的扶手上，對整個世界的移位無能為力。

我如常在便利商店前的紅綠燈前碰見中村翔。在陰晴不定的厚雲下，他戴著細眼鏡框和銀色耳機，身上灰白的恤衫校服是洗了未乾透的模樣，一條條褶皺在他的身上攀爬，令僵硬的領口也緩緩敞開，露出他帶點冷調的柔軟頸項。

我時常想，如果每個人都代表一種顏色，那麼十七歲的阿翔就是世上最適合灰色的人。

我來到他身邊，不想聊天氣，但說出「你的校服好皺」好像暗示了我的眼睛一直黏在他身上，於是也只好聊天氣：「雨，好像要快下了呢。」

這是陳述句不是問句，因此阿翔沒回我的話，也是不會令人感到突兀的事。他不喜歡我我是知道的，我也不是要和他做知心朋友，但我就是莫名其妙地想要靠近他。每個班上總有一個人靜靜地獨來獨往，像是不願沾上塵埃的鏡子，於是我總站在他身邊端詳。

前方是一段下坡的斜路，我與阿翔純熟地騎上自行車，滑過每天一樣的賽道。風迎面而來撲向我們，透過袖口灌進上臂的袖口裡，竄進一陣若有若無的搔癢。向下俯衝時我看見阿翔的背衫被吹得膨脹，飛揚的領子後露出一節節凹凸漂亮的脊骨，就像有雙翅膀快要破繭而出。這時露了一縷斜陽，照出他後脖上佇立著的透明絨毛，是他對這個城市一如以往的倔強，我也只好當作看不見他領口下的瘀青。

我喜歡十七歲的阿翔，在於我能不費吹灰之力地發現他若隱若現的悲傷。

也許他又跟他爸爸吵架了，有這個猜想是因為有一天我撞見阿翔的父親穿著漁師的衣服，氣沖沖地把他從便利商店拖拉出來，大罵他別想偷偷打工存錢到東京追尋什麼爛理想。我從來沒有問過他的理想是什麼，因此也無法理解他的悲傷，我好像還未有什麼資格走進他的心窺探一番。但毫無疑問，十幾歲的我們都有一個避無可避的討厭對象，像我討厭老師，阿翔討厭這個城市。

回到學校的三年五組，教室裡已經人滿為患，剛和相熟的同學交換幾聲早安，鈴聲一響便提醒我們是時候收斂。班導老師抱著一大疊試卷，目無表情地審視我們最後的輕狂。此時的要訣是不能與她有眼神交流，並在她說出「應考」、「人生」、「輸家」、「倒數」等關鍵字詞時微微點頭表示反省。靠著低頭的餘光，我看見坐在窗邊的阿翔正扶著下巴看往外面，我也默默跟著他的視線飄向窗外。老師的嗓門高得像一根根針，刺穿我們薄薄的自尊，再射進厚雲的哽咽裡。

幾乎是同一刻，醞釀已久的大雨終於下了，窗外灑落一地像受不了老天拉扯的珍珠，嘩啦嘩啦的──那霸自此正式進入雨季。但你知道嗎，凡是擁有一片大海的城市，大概都不會珍惜雨水。

*

同一年的暑假剛過，第二學期開始，班上來了一個來自北海道的轉校生。

即使到了現在，我還是記得鹿野心是一個擁有著漂亮單眼皮的纖瘦女生。

鹿野顯然是個很聰明的人，剛來學校那天她穿著的還是她原來學校的校服，一看便是私立學校才有的樣式。她是那種坐在座位上什麼也不做，單單注視著黑板便能得到老師青睞的模範生，因為她不抄筆記不看課本都能答對所有人的提問。

我從來不敢向鹿野發問，怕她嫌棄我那些過於愚蠢的問題——例如我其實想問她為什麼要從日本的最北端跑到最南端，也想問她為什麼偶爾會跟阿翔一樣遙望著遠方。但要說我從她身上學會什麼，也是有的。就是在青春那個沒有出口的迷宮裡面，過度聰明的人是不受待見的，過度愚蠢的人也會被人歧視，只有在中間徘徊的人群最為安全，因為上有他們頂著，下有他們墊著。我就是那種在人群裡被平庸包圍，有天世界跌下來也會被包裹得很好的夾心。

九月就這樣跟我一起懶惰地躺在木桌上，黃昏的餘暉灑進來染黃了桌上一疊疊的牛皮紙，看起來就像是已經考過無數遍的泛黃考古題，可我依然對它們這麼陌生。陌生到讓我明白，有些東西不是你一直凝視便能抱擁入懷的，像是這些兇悍的考題，像是透明的阿翔，還有這個充滿稜角的世界。

記憶中高三的我不停收集這些稜角細碎，並把它們全都寫進手帳裡，每天下課後買零食的收據、雜誌裡好看的衣服圖片、週末和朋友一起看過的電影票根，全都被我用和紙膠帶完美張貼在紙頁裡，成功用碎片點綴時光。鹿野第一次主動和我搭話，便是問我為什麼要收集這些紙張，那時的我答不出來，因為看見她的桌上全是截然不同的課本和補習班筆記，我只能羞澀地在心裡對她說，自己只是想向未來的我證明，十七歲的我有好好活著。我覺得鹿野是不會明白我收集這些細碎的意義，因為她的人生版圖是多麼廣闊。

而在記憶中唯一一次我向鹿野主動說話，是在寒假前的模擬試成績公布那天。鹿野一個人搖晃在下雨的操場上，哭得不能自拔，哭得像是要把內臟都吐出來。我不明白她為什麼要哭，她剛剛才拿了九十分的高分，於是只能慌張地跑到她身旁，問：「你還好嗎？」但她沒有答我，手裡攥緊那些被沾溼的考卷，那些讓她榮耀的東西遇水即破，我不知道把最後一張紙戳破的是冰冷的雨水，還是她熾熱的眼淚。

我驀然覺得，無論是聰明的人、平凡的人還是愚蠢的人其實都一樣，在這個被善意安排好的世界裡生活，最終都是一場把期待熬成寂寞的圈養。

班上的女同學開始在背後說鹿野裝蒜，說她不知足，總是要把光環拿盡了才滿意。可是我想，大家分明都是在害怕，不敢分擔真實的鹿野。若是洩漏少量的負面情緒還會讓人惋惜她，但過度的崩潰會讓人覺得她誇張，胡亂投擲悲傷對少年少女們平靜的歲月是一種無言的壓迫。

寒假結束以後，老師在班上勸告我們此刻最重要的是正視現實、不要逃避，只要捱過這幾個月就好了，話裡暗示鹿野的情緒起伏都是多餘的。那刻我破天荒地想要舉手請教老師：「老師，您這是叫我們別想那麼多，可是考試時又要我們想得愈多愈好，那我們是要想還是不想？」

鹿野低下頭，又回復了那個模範生的模樣。班上沒有人搭理她，每個人都覺得她是理應完美的。雕像就算是缺了角也會被當是藝術品的一隅來欣賞，何況她看起來還是完整無缺的模樣。有一天，她突然湊近我的桌前，問我：「你能給我一頁你的手帳嗎？」

「什麼？你要白紙嗎？」我翻出自己的筆記本。

「不，」鹿野頓了頓，我第一次看見她靦腆的模樣：「我想要一頁你寫過的手帳，就是你說寒假去……去過北海道的那頁。」

我不明白她為什麼有這樣的要求，她本就來自札幌，為什麼要我記錄北海道的手帳？可是那一天我從鹿野眨著單眼皮的眼中看見期待和不確定，我便瞬間妥協了。我將一頁在美瑛拍的雪景紀錄交給她，看著她珍而重之地把它夾在筆記本之中。

我感覺到視線，看見窗邊的阿翔此刻竟然也在注視我們。待鹿野離開後，我忽發奇想，跑去阿翔身邊問：「阿翔，你有看過雪嗎？」

「我從出生起就沒離開過沖繩，」阿翔又是這樣一個滿不在乎的模樣：「你說我看過下雪嗎？」

「但是，可能沖繩在很久很久以前真的下過雪呀。」

「等到幾百年後，沖繩漂浮到本島的位置後，可能會有那麼一天吧。」

然後我們沒說話，一起看著窗外的大海。我好像倏地明白阿翔總是在看什麼，他在看海。沖繩的海真的很漂亮，但對阿翔而言就像一個沒有邊框的囚籠。身負重任的人大多生來就不能選擇方向，像阿翔有父親，鹿野有智慧，都是讓他們不問理由就要往直路奔馳的壓力。

年輕的我們不懂，好像只有把自己磨得鋒利，才能穿透強風，跑得比風還快，所以圓滑的我注定是緩慢的。可是人一帶刺，便不能擁抱自己，別人也不敢擁抱他們。我感覺鹿野和阿翔都有同一種銳利，而我望塵莫及。

三天之後的星期一，鹿野沒來上學。再過一天，老師在放學前的班課上神色凝重地對我們說，鹿野被發現從自宅墜下身亡，原因未明。她身旁遺下一張映著雪景的照片。

班上瞬間陷入一片死寂，沒有人敢作聲。我坐在鹿野後面，幾乎是一抬頭便能看見她永遠缺席的座位。沒有人哭，當然也沒有人笑，但大家都不知要如何反應。雖然和鹿野的交情沒有深到能讓我們大哭大嚷，可是當一個人曾經在你的生命中在場，她的驟然消失還是足夠掀起一陣共同的悲傷。

突然沙沙的一陣聲響，外面密雲的天空灑起一片零零落落的點滴，我們原以為是雨，但漸漸敲打窗戶的，卻是一點點透明的霜，徐徐落在地上。

全班同學都看傻了眼，顆粒般的冰點像撒鹽一樣散落在寒冬之中，潺潺流動的寒風把大片大片雪霜吹到校園裡。天臺、操場、花園、球場，凡是有人走過的地方，此刻都被霜花漸漸覆蓋。未見過世面的學生們全都歡呼著，不知是誰先建議，後來幾乎所有學生都跑到操場上看那些用千絲萬縷滙聚而成的冰點。老師們也驚嘆奇景，容許學生享受這一瞬難忘且繾綣的時光。

那是沖繩有紀錄以來的第一場雪霜。

所有人，除了我和阿翔，都忘記了鹿野，盡情在雪地裡撒野奔跑。這是百年來唯一一場雪，可是同樣地，世上也曾經只有一個鹿野。

我看著遍地的冰雪，在一片歡聲笑語之中，我忍不住問阿翔：「如果早一天看見這場雪，她是不是就不會走？」

阿翔沒有回答我，只是看著那場雪，默默地走出去操場，卻因腳下溼滑狠狠地摔了一跤。同學們看見他難得的狼狽，都笑了起來。我彷彿看見阿翔也笑了，身上灰白的恤衫隨他一步一步抖落了灰，被雪霜點綴補上了許多白。

如果連沖繩都能下百年一遇的雪，那是不是代表我們比過去與未來的人都要幸運？

這場雪，優秀的鹿野等不到，倔強的阿翔也沒想到。人生就是這樣，要在平凡日暮裡累積不值一提的平常，你才能換取奇蹟般的美好景象。總有一天世界的慰藉會以意想不到的方式前來，溫柔但猛烈，遲緩卻澎湃。它可能是一場雪、可能是一首歌、可能是一個人，誰知道呢？在你快要放棄時，它們也在越過山峰大海，在空氣裡震動盤旋，在人群裡跌跌宕宕，為的不過是在你仰望落淚時，恰好撞見你的悲傷，你不能讓它們白走一場。

我凝望因為水分在空中凝結、結晶後落下就滿足的同學們，在快樂面對人人是如此擅長共享，樂得像個孩子一樣——好想早點告訴鹿野，看，我們果然還未長大，但幸好我們還未長大，悲傷來襲時，你別落單，讓我們一起別過頭，不理它的囂張。

＊

畢業那天我收集好那本缺了一頁的手帳，和朋友一起做了個時間膠囊，把它埋在校園那棵櫻花樹旁邊的土壤裡。對我而言那本手帳就是十七歲的我、十七歲的阿翔，和永遠停留在十七歲的鹿野。我想把他們留在一起，也許鹿野就再不會感到孤單。

裡面寫滿很多想對他們說的話，大部分都是感謝——感謝你們的不完美，頑固又充滿瑕疵，讓我收穫無數個凝視自己的晚上，面對黑暗中肆意滋生的懦弱，那是我在練習要如何對抗日後類似、甚至更洶湧的悲傷。

後來我才明白，我們不需要完美。人愈是所向披靡，便愈容易一敗塗地。但要記住在你生命裡消失的每個人，他們都有著特別的意義。甚至你也要記著這一刻的自己，那是你將來想要好好感謝、好好安慰的對象。

我願你在回憶裡永遠恣意張揚，但永遠安然無恙。

記得我曾經在那個日光流瀉的教室內，熱烈地希望頭頂的電風扇能吹散那些盤旋不走的陰霾和惆悵，結果吹來的只有粉筆刻劃黑板時的塵埃飛揚。把心思縫紉在制服裙略短的裙襬裡，又將心事用文字摺疊在字條內，全都是我對世界善良又委屈的掙扎。是的，也許我的青春沒有什麼值得驕傲的東西，但能在歲月裡全身而退，好像已是一個創舉。

畢業典禮過後，阿翔在校門口等我，他拿著畢業證書悠悠對我說：「這三年，謝謝你。」

我突然覺得真的是要畢業了，笑著回了一句謝謝。心裡清楚我其實不喜歡阿翔，我喜歡的是自己為他付出時的模樣。為他高興，為他悲傷，十七歲的我沒有阿翔和鹿野般言不由衷的煩惱，卻有同樣空洞的心臟，那時急著往裡頭投擲的情感就像是令布偶柔軟又充實的棉花。一次次搓弄揉捏之中，種種的惶恐不安，都是因為害怕青春路上走錯一條路，就會是孤獨的前往。

但不是這樣的，人生的考卷不會只有一張，你錯的每一題，是為了後來做對的選擇。翻頁之間，別做一個敏感的人，又要被隨意的一句言語傷害；別輕易在心海開滿遍地野花，又要用氾濫的眼淚灌溉；別在茫茫人生中肆意虛耗大片時光，又趕在幾個瞬間急速衰老；也別妄想用你的善意對待所有人，這個世界你無論面向哪個方向，都必須背對世界的另一半。

現在回望住在手帳中的少年少女，連迷茫都是一片片零碎浪漫，只是咀嚼當下的他們懵然不覺。就像茶葉本身是苦澀的，它被滾湯煎煮時卻香氣彌漫。當你走在街道上嗅起一縷茶香，舌尖會泛起一抹回甘，那大概便是青春的味道，是很多年後你會回味的馥郁芬芳。

而你要相信。

要相信自己能飛，相信一切渺小可笑的想像，相信你討厭的自己會在未來展現光芒，相信自己的愛是獨一無二的，那麼你便會從相信得到希望。那種相信不一定是閃閃發光的，可以是黯淡無光的倔強，就像阿翔身上的傷痕，像鹿野求之不得的念想。

也許明天會下雪，也許不會下，但請你答應我，只要多等一天，便到了明天。到了明天，你能踩碎過往，你能腳踏須臾，你將擁抱未來。青春裡的碎事都有屬於它們深邃的意義，只有當你敢於面對這些破碎時光，才能在未來收穫美好的勇氣，去迎接勇氣帶來的美好。

羅森的林

——「在寂寞時總是想要掏心掏肺去付出什麼，到最後淚流滿臉心滿意足，卻發現這樣感動不了別人，只是感動了自己。」

（一）

曾經在某本銷售策略書中看到：

便利商店的燈光必須是白熾且永遠亮著的，即便是在白天也絕不關掉。因為人和昆蟲一樣是從本能追逐光源的生物，即使你沒有購買意欲，在黑暗中看見一間發出亮光的商店，仍然會忍不住向它的方向邁出腳步。

在初次體驗地震後的那個晚上，我一個人看著乾涸的水龍頭，手機裡發送失敗的訊息自動存進了草稿箱。停電剛好二十四小時，上網卡已過期不能使用。來到日本已經第三天，我還未來得及認識這個城市，就被它折騰得一身狼狽。我茫然地站在社區的柏油路上，看到漆黑裡有一個明亮又寬敞的地方，突然想起書裡看到這句話。

雖然明知道是商人的策略，雖然二十四小時的亮燈很不環保，但當我在黑暗中看見那亮得煞眼的便利商店招牌時，便沒有理由地感到心安。

從那時起，我便決定要到便利商店打工。

這裡有光、有暖櫃發出的暖氣、有隨手可翻的娛樂，還有各種的人來人往。

——大概也總結了我前來這城市的所有理由。

*

一間成功便利商店的策略二：大門必須是自動感應門。人對新空間有一種無形的束縛感，若需要推拉門扇才能進入，則會加添顧客光顧時的心理壓力。因此，便利商店的正門大多是感應式敞門，當有人經過便會自動把屏障消除，讓人覺得便利商店是個來去自如、毫無壓力的地方。

大門一旦被觸動開關，門鈴般的音樂鈴鐘便會響起，作為一個便利商店的兼職員工，我已經能在兩秒內自動喊出：「歡迎光臨——」並且是用標準的日語發音。

在羅森便利商店上班已超過半年，我卻沒有覺得厭倦，相反，我已經習慣了這份工作，並覺得有不少好處。

每天有賣剩的微波食物可以帶回家，展示用的抽獎品過了活動期後，也是可以拿回去的，課業上有需要簡單複印的文件可以用員工權限複印，一次性筷子和紙巾什麼的更是從此不用花錢買的東西。

每當我對語言學校的老師說自己正在便利商店打工時，他們都會紛紛點頭認同說：「對呢，這工作很適合外國留學生。」

「適合學習日語中的你」、「新手最適合的工作」、「外國人喜歡的打工No.1」——雖然我認為招募廣告上的這些標籤，過度簡化了這份工作的本質，可是初來異國的我能夠迅速找到適合自己的空缺，似乎也不是一件壞事。在這個國家，期望成為社會的一種無形約定，滿足別人對自己的期望好像就是大家努力的緣由。

「林同學很努力呢，你一定沒問題的。」老師如此對我說。

是的，只要「努力」過，就算表現不是最出眾，在這裡好像也是能被原諒的事。這便是我喜愛這個城市的其中一個原因。

我出生的故鄉，是個汰弱留強的城市，只有全市頭一百名的學生能有機會考到大城市的重點大學，我也曾經妄想考上夢想中的大學——結果卻偏偏排在第一百零一名。得知成績當天我便崩潰了，過大的壓力彷彿要將我壓碎，我的父母商量過後，決定讓我出國。又因為我曾經學過一點日語，便順理成章的把我送到東京。

於是我便獨自來到了這座城市，重新開始。

這份工作還有一點是十分適合我的：不需要專業程度的日語水平。只要能聽得懂大部分顧客的要求，能準確說出「歡迎光臨」、「感謝您的光顧」之類的業務用語，就算是還在語言學校上N1班的我，也順利被採用了。

「不用擔心喔，你又不是日本人，不能說流利日語很正常的。這種交流上無法填滿的空隙，對便利商店這份工作而言是可以被接受的。」一位留日年資比我長的前輩這樣對我說。

當我每天埋首在貨架排列商品，為客人結帳、翻熱食品、清點貨物這些繁瑣並單一的工作時，的確感到自己就被夾在貨架之間的隙縫內，不需要什麼語言華麗麗的點綴，便能好好完成工作。

這樣也算是滿足了這份工作對我的期望了嗎？

「那個……不好意思。」在我胡思亂想之際，身旁突然傳來一把男性的聲音。

我轉頭一看，是一個戴著鴨舌帽的男生，他正側頭望向我，眼睛裡滿是猶豫和求助的信號。

「是，有什麼需要嗎？」我用著標準的日語回應。

「那個……」男生似乎有點尷尬，不好意思直說自己的問題，便指了指他的左方：「可以請你幫忙推介一下嗎？」

我順著他手指的方向望過去，那是一排個人護理產品的貨架。我眨眨眼，霎時間意會不到他想要我推介什麼。男生只好多加幾句說明：「我妹妹好像剛來生理期，疼得十分厲害的樣子，她叫我幫她買生理用品，可是我真的不懂啊。」

──噢，原來是生理用品，那你早說嘛，那架子上可是連一次性紙內褲都有的啊。

我連忙細看貨架上的商品，其實也沒太多選擇，便各拿了一包日用和夜用的衛生棉遞給男生，微笑道：「我覺得有這兩個就可以了。你需要止痛藥嗎？」

男生如釋重負地抱著兩包衛生棉，說有這些就夠了。如此認真的表情，不禁令我羨慕他的妹妹有一個溫柔貼心的哥哥。對話到此，我也想不到還可以提供什麼協助，便帶他到收款臺結帳。他瞄了瞄收款臺附近的零食區，還多拿了幾包巧克力。

「一共是一二六〇圓。請問有積分卡嗎？」

在他低頭掏出錢包時，我才留意到男生的裝扮。他穿著灰色的連帽衛衣，衣服上有紛亂的英文字塗鴉，牛仔褲也是絢爛漸變的蔚藍色。幾縷髮梢從他的鴨舌帽裡逃跑了出來，是帶灰的色調，他的耳朵還戴著耳鑽，在白色的燈火下尤其閃爍。

這種充滿個性的裝扮，就算是放在這個本已喧鬧繽紛的都市，都顯得有點耀眼。不羈又張狂的外表下，男生說話的聲音卻十分溫文爾雅，和他的打扮有著強烈反差，讓我不其然多看他幾眼。

不到一分鐘的光景，交易已經完成，我看著冒出的收據，嘴巴自動張口：「需要收據嗎？」

「啊，好的。」男生順口回應。拿過貨物之後，他轉身離開，卻又在邁出兩步之後退了回來。

我正想問他是不是還需要什麼，便看見他把剛剛買的其中一包巧克力放在我面前的櫃檯上，快速地瞥過我制服上的名牌，然後一手拿著塑膠袋，一手抬起帽子，滿臉笑容的說：「謝謝你的幫忙，Hayashi さん[2]。」

——Hayashi？

在他離開後，我低頭看了看自己的名牌。

長方形的牌子上有一個漢字：林。

打印名牌貼紙時，我並沒有用日文片假名リン（Lin）去拼寫我的姓氏「林」，而是故意用了一個模糊兩可的表達方法，寫作漢字——因為日本也有一個姓氏「林」唸作ハヤシ（Hayashi）。

如果我是叫Hayashi而不是Lin，大概很多生活的疙瘩也會被順平得多。我想起那次，在新宿車站裡獨自迷路一小時後向人求助不果，在銀行裡因為名字的羅馬拼音太長而無法順利開戶，還有在電話公司因為只有外國護照和中短期在留證的關係，被迫要簽較貴的月費計畫。

其實這些委屈我都能吞下哽咽承受，我不會發出一絲抗議。前輩說，這樣就對了，生活上的不平你都得微笑接受，日本人是很怕為別人帶來麻煩的。我跟隨前輩的說話一一做了，卻沒有覺得生活比較快樂。前輩說，你想多了，生活本來就是在忍耐邊緣上過的，就算是日本人也一樣。

然後就在我如常忍耐著生活的某天，有一個笑起來會展露虎牙的男生向我迎面而來，待我如平常，如對一個日本人一樣。不帶忍耐，沒有麻煩，是我在這個城市裡遇見過最由衷地對我笑的一個人，彷彿我的幫助，能令他變得更輕鬆快樂一樣。

他對我說，謝謝你，Hayashiさん。

2.さん是日語中的普遍稱謂，視乎對象性別，可譯作「先生」、「小姐」或「太太」等。

幾年後回想起來，都覺得這是一個錯誤的開始——錯在我以為靠近一個快樂的人，自己也能得到快樂。我讓他以為我們是一樣的人，卻不懂我瑣瑣碎碎的悲傷；我妄想我們是一樣的人，仍不懂他轟轟烈烈的掙扎。

這是個用沉默和忍耐來醞釀紙醉金迷的都市，晚上每個人哭泣的時候，都得壓著聲量，不然夜裡輾轉反側時，你會傻傻的以為一個人的悲傷碰到了牆，也會有誰給你溫柔的迴響——你也不能吵醒醉倒的人，不然他們醒來時醉醺醺的，會一腳踩碎了抱緊的夢想。

（二）

成功便利商店的策略三：有時限定的商品比一直存在的商品更受歡迎，比如每逢星期三推出的特厚奶油草莓三明治，或是週末限定的啤酒買二送三優惠，都能成功促銷商品。不定時推出推廣活動，更會增加客人隨機訪店的衝動。

自那次的相遇後，我莫名其妙地把他送我的巧克力保存了下來，放在包包內。那個星期我向店長申請臨時調勤，幾乎每天都上班，卻再也沒碰見那個金髮男生。

到了第七天，我拆開了巧克力的包裝，裡面的巧克力已經不知融化又凝固了幾多遍，白色的乳脂結塊堆積在巧克力磚塊裡。像是提醒我不合時宜的等待，只會令回憶裡出現類似的斑駁，破壞平凡的美好。

下班時店長問我：「下星期你也是每天出勤嗎？」我搖搖頭，說只上隔日的深夜班好了。

又再過了一週，迎來了星期四的深夜，我一個人在便利商店裡出勤。本來我就比較偏愛上深夜的班，反正要做的事情不多，不會忙得死去活來。

陸續有零星的客人光顧，出入店鋪的門鈴不時響起，我又跟著說出「歡迎光臨」、「感謝光顧」等沒有實際意義的問候語，好像這已是我在這深夜中的便利商店比較明顯的貢獻。

門鈴又再次響起，我隨口喊了一聲：「歡迎光臨。」剛好想起下班前要清潔部分熱櫃，於是彎下腰去拿清潔用具，卻找了好一會兒也找不到抹布。聽到一陣窸窸窣窣的腳步聲在收款臺前倏然停止，我便連忙站了起來。

「啊。」兩把聲音一下子重疊，可能這兩聲驚呼在靜謐的店內太過響亮，我與對方都有點尷尬，然後又忍不住微微一笑。

金髮少年正站在我面前，這次頭上沒有戴帽子，一頭亞麻色的金髮帶點卷度，隨著動作搖晃在空氣中。他把手中要買的便當和啤酒都放到櫃檯上，微微一笑：「是你啊，上次真的是謝謝你了。」說罷更向我輕輕鞠了個躬。

我連忙搖著雙手說這是我的份內工作。

他笑了笑，又露出了那兩隻虎牙。他披著一件深綠色的襯衣，裡頭配搭啡色背心，露出線條分明的鎖骨。這個人的打扮是走那種充滿個性的頹廢風格，但每次笑起來時都會流露一種可愛感覺。

我此刻盯著他的樣子看起來定是很蠢，只好低著頭幫他結帳：「一共是一一八〇圓，請問需要收據和加熱嗎？」

「都需要的，拜託你了。」

一個便當的加熱時間是二分三十秒，他買了兩個便當，我突發私心，並沒有一次使用兩個微波爐翻熱，於是他便可以多留在這裡幾分鐘。他似乎也看到了我的做法，卻毫不在意。

微波爐運作時咕隆咕隆的突兀聲音環繞我倆，我陷入沉默之中，還是他開口打破了這種奇怪的氛圍：「原來你是上夜班啊，難怪上星期下午都見不到你。」

我愣了一下，原來他上星期每天下午都有來？而且還記得我？我慢了幾拍地找回自己的嗓子：「嗯，我喜歡上夜班。」

他放下了一直背著的背包，靠在收款臺趣味盎然地問：「為什麼呢？」

「深夜出勤時薪比較高啊。」我胡亂編了個藉口。

說不出口的原因是，我不想一個人待在家裡。我喜歡夜裡一個人在店裡被不同貨物包圍，明亮且一目了然的感覺，沒有什麼黑暗和疙瘩潛伏在角落裡，這樣就算只有我一個人，也不會感到恐懼。

叮聲一響，第一個便當已經完成翻熱，我小心翼翼地將燙手的便當拿了出來，再把剩下的便當放進去，按下同樣的數字，微波爐又再運作起來。

「你一個人買兩個便當呢。」我把面前的咖喱豬排丼放進塑膠袋內，嗯，這個便當味道是挺不錯的，有賣不完的話我都愛拿回家吃。他眨眨眼睛笑而不語，然後又摸著自己的肚子誇張道：「沒辦法啦，我剛練完團，肚餓得很。」

「練團？」

「我每星期隔個晚上都會在對面大廈的地下一樓練習，我是組樂隊的。」

我點點頭，往店內看了一圈，又看了看他泊在門外的自行車，上面空溜溜的：「那你的吉他在哪裡？」

「吉他？哈哈哈！我是主唱，兼作曲作詞。」他忍俊不禁，似乎被我「樂隊＝每個人都會帶著吉他四處走」的想法逗趣了。他笑得用手背掩著嘴唇，瞇起帶笑意的眼睛：「你這想法真可愛。下次我們有演出你要不要來？」

我撓著臉頰旁的髮絲，有點窘：「抱歉，我對樂隊沒什麼認識。」

他突然想起了什麼，拿起旁邊被棄置收據盒裡的一張紙，拿出筆就在上面寫字。第二個便當也加熱好了，我把它端出來，一回頭便看到他遞給我一張紙條：「上面是我們團的網站，你有興趣的話可以去看看，我們剛發布了新曲。」

我呆滯地接過。

「我是『Swear』的松本研一。」

男生拿起紮得結實的塑膠袋，向我揮手告別：「下次再見啊，Hayashi さん。」

「松本……研一。」我喃喃細語著他的名字。我這才發現他又喊我Hayashi了。轉身想要叫住他，卻發現他早已離去。

沒辦法吧，下次見面時再跟他說我真正的名字好了。

*

回到家中，扭開水龍頭放了一缸泡澡用的水，我一個人浸在霧氣氤氳的浴缸內玩手機，驀然想起他寫給我的樂隊網址，在手機上輸入並前往。

最新單曲：ひとりぼっちの月（一個人的月亮）

我點進新曲的連結，一把清澈嘹喨的嗓音緩緩喃唱……

「想成為你唯一的月亮 不願成為遙望你的月球」

「就這樣靜靜地看著你 直至下次滿月相見之前」

「溢滿的思念是在你身上的潮起 潮落 如我心的起伏 」

歌聲伴著水蒸氣向上縹緲，又如霧如煙般徘徊在我的耳邊、我的唇角，我的心臟。連同琴音和鼓聲迴盪的震動，他細膩又激動的吶喊響徹我的心房。

小時候我真的很怕一個人被關在暗房裡。長大後還未完全克服這種恐懼，就被生活生生關在了這間房子裡，每天晚上咀嚼如影隨形的黑暗，有時卻飢餓得想要嘔吐。是的，寂寞在夜裡是會吞噬人的，每個夜裡，我比誰都清楚這個感覺。

創作這首曲的人大概也明白這種感覺，他說他想成為誰的月亮，用歌聲共享這孤獨的遙望。我沒有注意過這個城市是否真的有過月亮，但就在今夜，我浸泡在那歌曲中柔和溫潤的月色，熬過一整個晚上。

清晨即將到來，我在被窩裡萌生一種荒謬的想法——往後每個獨自對抗黑暗的晚上，我想聽著他的歌聲，期待明天有他的到來。僅僅只是這樣一個微小的願望，竟讓我今晚有了勇氣，向世界說一聲晚安。

(三)

成功便利商店的策略四：可善用抽獎、積分卡儲點等活動提高客人的忠誠度。獎品不需豪華，應設一二三等獎增加中獎機會。積分卡可採取每五點即可換領商品的模式，降低門檻並吸引客人參與。

這兩個月來，幾乎隔天的晚上，松本都會出現便利商店裡。

5月1日、5月4日、5月5日、5月7日……每次他都會買點東西並拿走收據，而我都會重新打印一張。我收集著與他相見日子的收據單，並在背後寫上每次和他的互動。

5月1日　這天他真的背著一支電吉他來店了，帶點戲謔地對我說，現在相信我是樂隊成員了吧。我裝作被他氣得翻白眼，又忍不住告訴他我聽了他的新曲，覺得好好聽。他看起來十分高興。這天他沒有買便當，倒是買了兩盒Pino，說這巧克力小雪糕是他的最愛。

5月4日　上班時被關東煮的熱湯燙傷了手腕，簡單用水沖了一下。他來時看到了，得知原因後一聲不吭就走了，原來是跑到外面的藥局給我買燙傷膏……我說要把錢還給他，他卻不收，另外買了兩份三明治。趁他不注意，我偷偷往塑膠袋裡多塞了一些贈品用的飲料。

5月5日

今天雨下得很大。過了凌晨兩點，我以為他不會出現（畢竟前一天才見過面），但他最後還是來了……冒著雨水，他跑到我的面前，嚇了我一跳。他叫我張開手，然後往我的掌心塞了一張票。我愣怔看著他，他說是他們樂隊第一次公開Live的票。「是第一排的位置啊。」他向我眨眼睛。我又歡喜又擔憂地給他紙巾，要是感冒怎麼辦？離開前我向他遞上了一把雨傘，說這只是殘次品。他欣然收下便離開了，其實那是我的雨傘，我不想看他再被雨打溼了。

5月7日

松本今天買了好多好多的零食，我問他是什麼值得紀念的日子嗎？他說是他妹妹的生日。我取笑他，妹妹生日你就只送零食給她啊。他笑說他窮嘛，不然呢？我靈機一動，拿出了今期抽獎用的紙箱，倒出那些多剩的抽獎球，他一下子便抽到了一等獎！他抱著那限定版的凱蒂貓布偶，猶豫地問這樣沒問題嗎？我說對啊，這是我們的秘密。他想了想，給了我一串號碼，說要是有問題就找他，共犯是要共同進退的。

就這樣，集齊第四張收據的時候，我得到了松本的手機號碼，加了他的Line好友。

有好一陣子我都不敢傳訊息給他，怕打擾他練團。五月中旬，店長對我說：「新來的兼職也想嘗試夜間的班，你也上了一個月的夜班了，給點機會新人學習吧。」我點點頭，不想反抗店長的「期望」，心底卻像穿了個洞似的。

沒有上班的那些晚上，我就窩在床上，房間裡播著松本的歌。東京的月亮不是常常出現，就算出現，也不時被四周大樓的稜角削走成奇怪形狀，填滿不了我心底的圓洞。我看著窗外缺角的月兒，終於忍不住向他發了第一條訊息。

林：你作的那首曲，為什麼說要變成一個人的月亮，而不是一個人的月球啊。

松本：你知道有什麼分別嗎

林：？

松本：在地上看月亮，離得遠，會覺得她朦朧又無瑕，在宇宙看月球，靠得近，便會覺得凹凸又醜陋了

在手機上聊天有一個好處，我可以在搜索引擎上翻查了屏幕上那些日文詞語的意思，確認自己的理解沒有錯，卻終究無法確認文字背後那個人的內心想法。我把文字打了又刪，閃動的輸入標示來來回回，終於成了一行句子。

「那麼松本君……想過要成為誰的月亮嗎？」

我並沒有勇氣把它傳送出去。

*

五月快要完結的時候，我拿著他給我的公演門票，走進下北澤的一間地下Live house，我手抱一束鮮花，靜靜地站在第一行最邊緣的位置。因為是角落，舞臺強烈的鎂光燈照不到我那裡去。我蟄伏在強光的影子裡，看著走上舞臺的他俘虜所有人的目光。

強勁的電音和鼓聲伴奏下，松本敦厚悠揚的聲音似要包圍整個場地。開口那一瞬間，舞臺上所有射燈都聚集到他身上，看起來他就是世上最光亮無瑕的一個人。

他閉上眼吟唱著最纏繞揪心的曲調，雙手抓著麥克風，青色的血管在他的脖子上穩穩突起。下一首歌開始前，他凝視著臺下的觀眾：「這首歌是要送給在場的每個人……不管你們有沒有想要守護的事物，都請你們堅持做自己的樣子，妥協的人生路上沒什麼碎石，走著走著卻是下坡路。走自己堅信的那條路，可能會很孤獨，卻是因為你想到達的地方，是從未有人到過的高峰。」

我隔著一個舞臺的距離，茫然地看著他。

有很多時候我都覺得自己是個敏銳又懦弱的人，微小如我，連一句說話尾音的轉變都要揣測半天。故鄉的朋友曾說過我有一個優點：「你真的很在乎別人的感受，和你一起簡單說話的話會很舒服。」

但朋友也說過這是我的缺點：「但你最不在乎自己的感受了，你讓自己活得很不舒服，總是順著別人的意思過活，弄得自己不開心。要是和你深交下去，待在你身邊總能感到你的負能量，這樣其實不是無私，是膽小自私。」結果她也不是我朋友了，有很多跟她類似的人，走著走著就在我人生中杳無蹤影。

可能是吧，但我無法改變自己的性格，我也試過不顧一切肆意妄為，結果生活給我狠狠的反饋，一下子把我攢下的勇氣都花光耗盡，剩下我帶著空洞的軀殼流浪到這個城市，有時歲月蹉跎的風太大，我都像要被吹到邊角去。

只有松本，他是唯一一個沒有在我身上加諸「期望」的人，是知道我如此平凡暗淡後，還願意留在我身邊的人。總是在對話中默默展露溫柔，洞察我的敏感，在我一點一點被吹走時，伸手把我曳住。

他的嗓音唱到每個人的心裡，填滿那些滲血的隙縫。光芒四射的人總是這樣用力地、認真地朝向夢想，奔跑途上還能療癒受傷的途人。相反我以為自己堅強得離鄉別井奔馳千里，原來只是窩囊地匿藏在這個城市，揚起塵埃兜兜轉轉。

此刻臺下的我，把臉埋在緊抱的花束裡，用氾濫的悲傷灌溉花朵。太難過了，真是莫名其妙。某些人一旦走進怯懦的心裡，總是能輕易觸動你的情緒。他若不好，你便哭；他若太好，你也哭。因為你隱若知道，他的過去並非與你同路，他的未來，似乎也與你無關。

*

公演結束後，松本和他的團友留在舞臺上清理善後。他看起來忙得不可開交，我站在一邊的角落，不敢上前打擾。

開始有工作人員前來，問我有什麼需要幫忙嗎？我心一慌，說只是想把花束送給松本。想了想，還是拜託工作人員替我轉交好了。

「當然沒有問題。你要留下字條給他嗎？」他遞給我紙筆。我愣怔著，點頭道謝。

Swearの松本さんへ：

（致 Swear的松本先生：）

君のうたが大好きです。

（我很喜歡你的歌聲。）

寫到下款時，筆尖不禁猶豫，幾番停頓後，終於寫下我的名字——

ローソンの リン[3]

（羅森的 林）

(四)

成功便利商店的鎖售策略五：應時常了解整體市場的現況價格，提升價格透明度，例如同一件商品，A店比B店便宜二十圓，A店在陳列該商品時可用標籤提示客人兩店的差價，或「此為市場最優惠價格」。此舉可提高客人忠誠度及並增加競爭力。

自公演以後，我向店長申請調回白天的班，已經有一個星期沒有看見松本的身影。

同樣是在同一間便利商店裡，但多麼神奇，只要繞過了時間，就能完完全全避開一個人。我也不知道自己在迴避什麼，明明告訴他真正的名字是我自己的選擇。也許繼續扮演他想像中的Hayashi，會有和他比較接近的錯覺吧，但在認清我們的分別之後，我想做回我自己，不再為誰的期望而活了。

這是怯懦的「林」，尚能提起的勇氣。

白天和深夜的便利商店是兩個世界，客人不停出入，排隊等待收款的人龍源源不

絕，尤其是午餐時段的高峰潮，我和同事都忙得汗流浹背，沒有停下來的空檔。到了三時許，人流開始減少，我讓同事先去吃飯，店裡只剩下我一個。

「歡迎——」門鈴響起，我下意識地瞥向門口方向：「……光臨。」

是松本。他一身白色的恤衫，身影背著光，看起來竟帶著一絲柔和的透明感：「你好……Linさん？」

我微怔，自己的名字從他的口中說出來，發音有點奇怪。我微笑點點頭，卻也沒有打算開口。

他走過來，語氣輕鬆平常，表情卻有那麼一點微妙：「謝謝你的花，那天為什麼不來找我呢？」

「看你在忙，就不想打擾你了。」我低下頭，盡量輕描淡述。

他一時也沒說話，然後嘆了口氣苦笑道：「真是的，被騙倒了。你日語說得很好，只是覺得有時你的音調有點奇怪，我還想過可能你不是東京人。」

「不過其實，我也有一件事欺騙了你。」他抬起頭看著我，眼神是我未見過的遲

3. リン的羅馬字拼音是 Lin。

疑，夾雜著些無奈：「我想跟你說……」

「研一！」

松本的話被霎時打斷，他一愣，轉過頭望向聲音傳來的方向。我也看過去，一位長髮少女朝他奔跑過來，飛舞的髮絲在陽光下，少女的側顏透著紅暈，皮膚白淨無瑕，像是一個會走會動的洋娃娃。我認得她，當天她也在臺上——她是Swear的其中一位成員。

她挽過他的手臂：「怎麼先走了也不跟我說一聲？」

松本看起來有點驚訝，他扶住少女的胳膊，眼角不自然地掃過我一下。少女撒嬌道：「我等你等得太久，肚子餓了，我們來買午餐吧。」說罷便拖著松本往後面走去。

兩個人在店裡兜著圈，一時跑到冰櫃端詳，一時又在貨架處徘徊，不斷竊竊私語。過了一會兒，他們終於走到收款處來，少女把籃子端到檯上，笑語對我說：「拜託你了。」

我低頭看著籃子內的商品——

咖喱豬扒丼、奶油草莓三明治、Pino小雪糕，還有其他飲料——

全部都是我很眼熟的商品，我想起那些我收集的收據，這些全部都是松本每次來店時都會買雙份的商品，真是太熟悉了，幾乎填滿了我整個五月的回憶。

「啊，你看，下期的一等獎是拉拉熊的布偶耶！研一，你手氣這麼好，要不要再抽抽，上次生日你送給我的凱蒂貓我很喜歡……」

少女說的話圍繞耳邊，我忍著想要顫抖的手，把商品一件一件的拿出來，一件一件的照過條碼，再一件一件放入塑膠袋裡。明明是做過千百次的事，為什麼今次做起來會如此艱難的呢？簡直要花光我所有的力氣。

報出價錢，找續零錢，我咬著唇，像是要完成儀式一樣，抬起頭向他問道：「需要收據和加熱嗎？」

松本看著我，微微一愕，眼中似有不忍，卻還是別過視線，說了一句：「不用了。」

我展露最璀璨最專業的笑容，對他們說：「謝謝您的來店。」

謝謝你出現在我的生命裡。靜靜地來，匆匆地走，溫柔如霧，殘酷如電，這麼短暫，又如此可笑。

*

松本離開了，連同他的「妹妹」。我也不記得那幾天是怎樣度過的，可能人大了，悲傷至極的事記憶會自動屏障，畢竟這個世界裡，最能保護自己的始終還是自己。

最後一次見松本，是在幾個星期後的一個晚上。那天我正準備下班，等待下一更的同事上班。一個身影一直在店舖玻璃後等候，單單只是看到背影，我就知道是他。

我也有點猶疑，不過想了想，我的確沒做錯什麼，也不想迴避什麼。於是走出店門，便看到他正站在一旁靜靜地抽菸。

他也看到了我，想要把菸弄熄，我搖搖頭，示意他繼續。

我走到他的旁邊，以往都是面對面的交談，倒是第一次與他並肩。他的側面看起來更加瘦削，嘴邊嚼著一支快要燒到盡頭的菸，一吸，唇邊像是開了一瞬的糜爛花朵，一呼，花朵就立即凋謝。

「你……沒有什麼要問我的嗎？」最終還是他開口打破沉默。

我想了想，可以挪到嘴邊的話其實真的不多，面對一個欺騙自己的人，我對他竟也沒什麼恨意，畢竟對著一個路人般的店員，最初想要討好別個女生的他，撒一個無關痛癢的小謊也不是什麼大事。

但最後我還是找了個可笑的問題問出口：「吶，松本先生，你很討厭我嗎？」之後的他，為什麼還要繼續騙我？

「那時她還不是我的女朋友……我們是上次公演後才開始交往的。」

原來是這樣呢。

他的聲音還是這麼溫柔耐聽，此刻說的話卻無比刺耳：「我不討厭你，真的，我不是故意要欺騙你的。你人真的很好，常常給我送東西，但我沒解釋清楚，就讓你以為那真的是我親妹妹的生日，讓你送獎品給她，也沒付錢，真的很抱歉。」

他似乎還是搞不清問題出在哪裡。既然欺騙了我，為什麼還要故作溫柔地道歉呢？既然傷害了我，為什麼不知道我真正傷心的原因呢？

「你說你不討厭我。」我靜靜地說，看著地上被白燈照出的斑駁痕跡：「可是松本先生，我倒是挺討厭你的。」

話一說出口，心裡就瞬間充滿酸楚。一時間腦袋太過混亂，我無法把想要表達的情緒轉化成日語。我望向他，淚珠開始模糊我的視線。

我就是討厭你這樣，我討厭這滿腔的情感不能用你懂的言語對你說出口。

在你的語言裡，無法用一句話來形容我此刻的心情。我愛你嗎？也許還不到愛你，也許差一點就到喜歡了，可是還不夠……我只是，很想你。就算到了今天，還是會想你。

可惜在日語裡是沒有「我很想你」這句話的。相似的思念會被譯作「我想見你」，可是從此以後，我們應該都不會再相見了。

看吧，明明我的日語就沒那麼好，不然怎麼會這麼簡單的想法都無法讓你知道。我想起了前輩說的那句：「這種交流的空隙，在便利商店內是可以被接受的。」果然在這裡，情感的表達是無法明言的。於是我與他被分隔在這無法跨越的空隙之間，是再也正常不過的。

他看著我流淚，看起來十分悔疚：「是我糟蹋了你的心意，對不起。」

我抿著唇笑了笑，但流著淚，大概笑得非常糟糕：「不要說對不起。人在寂寞時總是想要掏心掏肺去付出什麼，到最後淚流滿臉心滿意足，卻發現這樣感動不了別人，只是感動了自己。」

人類是很難愛上無法了解自己的人的，因為一個不了解自己的人，通常都暗淡無光，而人是追求光芒的生物。我是，松本也一定是。

最初我不明白他，這樣一個懂得悲傷的人，和我一樣咀嚼黑暗的人，為什麼還是這麼快樂又充滿活力？後來我看見那個她便明白了，他一直是她的月亮，他的世界因為有她，整個都不一樣。

我能像她一樣嗎？大概不可以吧，他們說著同一樣的語言，經歷一樣的文化，身處同一個環境，更重要的一點是——他喜歡她，光是這點我便無法匹敵。

「你沒事嗎？」松本問，似乎很擔憂的樣子。

流過太多淚水了，此刻乾癟的我，連回應一聲他的問候都無能為力。可是始終要有一個人，去砍斷彼此之間的羈絆的。

「我們別再見面了吧。」我抬起頭，認認真真地對他說最後一句：「畢竟見面要兩個人都想見對方才有意義。再見了，松本君。」

我的語言裡，再見有下次再見的意思，在他的語言，再見有再也不見的含意。我選擇用他的語言，說了這句再見。

「サヨナラ。[4]」

然後越過他微怔的表情，我看到他身後的便利商店招牌——「羅森」。

羅森裡面原來也有「林」，而林在這裡狠狠困住了自己。

和我初來東京的那時一樣，那招牌的白光亮得煞眼，眼睛一眨，這才看見白熾燈下，有無數蟲子正在瘋狂盤旋，牠們不停地往燈箱衝撞，彷彿在黑暗中只看到這一點光——再多撞幾次，又有一隻蟲子掉在地上，成為這五光十色的城市裡，奉上所有後緩緩墜落的屍體之一。

4. サヨナラ（sayonara）意思是再見，是日語中較為正式的告別語。

我回來了

——「就算天塌下來的一刻，大概他還是保持著誠懇的姿態，塵土飛揚之間，願她在這個逐漸崩塌的世界中，能永遠被溫柔相待。」

（一）

早上七點半的「鈴木不動產」梅田分店內，職員相川正蜷縮在茶水間的沙發上沉睡。陽光穿過百葉簾的隙縫爬到相川的臉上，連帶著六月的暑氣緩緩烘烤著向上攀升的溫度。相川一陣躁熱，不耐煩地翻了個身，避開了光線打算再睡一會。

突然一陣電話鈴聲卻把他從睡眠中狠狠抽醒。

相川閉著眼睛在心底抱怨：到底什麼人會在早上七時半往公司打電話？還沒到出勤時間吧！但他隨即想到昨天晚上加班至凌晨的原因：莫非是自己通宵修改的計畫案又被部長挑到錯處了？他張開眼睛，看見掛在牆壁上的公司十戒之一「電話響鈴三聲之內必須接聽」正正對著他的辦公桌，這下更是不敢再有耽擱，匆匆跑過去拿起了話筒，換上專業的嗓音展開對話：「早安，我是『鈴木不動產』的相川。」

「……我沒有時間了。」

一把沙啞的聲音從話筒傳來，模糊又粗糙的音質讓相川怔忡了。

「誒？」相川不小心漏出一聲疑問，但又立即找回自己的聲音：「您好、先生怎樣稱呼？我能怎麼幫你呢？」

「……你可以幫我找到我的妻子嗎？」

「請問您是打錯了電話嗎？這裡是『鈴木不動產』的梅田分店。」

「她住在……神戶大正區……三丁目二番地三號　大和公寓　三〇一室……」

「先生？」相川完全摸不著頭腦，他在腦海中迅速翻了幾遍，確定這把聲音和自己的上司或客戶全都對不上臉。此刻對方的聲音聽起來像是隔了一層霧，又像是埋在水中喃喃自語，令他更加肯定這不是客戶來電。

「跟她說，對不起，可是我來不及了。」對方的喘息聲不斷：「我知道你可能覺得我在胡鬧，可是我快不行了，這個地方太黑了……我不知道自己能撐多久……每個人總是到這種時間才知道自己追求的是什麼。

「我叫……慎也。我的妻子是達子，請你幫我找到她。

「請告訴她，我很愛她——如果可以回到出門那天，我應該親口對她說的。」

然後電話就在一陣不明雜音之中掛斷了。

相川毫無頭緒地睜眼看著話筒。他轉頭瞧見牆上的時鐘，才剛過七點三十五分，公司同事一個也沒上班，連一向最早出勤的部長亦未到達辦公室，這個惡作劇未免來得太早了吧？相川瞬間想打電話回去確認一下是不是搞錯些什麼了，才想起自己桌上業務用的電話還是舊款的連線電話，並無來電提示功能，他低下頭看了看辦公桌上的潦草字跡：

神戶　大正區　三丁目二番地三號　大和公寓　三〇一室

達子……慎也？

相川嘆了口氣，怎麼自己自動就把訊息記下來了呢？真是職業病使然，啊，對了，還不是因為自己的業績太低，沒被分配到新式電話機的緣故，他已習慣了手動記下客人一切的重要訊息。

相川搖搖頭，把紙張揉成一團放到口袋內，就將這一樁莫名其妙的插曲拋諸腦後，活動一下痠痛僵硬的胳膊，打開了電腦準備新一天的工作。

*

相川是個平凡得不值一提的地產銷售員，在「鈴木不動產」梅田分店裡，他的業績長年排在第九，而分店只有十個人，其中一位是清潔阿姨。他的部長經常會將他的名字和另一位員工「相澤」混淆，但當部長發現到報告書屢見不鮮的錯誤時，或是有麻煩要他解決時，卻又能瞬間認出相川本人，分辨得清清楚楚的。

比如今天下午，部長又準確點了他的名字：「相川，大阪農地收購案的進展如何？」

「呃……那個收購案不是大案子嗎……好像也不是我擔當？」相川想起那個已經壓在大阪總社一整年的案子：鈴木不動產計畫收購一份大阪近郊農地的業權，已獲九成的業主簽署收購同意書，但還有最後幾戶尚未點頭，有的是老人頑固不肯搬遷，有的則是找不到業主的下落。

部長最討厭他這種窩囊不進取的態度：「你看看整個分店人人都在忙，有誰比你更清閒的？你這個月業績最低吧？你貢獻不了業績也貢獻一下計畫進度吧！」

晚上十一時，相川終於下班了，在回家的電車上，他看著部長拋給他的工作依舊沒有任何進展，又倏地想起早上那通莫名其妙的電話——怎麼全世界都在找人？

他打開手機，在網上搜尋有「事故」、「地震」、「重大災害」等關鍵字的新聞，卻沒有得出任何匹配的最新消息。電車車廂外掠過的大樓燈火不齊，此刻整個日本是如此和平又靜謐，像是幅龐大卻零落不齊的拼圖，電車內零零散散的乘客正帶著那些缺少了的塊狀回家。車廂內的冷調有微冷，熾白的光管照出無數吊環的影子在地上搖晃，忽然唰一聲的黑暗蓋掉了影子，原來是進入了某段離開市區的隧道，相川在黑暗中默道：「那通電話，莫不成是見鬼了吧？」

帶著重重心事，相川終於回到家門前，掏出鑰匙打開大門，剛要跨過門框的瞬間——卻被門口的地毯絆倒了，一整天壓抑在頭頂的煩躁感幾乎是要隨著這下痛楚瀕臨爆發。可是當狹窄昏暗的玄關映入眼簾，他的怒意又生生噎在喉嚨，發不出來。

「你回來了啦。」相川的妻子聽到聲響，在沙發上醒了，悠悠地問：「要吃飯嗎？還是先洗澡。」

相川乾咳一聲，脫下外套：「我回來了……我說，這塊地毯，怎麼不收起來呢。」

「怎麼了，那地毯一直都在啊。」相川太太接過丈夫的外套，對他蹙眉：「你是不是不經常回來所以不注意吧。」

相川心底想：我不回來還不是因為要加班，加班費才多少，你這樣整天買一些有的沒有的，我班不就白加了……

相川太太替丈夫擺好加熱後的飯菜，坐在旁邊托腮看著他吃飯，她若有所思的玩弄著圍裙上的蝴蝶結：「吶……阿武的小學面試快到了，你有空的話陪我來預習一下。」

「怎麼現在連小學都要弄這些面試了？」

「要是努力做好面試這一環，說不定阿武就能入讀私立小學了。」相川太太抬起頭，眼睛裡似有星光閃爍：「你要是擔心學費的話，不要緊，阿武出生之前我每月都有儲下他的教育費，不夠的話我也有私房錢。」

相川驀地不敢看向她，只好低頭扒飯：「好了好了，這種事情不用太過用力，太過緊張了反而會弄巧反拙。我小時候唸小學壓根就沒有面試這回事……」

「什麼叫不用努力？你是想阿武也像你一樣──」話說到尾便消了聲，相川太太只是看著他，不說話，好像已經放棄了爭論。沉默包圍著小小的二人飯桌，微波爐快速加熱的飯菜也很快回復微冷。她覺得沒趣，只留下一句便回房：「你睡前去看看孩子，碗放在流理臺就好。」

相川吃完飯便快速沖了個澡，經過兒子房間時輕輕打開一道門縫，看到黑暗中熟睡的孩子。阿武已經快五歲，他想起五年前還是一團棉花似的嬰兒，如今已經是會走會跳的小男孩，頓時覺得時間全往他身上走了，這大概是時間給他一家最大的回饋。他上前拽了拽兒子推翻的被角，揚起了嘴角。

回到房間本想對妻子說些什麼，卻看見床頭燈下背著睡的背影，想要示好的話便梗在舌根不上不下。相川躡手躡腳地鑽入被窩，明明是在夏夜裡，手腳還是溫暖不起來，與妻子相疊的肌膚潮溼透著一絲冷意，抬手關上床邊燈，城市裡的燈火拼圖又隨即缺少一塊。

黑暗中的相川朝天花板伸出了手，因為沒有光，所以也沒有影子。他只好盯著自己空無一物的手掌發愣。

可是我快不行了，這個地方太黑了……

每個人總是到這種時間才知道自己追求的是什麼。

相川恍恍惚惚之間作了一個夢，夢中的自己向那個打電話的聲音發問：

你追求的是什麼？

我們追求的又是什麼？

*

翌日一早醒來，相川發現自己是在妻子那邊的床褥上醒來的，他抓了抓亂七八糟的頭髮起床梳洗，經過冰箱終於發現妻子留下的字條：社區委員會今早臨時要開會，來不及做早餐，你替阿武做一下，然後送他上幼兒園。

「爸爸，你又和媽媽吵架了嗎？」穿著幼兒園校服的阿武看著燒焦了一邊的煎蛋，用幼嫩童聲天真地發問。

「沒有啊。」相川把自己碟上稍微沒有那麼焦的香腸端給兒子：「只是你媽媽生我的氣。」

阿武搖搖頭，指向玄關放著的便當盒：「可是媽媽還是有給你做便當啊，阿武也有呢。」

相川苦笑點頭，心裡卻想，我的便當大概是「順便」給做的吧。

吃完早餐，父子二人手拖著手出了門。途經樓下公園，初夏的綠葉壓著枝椏生得茂密，陽光穿過葉隙打在二人身上，拉出樹冠疏散飄動的影子。相川感覺已經好久沒有走過這條往兒子幼兒園的路了，上一次大概便是他的入學式了。下一次又會是何時呢，他升上小學前還能走一遍嗎？看看阿武，他總是喜歡邊跑邊張開口吸氣，風、時光、笑聲灌進他的身體，大概孩子只需這幾樣就能快樂長大吧。相川也學著張口嘴吸了一大口空氣，只感覺體內被塞進了歲月分秒，然後自己又老去了一點。

想著想著，他倆已走到幼兒園的柵欄前，老師們都在門口迎接孩子。他對著兒子說，去吧。

阿武偷望父親一眼，還是抬頭鼓起勇氣問：「爸爸，我快生日了，我想要禮物。」

「好啊，爸爸一定會在你生日時送給你的。」相川笑著點頭，阿武十分高興，便提著小書包向幼兒園老師的方向走去。相川看著兒子有點陌生的背影，頓覺得有什麼東西就在這些重複的日常中流走了。

「阿武——」相川突然朝兒子的方向喊出一句：「像爸爸不好嗎？」

但阿武似乎聽不到他的問題，回頭用力的揮揮小手，便帶著太陽下奔跑的影子步向沒有他的前方。

*

午飯時段在茶水間內，相川打開便當，發現只有白飯和海苔碎做拌料，嚇得他趕緊把盒子蓋上，這種便當讓同事看了，換誰都知道他激怒老婆了。

「明明能做好，卻不拿出實力去做，嘗起來就是這種味道。」

相川睇起眼看著這條妻子隨便當附帶的字條，胃裡像是吞下了一塊大石頭般沉重。

他回到電腦前，發現當下要急的項目已有同事跟進，其他人要麼不是忙著見客人，便是埋首在和客戶的電話對談中。只有他一個人沒有任何預約，望向自己記事本中的客戶名字及電話，相川發現以往交好的客戶已經拒絕他多遍，短期內也不好再打擾他們，舊客不好打擾，那就找找新客戶吧。彎下腰想從抽屜取出電話簿，一團紙球卻因他的動作而掉到地上。相川打開紙團：

神戶　大正區　三丁目二番地三號　大和公寓　三〇一室

達子……慎也？

「你可以幫我找到我的妻子嗎？」

「每個人總是到這種時間才知道自己追求的是什麼。」

「對不起，可是我來不及了。」

那個人追求的到底是什麼？他為什麼不能自己對妻子說想說的話？為什麼要剛好被相川接到這個電話？在這個到處也不需要他的世界裡，似乎只有這一件事是非他不可去左右的。

相川仔細回想電話中的細節，沒有姓氏，只有名字。他在大阪，要找到一個叫「達子」的人幾乎是大海撈針。但是真的不可能做到嗎？

相川倏地站起來，走到辦公室的盡頭那張最大的辦公桌面前：「部長，我有一個請求……」

「嗯？說來聽聽。」部長頭也不抬地回應。

「就是……」相川看見部長身後的白板，上面寫著的備忘錄，只有大阪近郊農地案還未有人負責，突然口齒無比清晰：「大阪農地收購案那裡，不是還有幾個業主未接觸嗎？我想去當地現場視察一下，說不定可以勸說他們。」

「喔，這個提議不錯的嘛，去吧。幹勁不錯的嘛，相澤。」部長終於從文件中抬起頭，對相川點點頭：「可是別去太久啊，啊還有，交通費不能報銷啊。」

相川愣了一下，連忙苦笑回應：「是。」他壓根就沒想過要報銷車費，不然誰都知道他即將要去的地方，根本不是大阪近郊——

他還要再跑過一點，越過大阪府，跑到神戶去。

（二）

從梅田出發至神戶其實也不用一個小時，但要到達神戶的大正區要轉好幾趟車。相川在電車上用手機地圖輸入「神戶大正區三丁目二番地三號大和公寓」的地址，並沒有任何結果。不能用手機導航，他只能先到大正區三丁目，然後一幢一幢大廈挨個去找。

來到了三丁目二番地，這裡貌似是一片新型的住宅地，相川感覺到朝著這個方向似乎是正確的。來到了二番地的三號位置，在橘黃色磚頭鋪成的行人路上，樹立著兩行灌木，為這個舒適怡人的社區添加不少綠意。但不對勁的是，放眼望過去這條街上只有一間連鎖書店和咖啡店。他在行人路上不斷兜圈，來來回回的確認了好幾遍，二番地內並沒有「大和公寓」的存在。初夏的溫度還是能令人熱得微暈，相川用手帕抹掉汗珠，走入咖啡店點了杯咖啡休息，順道向店主查問「大和公寓」的事。

「『大和公寓』？沒有聽過啊。這一帶的住宅地是剛建好的，都沒有公寓耶。大和……是不是『洋和公寓』？洋和公寓倒是在二丁目。」

相川覺得自己不可能會聽錯，但是在沒有眉目的情況下，他只好轉到洋和公寓碰碰運氣。

由三丁目到二丁目只有一個車站的距離，但尚是在步行的範圍內相川就不想再花錢乘車了。咖啡店店主沒有騙他，手機地圖上清楚顯示往洋和公寓的路線，大約要走二十分鐘。

相川其實不止一次懷疑過這只是惡作劇電話的可能性，他本是很擅長找各種理由去放棄工作的。然而只有這次，在這次疑問滿布的事件之中，他卻不想放棄。每當他想起對話中那個人的聲音，那種似是承受著什麼黑暗痛苦之際，仍要扯著撕啞的聲音向他拜託傳遞信息的盼望——好像僅僅這麼一個要求，便是支撐著他仍然呼吸的動力。相川其實不能理解，因而掀起他去找尋「達子」的動力。

達子小姐，你在哪裡呢？

來到洋和公寓的門前，相川只看一眼就知道這是幢已有些年齡的建築物，外牆雖然翻新過，但水管不能動輒全換新的，所以憑痕跡就能知道這座大廈不是新築了。這裡不設看門員，相川輕而易舉地來到大堂。他仔細審視信箱，有部分住戶會在信箱上標示姓氏，有些甚至會寫上全名，然而三〇一室的信箱卻是空白的，信箱內塞滿了告示和傳單，看起來已有一陣子無人居住。莫非住戶搬走了？要不在這裡等到住戶回來再查問一下？正在猶豫之際，他注意到大堂告示欄的角落寫著：「鈴木不動產集團旗下管理．代理物業」

相川一個激靈，如果是自己公司管理的物業，在大正區這邊的分店內應該會有物業和業主基本訊息的！得到這樣一個方向，他立即離開了洋和公寓，上網搜尋附近最近的公司分店。

他的運氣不錯，分店就在五分鐘的距離內。他顧不得白天戶外的高溫已經熱得他汗流浹背，兩條腿不停轉動著往前方奔去，已經好久沒像這樣跑過了，似乎只有入社第一年趕著見客戶時才有這樣不顧一切地奔波過。看見了熟悉的「鈴木不動產」招牌，相川幾乎想一頭衝進去，又在觸碰門扇前躊躇——他一個大阪分店的小員工，要拿什麼理由去看別的縣市分店的資料？會不會有搶業績的嫌疑呢？

他小心翼翼地推開玻璃門，意外地發現整個分店裡只有一個人留在崗位，果然是舊住宅區的小分店，相比起來還是他所在的梅田分店規模比較大的。在崗位上職員的年齡看起來就像相川的部長差不多，他聽到自動門鈴的聲音，也抬頭對上了相川的視線。

「那個……你好，我是大阪梅田分店的職員相川，百忙之中打擾了……」話甫說出口相川便覺得說錯了，那個人看起來一點也不忙，原來他在看的還是週末競馬的報紙。嗅到相熟氣味的相川頓時就放鬆起來，決定搬出胡謅部長的理由照樣騙過他：「我是負責大阪近郊農地收購案的一員，正在追查還未答應收購的失蹤業權人士的下落。我有消息其中有一戶人可能搬到神戶市來了，所以想請問，我能不能查看一下『洋和公寓』的業主名冊？」

「這樣啊，那個計畫案我們也有聽聞，根本就是個爛尾的案子嘛。辛苦你了，竟然跑到兵庫來啦。」大叔看過相川端過來的職員證便信了他的話，緩緩走到文件櫃上查找：「我看看……洋……洋和公寓，就是這份了。」

相川連忙道謝，接過檔案夾。大手一翻跑出些許灰塵，他找到五年內公寓的業主紀錄，快速掃過一行又一行的名字，都沒有一個人的名字是「慎也」或是「達子」的。

「你在找什麼嗎？」

相川嘆氣：「我只有想找的那戶人的名字，卻沒有姓氏，但和這冊子裡的都對不上。」

「這麼奇怪？」老頭子坐回扶手椅上，漫不經心地說：「業主資料倒是不會錯的，因為規定有法律糾紛的話要聯絡業主。要是在所有業主名冊裡都找不到那個人的話，那麼他就不是業主吧。連洋和這種已築快四十年的公寓也買不起，那個人定是窮得要命的租客吧。」

「是租客啊……那麼就更加難找了。」果然還是惡作劇嗎？相川放下了檔案夾，捏著眉心感到異常疲倦。就在相川想要放棄時，剛好翻到最後一頁，上面有一行小小的備注：洋和公寓，大和公寓，漢和公寓為鈴木不動產於一九八〇年在大正區內建造的系列公寓，其中大和公寓在一九九五年已被拆卸，現址土地已被住和不動產購入改建為單幢式別墅住宅區。

相川睜大眼睛，電話中的那人沒說謊，果然是有大和公寓的存在的。然而那個人卻不知道公寓已在二十多年前拆卸……莫非他已經很久沒見過妻子了？還是已經和妻子分開了失聯了？要是惡作劇的話，用不著翻用真實存在過的公寓名字吧？

達子小姐，你到底跑到哪裡去呢？

大叔見他如此凝神專注，也放下了報紙好奇問：「小子，你說說你想找的那個名字，我替你留意一下吧。」

「達子……」

「達子？」大叔掏清楚耳朵，又再重複問了一下：「真的是達子嗎？哈哈小子，你不是在耍我吧。」

「什麼？」相川疑惑。

「因為，達子就是她呀，大正區內無人不知的『福星』。」大叔指向辦公桌的前方，那裡有一個小小的Q版模型擺設並且標示著名字——

一九九三年選定之神戶市大正區永久吉祥物：達子妹妹。

（三）

相川頂著一身疲累回到家門前，好不容易趕上了終電，待各停列車駛到家附近的電車站，已經是凌晨一時了。他穿過門扉準備脫下外套遞給妻子，卻見狹窄的起居室內漆黑一片——妻子今晚並沒有如常等他下班回家，餐桌上亦沒有準備好的飯菜。幾番搜索過後，他終於發現留在冰箱裡的餸菜，仔細研究了微波爐上各種密密麻麻的小字，成功啟動加熱功能。「叮」的一聲嚇得相川看向緊閉的房門，幸好沒什麼動靜，他凌空拉開椅子小心坐下，好不容易吃上一口菜：「唉……是微冷的。」

翌日一早醒來，妻子還在睡，相川不想弄醒她，踮起腳尖地走出睡房。換洗後看見一個便當放在玄關。昨晚回來的時候並沒有啊，妻子是什麼時候做的？關上大門，他一手用胳肢窩夾住公事包，一手往褲袋裡掏出門匙打算把門上鎖，卻不小心把鑰匙掉到地上了。彎腰拾起門匙時才發現，昨天晚上還在門前的地毯消失不見了。

回到梅田分店後，相川依然對昨天的事耿耿於懷，他緊鎖眉頭盯著面前皺巴巴的字條陷入沉思。突然一個穿著白恤衫的男人走到他面前，把一個大紙箱放到他桌上。相川嚇了一跳，抬頭看那個人，竟是長年在業績排行榜取得前三名的相澤。

「相、相澤，怎麼了？」相川想，不會是因為昨天的事穿幫了，部長要他收拾包袱走人吧？

相澤聳肩，目無表情地說：「部長說全店只有你一個還是用舊式電話，也應該換成新的了。」接著他便動起手來，替相川更換電話。

相川帶著滿腦子疑問望向坐在遠處的部長，部長跟他交換了一個意味深長的眼神，用手指指著背後白板上寫著的「大阪農地收購案」，給他一個大拇指。相川連忙把頭轉回來，不敢直視他過於耀眼的期待。

相澤花不了幾分鐘便完成了安裝，一向寡言的他向相川快速解釋電話功能：「這個鍵是『重聽留言』，這個是『社內連線對話』，這個是『翻查來電提示』，我們公司的電話系統更新了，每部電話最多可以查看近十五通的通話紀錄。」

有十五通這麼多……可惜前天他接到電話時還是在用舊式電話啊……咦，等等！相川好像突然想到了什麼：「相澤！我們公司的電話線是互通的吧？如果前天我接到的電話，你們的電話也會有來電紀錄嗎？」

「你沒有看〈社內對外通訊安全紀錄守則〉嗎？」相澤帶著嫌棄的眼神看向相川一臉懵懂的表情，只好嘆氣解釋：「去年東京分社爆出了客戶和銷售員的合同糾紛，身處海外的客戶堅稱我社的銷售員在電話中提到的樓盤年齡是十年，後來發現實際上卻有十五年，簽約後才發現產品與銷售員的說明不一樣，最終鬧上了法庭。自此以後，我們用公司電話進行的所有通話都會被錄音上傳至雲端存檔。所以不止來電紀錄，就算是通話內容都能查到的。」

「真的嗎？相澤，你能幫我查一通電話的錄音與來電號碼嗎？」

「不是你說想查就能查的，來電屬於客戶隱私資料，要用到部長的密碼。」

相川陷入一片天人交戰的掙扎之中。他已經花了一天去找達子了，除了知道達子小姐的居住地已經拆卸和「達子妹妹」是吉祥物以外，並沒有任何進展。還要花時間找下去嗎？萬一到頭來還是惡作劇，是一場空呢？

現在就有一個渺小的希望放在他眼前——如果能拿到那個人的電話號碼，他就可以直接打過去問清楚這是怎麼一回事，就算只是惡作劇，也算是完了一樁心事。

何況相川一直有一種異樣的第六感，他覺得那通電話裡面有一處地方很不對勁。在模糊的記憶中，他無法準確說出那個關鍵是什麼，要是能重溫那段通話的內容，說不定、說不定就能找到他隱約感應到的痕跡了。

「相澤，如果……我已問到部長取得密碼，你能在不告訴別人的情況下，幫我把錄音抽出來嗎？」相川壓低聲量，向相澤問道。

部長是一個老派的人，比相川更不懂電腦科技，於是很多密碼他都會用便利貼記下貼在辦公桌上的座機。經常被部長派去做雜務甚至是打掃的相川，要知道部長的密碼並不是十分困難。

只是如果這件事被部長知道了，便是個大問題，甚至他會察覺相川根本不是在調查什麼農地收購案，而是為了一己私自的好奇心，利用客戶資料去找尋不知是否存在的慎也和達子。嚴重的話，解雇是他逃不過的下場。

——對不起，可是我來不及了。

每個人總是到這種時間才知道自己追求的是什麼。

那個人為什麼來不及了？在日復一日的踱步間，相川從來沒有感受過來不及的恐懼，有的只是不斷循環的無力感。他以為只有自己迷失在生活和工作的往復裡，卻沒想到有一天他會聽到某個人的呼喊，那個似乎也迷路走不出去的人，卻有著最後一絲堅定，要找到那個不知在何方的妻子。

他真的可以撒手不理嗎？

達子小姐，你是不是仍在等他呢？還是已經放棄了？

「你只要能給出密碼，我就幫你從系統把通話錄音調出來。其他的事我不管。」相澤沒想太多，只回了他這麼一句。

「你……為什麼要幫我？」

「我沒幫你，我只是在做工作上程序正確的份內事，也怕其餘的麻煩。」相澤第一次對相川說這麼一大段說話，解釋到最後意外地有點靦腆：「何況我發現只要你肯工作了，部長就不會把你喚作相澤了，一間分店內經常有兩個相澤，這樣會讓我有點困擾。」

相川覺得奇怪，他懶散工作時人人都調侃他，但當他一本認真地去追尋一些與工作無關的執著時，上司、同事，甚至天意卻默默誘導他前進。

「相澤。」相川撇嘴苦笑這命運般的助力，並下定決心：「那就拜託你了。」

*

相川拿住一張寫著某處地址的字條下了公車，在渺無人煙的田舍間左右張望。

昨天相澤把錄音檔案和來電號碼交給他時毫無異樣，應該真的沒聽過錄音內容，他再遞給相川一張字條：「那個來電號碼，我用社內系統的電話冊查過了，是近郊的一間木材公司，似乎和我們公司有過業務聯繫便在系統內有紀錄……地址是這裡。我只能幫到你這裡了。」

「謝謝你，相澤。」相川張開嘴不知要如何解釋，但相澤似乎看穿他有難言之隱，也沒打算向他討什麼解釋，轉身揮揮手就走了。

相川查看腕上手錶，尚是未過午的時間。他深吸一口氣，郊外草木相混的空氣使在長途車上抑壓得混沌頭腦逐漸變得清晰。聒譟的蟬聲響徹耳邊，但他無暇欣賞，此刻的耳朵內還殘留著那通電話的錄音。在剛剛的車程上他已經聽過錄音無數次，終於發現了一處奇怪的地方，也印證了他之前的疑惑是正確的，那通電話裡有著他之前沒發現的重要痕跡。

他帶著心中千迴百轉的思緒，往上斜的單程路上一直走，層巒雙疊的深山在頭頂佇立不移。終於在走了快半個小時以後，看見一間木造的民宅和工廠。民宅前有一塊木造的牌匾，上面寫著四個字：大野木材。相川穿過旁邊堆放大批木材的工廠，來到民宅的門前，站在門前的地毯上猶豫幾番後還是按下了門鈴。

他感覺和真相只有眼前這一扇門的距離，又怕戳破那層糊紙後，會是令人失望的事實。

「是，來了——」一把女聲從門後傳來，木門被推開，走出來的是一個容貌清秀的婦人，她看見相川，禮貌地問：「請問你是？」

相川聽到婦人的聲音，心中便一個激靈，但還是極力按捺情緒，把心裡早就想好的開場白搬出來：「你好，我是鈴木不動產梅田分店的相川，敝社曾經和貴店有過業務上的聯繫，今天來是想謝謝貴店一直以來的業務往來，能讓我拜訪一下大野先生嗎？」

「啊，是……」婦人接過相川遞過來的名片，看起來有點苦惱：「可是真不巧，店裡的主事人剛好都到京都工作了。不如請你先到工廠那邊等候，我去打電話給他們。」

婦人領著相川到木廠裡的事務所先坐下。不過一刻，她回來說主事人都沒接電話，言下之意是希望相川先回去。相川想著事情一拖長便更不好辦，決定直接問道：「敝社前幾天接到一通由貴店打來的電話，請問是哪位打過來的呢？」

但婦人一聽便感到十分疑惑：「我們沒打過電話耶，主事人這個禮拜都在京都參與一宗建築工程，我們家只有我跟兒子兩個人，你是不是搞錯了？」她開始對眼前的相川警戒起來，起身想要送他走：「要不，你待我先生回來後才再來吧。」

相川趕緊把話攤開了說：「請等等！其實我是想找一個人……請問你認識達子小姐嗎？」

他仔細留意婦人的神情，他選擇問婦人「認識達子嗎」而非直接問她是否就是達子，是因為相川知道——達子如果真的存在，以一九九六年以前她就住在大和公寓這個事實來推算，如今至少是年過五、六十歲的婦人。眼前的女人不過三十歲，怎樣看起來也不像是達子本人。

但婦人搖頭，一頭霧水地說：「不認識。」

相川嘆了一口氣，眼神卻更為堅定：「那麼……我就不再兜圈了，我想見慎也先生。」

「誰？」

「慎也先生，我知道他就在這裡，是不是有什麼難言之隱，你不能讓我見他？」

婦人聽出他話中帶有質疑，不禁也蹙眉反駁：「我們家沒有慎也這個人！」

「真的嗎？那這段錄音是怎麼回事？」相川從口袋內掏出手機，按下了播放鍵，首先是系統聲音報出日期和時間，接著是相川接電話的聲音，一段朦朧又沙啞的嗓子緩緩道出相川已經聽過上百遍的請求：

——你可以幫我找到我的妻子嗎？我知道你可能覺得我在胡鬧，可是我快不行了，這個地方太黑了……我不知道自己能撐多久……每個人總是到這種時間才知道自己追求的是什麼。我叫……慎也。我的妻子是達子，請你幫我找到她。

——請告訴她，我很愛她。如果可以回到出門那天，我應該親口對她說的。

然後就在這個位置，一把聲音從通話的背景傳來，相川調高了音量。

「你在這裡幹什麼呢，快來吃飯吧。」

相川望向那個女聲的主人——正正是眼前的這女人。剛剛一聽到女人應門的聲音，他便認出最後的女聲定是這個人沒錯，不容抵賴。然而對方卻一臉懵懂，目瞪口呆地反問他：「這個人是誰？為什麼會有我的聲音？」

相川不解，她在電話裡都問「慎也」在幹什麼了，為什麼要裝不認識他呢？

婦人顯然是非常迷茫的樣子，但她知道相川並無惡意後語氣緩和了許多，也嘗試極力回想：「我真的不認識你所說的那個慎也……前天？前天的下午，我兒子在房間裡鬧脾氣，我記得我叫他去吃飯……」

忽然間一陣奔跑聲在事務所外逐漸接近，一個小孩從門後探頭而出，眨著水靈靈的眼睛大喊：「媽媽！快來陪我玩啦。」

「這就是你的兒子？」相川仍然陷入苦思中，這個孩子大概只比阿武年長一兩歲的孩子，又怎會和慎也有一絲關聯？

相川手機仍然在不斷循環播放錄音，慎也帶著喘息又痛苦的聲音包圍在場三人。然而婦人的孩子聽著聽著，猝不及防地說了一句：「啊，是達子先生耶。」

就因為這樣一句童言，兩個大人都驚呆了，紛紛望向他。婦人愣住問她的兒子：「新一，你說什麼？誰是達子先生？你是說電話裡的這個男人嗎？」

新一用著天真又稚嫩的語氣說：「嗯！達子先生就在爺爺的房間裡呢，我記得很清楚喔，上一次我跟達子先生玩耍的時候，替達子先生打電話，然後媽媽就進來了。」

「等等，新一，那天房間裡沒有其他人啊？還有『達子』是女生的名字啊？」

孩子對著母親搖頭：「達子先生看起來是女生，可是我發現『他』原來會說話，是男生。」

相川已經放棄胡亂猜想，直接切入重點：「新一弟弟，你能帶我去看看達子嗎？」

新一點點頭，然後高興地轉身跑走。相川看向婦人，她也點著頭同意讓相川跟著新一，三人從正門進入了大宅。大宅是傳統的木造建築，深偉又高的橫梁下是四角形的廊下，共包圍著一個天井。新一帶著母親和相川來到一個和室的門前，拉開了和紙做的門。婦人在門前解釋道：「這是我公公的茶室，平常他不工作就會在這裡休息。」

相川說了一聲「失禮了」便低頭進入了和室，定神一看，室內並無其他人，榻榻米上放有木造矮几，几上放有一部臺式電話以及各種獎項，都是誇耀木材店的口碑證明，像是「大野木材良質檢定書」等。他留意到牆上裱著幾片的牌匾，上面寫著「阪神大震災救災表揚匾」及「東北大震災救援參與表揚匾」。

和室的一隅有一個鏤空的格子櫃，上面放的都是各式各樣殘舊、缺角的物件。憑著那些物件的痕跡都可以看出它們已有一定歷史，但讓相川頓時感到陌生又熟悉的，是在櫃子中層放著一個物件，同時亦是新一正在指往的方向——一個穿著和服，臉上帶著汙跡的布娃娃。

「這就是達子先生，你跟它握握手，它就會說話喔。這個秘密連爺爺也不知道。」新一對眉頭深鎖的相川說。

相川當然認得這個布娃娃的樣子，它跟上次在大正區看到的吉祥物的樣貌相差無幾，似乎是同一系列的玩具。他伸出微顫的手拿起那個布娃娃，正想捏它的手，新一連忙更正他：「啊，不能握左手的，要握右手！」

相川依著孩子的話照做了，手上的布娃娃用著無神暗淡的眼睛看著他，褪色的微笑嘴唇開始吐出一段段他熟悉的嗓音，但這一次少了幾重傳聲筒的阻隔，聲音裡絕望和椎心般的痛苦更是言猶在耳，在他的耳邊喃喃細道出更多他未聽過的內容——

「……我在這裡已經第七天了，沒水沒食糧，幸好前幾天好像下雨了……妻子應該慌斃了吧？呃……但她不在我身旁也是好的，她不知道我去上班了，我希望她在安全的地方。」

「如果你聽到這段錄音的話，代表你拾到這個布娃娃，這是我上班前……買回來送給妻子的……好痛，嘶……」

「她應該以為我不知道吧，可是我猜她應該是有孕了，是我們的第一個孩子……這是我買給我們孩子的第一份禮物……可惡……我沒有時間了。」

接下來的內容就與相川手上的錄音一模一樣，然而那最後一句的請求和混集其中的後悔，是相川無論聽多少遍都不能釋懷的。

「我叫……慎也。我的妻子是達子，請你幫我找到她。請告訴她，我很愛她。如果可以回到出門那天，我應該親口對她說的。」

布娃娃停止了說話，整間房間縈繞一片窒息的死寂。大人們無一不對這背後的故事作無限的揣測，無論如何去臆想各種結局，始終都會被娃娃破爛的外表指向一片慘淡下場。只有新一還不諳世事，從相川手上拿回「達子先生」，珍重地把娃娃放回櫃子裡。

相川凝視著布娃娃，它就坐在櫃子裡回望，微微一笑地藏著一個男人的痛苦，已經不知有多久了。

婦人也被剛聽到的說話感染，驀地明白相川想要找到那二人的執著：「這個布偶，我沒記錯的話是公公很珍惜的物件，從我嫁進來之前便已經放在那裡了……你要不要等我公公今晚回來，問問他？」

「你公公的名字是……」相川的聲音已經輕如塵埃，不敢再去想慎也後來經歷過怎麼樣的痛苦了。

她大概察覺到他想問什麼，搖搖頭說：「不，他不叫慎也，我的婆婆也不叫達子。不過我公公是個很固執的人，我們勸了他很多年，勸他搬到城裡去他都不肯，我想他這麼珍惜這個布偶，應該也是有他的執著。」

突然相川的手機響了起來，他低頭一看，是部長的來電，一按接通，對方的咆哮聲便如雷貫耳：「相川你到底跑到哪裡去了？我以為你在查大阪農地那個案子，可是今天我去本社時被人問到，才知道那個案子根本一點進展也沒有！還有你前幾天跑到神戶分店翻人家的業主名冊幹什麼了？總之你明天不給我交上那案子的收購同意書和解釋，你以後就不用回來了！」

平常的相川只要一聽到部長的聲音便會腦子發麻，可是如今的他竟然平靜得心如止水：「部長，很抱歉，可是我現在真的趕不回來，大概明天也……」

他望向那個承載著太多故事的娃娃，聲音薄如蟬翼：「讓你失望很對不起，只是部長，我覺得現在我要解決的是另一件事，那件事只能由我去做，我不做的話，失望的人不只我一個……」

是不是在日復一日的夜裡，都會有人由希望走到絕望？有些人希望生存的聲音透過死物延續著，有些人卻生活得像個死物一樣。到了今天他才知道，生死之間最難令人接受的，是不生不死，杳無音訊。

相川不算是一個滿懷希望的人，但他這種人就算毫無希望，當接觸到別人抵上生命的盼望時都不忍移開目光，彷彿再不注視它就要永遠消逝。他不介意多等一會兒，因為他深信比起自己不痛不癢的等待，達子她，已經等了很久很久了。

如果眼淚不會被蒸發，她的淚水會不會已累積成一片湖——憂傷成了一潭淹沒她的死水，天天悲他不曾回；同時亦是她生存下去必須依賴的水源，夜夜喜他未曾歸？

(四)

下雨了。

滿布密雲的天空終於釋出淚意，像那即將掀起的真相一樣，混帶著顫動的泥濘和雷聲。水滴落在天井庭園的竹葉端，滑過葉片歸回大地，有那麼一剎那，相川覺得這場雨似曾相識。

遠處有引擎熄滅的聲音，大宅的大門似乎被拉開了，有男人的談話聲和腳步聲。門是敞開的，相川曲膝坐在和室的一角，能看見庭園被雨水洗滌，自然也聽見主事人——大野先生回來了。

果然不過一會兒，一個兩鬢染霜蓄著鬍子的老人姍姍前來。相川站起身想對他鞠躬，但對方伸手阻止了他的禮節。老人思考了幾秒，緩緩地從和室某個櫃子的抽屜拿出一套茶具，然後坐在相川跟前煮起茶來。相川不作聲也不焦急，他感覺到老人是帶著話來的，只是像那茶粉一樣，要用時間用力稀釋過後才能吞下咽喉。

「那天……也是下這麼大的雨。」大野給相川倒了一杯茶，看見外面瀝瀝雨境，終於說了一句話。

「那天是……」

「是我拾到這個布娃娃的那一天。在明石市一間醫院工地的瓦礫中，找了十天十夜，我找到的東西內，唯一算得上是完整無缺的，只有它。」

相川無法回話，畢竟他對真相一概不知。大野喝了口茶，繼續他的故事：「這間木材店是祖傳的，但那時年輕時我不懂，我想要賺快錢，泡沫年代後期城市建的大廈都是三層以上的，誰會用木造？我朋友在外面開了一間混凝土建築公司，接了許多城市裡的工程來做，便高薪邀我去做監工。」

大野抬頭看這座古老民宅的木梁，卻像是在看更遙遠的遠方：「那個年代勞工保障意識不足，做建築的工人，建築公司本來要替他們買生命保險，但泡沫爆破後，很多公司都想省錢不走這個步驟，便會私下聘請沒合約的工人，付的日薪比較高，每天支薪……我朋友就專門聘請這些人去做工程，我沒反對，裝作不知情。」

然後他回頭問相川：「一九九五年一月十七日，你多大了？」

「好像是在上小學。」相川意識到這日子代表著什麼：「你是說……」

「上小學的話，你應該還有印象吧？清晨快六點的時候，神戶、淡路，甚至大阪都因為一場地震而變成煉獄……高速公路倒塌、電車出軌、樓房陷入火海。城裡的人都在逃，往郊外走，我們根本擠不進城裡去。待我去到了，踏在一片頹垣敗壁之中，找了很久，我們才知道腳下的碎石就是醫院的遺址。那片土地地陷了，整幢建了六層的樓房都被埋在地下。」

「你們有找救援隊嗎？」

「有，但你知道嗎？當時整座城市都是一片震後的火海和危樓，救援隊肯定是先去傷亡較多的地方。那是一所未建成的醫院，不在優先救援的名冊內。我只能駕著我爸借來的翻土機，不停地找……」

「那些工人……共有十個人都在裡面。因為怕被政府查崗，所以他們工作時是不帶身分證明的。我記得地震後只下了一天的雨，過了整整十天。到再下的時候，又引發樓房支架崩塌……後來找到的，不是失血過多，就是因為缺水缺糧而捱不住了。只有五具比較完整的遺體，能對得上家屬的認屍程序。其他人找不到全部遺體，而他們的家屬又不知他們去做黑工的話，大概只會被列作失蹤人士吧。」

大野望著那塊「阪神大震災救災表揚匾」，只覺得諷刺：「我朋友的公司後來被政府檢控，下獄了，但我一直覺得那十條人命，是我有份欠下的。於是我回到了這山裡，守著這間木材店，我往後只造防震的木材，我不想再看到那片煉獄了。」

相川好像能理解，達子娃娃為何滿身瘡痍仍被大野珍藏著，它代表著二十五年前的那個冬天，天意和不幸肆意奪走的十條人命。

「我媳婦都跟我說了這個布娃娃的事。我沒想到都隔這麼多年了竟然會留有其中一個工人的遺言……大概是我孫子遺傳了木工的才能吧，他自己翻著翻著，竟懂得替布娃娃換上新電池，又竟然鬧著玩打電話給你聽見了。這個娃娃隔了這麼多年也沒壞，你說是不是命運？」

相川卻覺得這命運來得太慢，他忍不住開口：「你覺得慎也先生真的已經……」

「雖然我不想這樣說，可是只要你到過現場你便會知道……肯定都死了，不在人世。」大野頓了頓，似乎想起了一些無法面對的畫面：「他要麼被我們找到部分遺骸，要麼就已經被人認領遺體了。你如果想找的話……我仍留有那份工人名單……你應該能找到那個人的全名。」

「……謝謝你。」

大野不說話，他自覺配不上這句謝謝。當不幸降臨大地，剩下的人連擁有平淡餘生都覺得罪疚，更何況他有份把他們推向不幸。他終於釋出嘆息：「這間木材店已經第三代了，我一直認為木有生命，木是在被斬伐後還能透過氣孔呼吸的——可是就在那天我明白到，任何生命也終抵不過災難後灰飛煙滅，所以我只能用我的餘生去造好木材，我希望生命能保護生命，如果不行，我希望人死在木造的建築裡，靈魂能依附在木頭裡，陪著我們活下去。」

相川無言地點頭，他曾經以為人只是為相同的每一天而生存，但如今他覺得，人不活著只是沒有現在，但若你不帶希望活著，便沒有未來。

這幾天當他為這些素未謀面的人奔走每分每秒，他清楚地感受到，每刻蹉跎掉的歲月都是某些人在絕望時的朝思暮想，都是匆匆一別後的耿耿於懷。那個人也許曾在黑暗中撫摸過歲月的全貌，並希望用三十歲的樣子，死在八十歲的明天。但都只是夙願罷了。

大概只有人類如此矛盾地在乎時光，又怠慢分秒，像我們愛著一個人，卻讓他們獨自在歲月封塵。相反時光根本不在乎人，它是平等的，得不到偏愛的我們才會覺得它殘忍。

外面的風颳了起來，把手中那杯茶溢出的氤氳霧氣，又帶回天上。

只有慎也的聲音，還執意地留在達子娃娃的軀殼內。

世事有循環，大概是想讓人留有希望。萬物不會一直的好，也不會一直的壞，你見證了今天的壞，自有他人幫你延續明天的好。在這些交疊之間有些人確實是不會再回來的了——昨天的我已死，今天的他又何曾活著，卻仍有些事是能夠完成的。相川知道自己能做的，便是在有限的時間裡，把過去未能進入循環的嚮往帶到未來。

達子啊，你知道嗎？

慎也從此就在深淵。他的身體已不在這個世上了，但聲音仍然在尋找回家的方向。

而他正在路上了。

（五）

當相川在醫院的接待處被告知病人一向不接受來訪者探病時，他愣怔了一會，然後再度拜託護士：「請你問問病人，我叫『竹山慎也』，你看看她會不會想見我。」

過了五分鐘，護士急忙跑過來，對相川說：「竹山太太請你進去，但她……」

「我知道，她不太認人吧？」相川溫聲答允：「我會注意她的情緒的。」

他手抱著一束鮮花，選花的時候沒有太介意顏色，聽說她眼睛已經不太能看見東西了，故只選了最芳香的花束。當天他從名單上查到慎也的姓氏後就在網絡上登尋人訊息，得到一個退休看護的私信，說大阪南部的這間醫院內，住著一位叫竹山達子的婦人，但視力不佳，並開始有腦退化的跡象。

看護會聯絡他，是因為她說，竹山達子一直在等一個人，天天夜夜，到最後她甚至不怎樣記得關於自己的事，卻還是記得她要等一個人回來。相川也害怕他帶來的東西會不會滅了她最後的期待，但左思右想，她值得這份交代，這是歲月欠她的回應。

他慢慢的推開房門，一個婦人坐在窗前，紗窗簾微微泛光，年老的達子輕輕回過頭，用那雙帶著皺紋的眼睛，失去焦點地對他說：「你回來了。」

那一瞬間，相川彷彿看見自己妻子的模樣，又或者是，看見二十多年前達子等到慎也回家的模樣。

「你回來了。」她又重複地說。

相川不知她是否能辨認旁人：「我是……你認得我嗎？」

「你回來了。」她只是又再說著同樣的話，彷似這些年攢下的回應，都要在今天說出。

相川只能深吸一口氣，笑著說：「嗯，我回來了，達子。」

他從背包拿出一個殘舊的布娃娃，走到房間的角落，按下它的右手，越過那些過於痛苦的話，到差不多的時候走到達子的面前，把娃娃放到她的懷中。慎也的聲音緩緩從它上揚的嘴角傳出，越過二十五年的塵土光隙，此刻終於回到她的耳邊：

「每個人總是到這種時間才知道自己追求的是什麼。我叫慎也。我的妻子是達子，請你幫我找到她。」

「請告訴她，我很愛她。如果可以回到出門那天，我應該親口對她說的。」

相川站在竹山太太的身後，看她愣住凝視那個布娃娃，接著擅自加上了一句：「我回來了，達子，你不用再等我回家了。」

達子靜靜的看著同樣叫達子的娃娃，然後笑著想起這些經年，不經意就淚流滿面。

相川想，他終於知道慎也追求的是什麼，他想用窮盡一生的時間與達子告別，與她一眼到老，可惜當時他不能辦到。

歲月堆積的路軌太過荒涼，慎也在巨輪的轉動下匆匆被帶往離場，幸好兩人道別時還是彼此喜歡的模樣。就算天塌下來的一刻，大概他還是保持著誠懇的姿態，塵土飛揚之間，願她在這個逐漸崩塌的世界中，能夠永遠被溫柔相待。

*

回到鈴木不動產的時候已經是兩天之後，相川作好了一切心理準備，他甚至在回分店的路上特意經過超市，拾了一個紙皮箱，好讓他收到解雇信後能直接收拾雜物離開。

推開了玻璃門，相川深吸一口氣想直接走到部長的寫字桌前，卻在看見店內場景後，不禁發出一聲：「誒？」

店內的諮詢櫃檯後正坐著笑得和藹可親的部長，這已經夠罕見，更令相川感到驚訝的是，櫃檯前坐著大野家的媳婦、新一小弟弟和一個男人，相川立刻意識到，那是她的丈夫。

「相川！你到哪裡去了，快快快，快來這邊，大野先生他們等了你很久呢，他們說要謝謝你，要等你回來才簽名呢。」部長向相川揮揮手，示意他趕緊過來。

相川一臉懵懂：「大野先生……什麼簽名？」

部長一把拉他到角落，半帶親切半帶責怪地說：「你那天怎麼不告訴我，原來你是真的去查農地收購案了？大野家就是最後一戶不肯簽收購同意書的地主！你個傻小子，本來我都決定要給你解雇信了，幸好相澤在最後關頭跟我說，你是去了找收購案的最後關鍵戶大野家，我才決定多等你幾天……你到底是怎樣搞定大野家的？聽說大野老先生很固執，親兒子也勸不了。」

相川連忙尋找相澤身影，只見他在遠處向他撇嘴一笑，然後又躲回電腦屏幕後。

相川頓時不顧部長連珠炮發的詢問，走到櫃檯前對大野夫婦點點頭，誠懇地說：「前幾天真是打擾到你們了。」

「不不不，是我們麻煩你了。」大野太太溫柔地說：「那天你帶走了那個布娃娃以後，公公他便一直留在和室裡，我們都挺擔心……後來收到你說找到竹山太太的訊息後，轉告公公，他便從和室走了出來，說答應我們搬到城裡去了。他說他的工作已經完成了，想退休了。」

「這樣……真的沒關係嗎？」

大野先生點點頭：「是的，我們想要他搬到城裡去，是因為近幾年父親身體不太好，近城裡醫院一點比較好照顧，我工作也不用來往城郊，能有多點時間陪他。木材店我們會一直傳承下去的，只是換個地方而已。本來你們公司已聯繫過我父親很多次，沒想到相川先生你是鈴木不動產的職員，我們便想，既然這件事是相川先生讓我父親改變主意的，當然要由相川先生來處理我們的收購同意書。」

相川千算萬算也算不到這個結局——不，他是從來沒去算過，會找到大野家純粹就是透過慎也遺下的足跡。大野先生代理他父親簽上土地收購同意書後，他與相川握了手。相川才留意到，一旁的新一一直愁眉苦臉地望向他。

「相川叔叔，達子先生已經回到它的家了嗎？」新一終於忍不住向相川問道。

「對喔，叔叔把它送回家了。」相川摸著孩子的頭，突然想到了一件事：「新一，有一個問題叔叔想問你……你是怎樣知道不可以捏娃娃的左手，而要捏右手的？」相川後來發現，錄音娃娃的手上的確寫有「放送」的標記，按下右手才能重聽錄音，可是剛上小學的新一，真的搞得清嗎？

「是另一個叔叔跟我說的呀。」新一不加思索地回答。

「另一個叔叔？」

「對喔，是在上次爺爺進醫院時，我抱著達子先生去探望爺爺，碰到一位醫生叔叔教我的，他很好奇地看了我的娃娃，然後笑著說他的媽媽也有著和達子先生一樣的名字喔。那天晚上回家後我照著叔叔的話去做，就聽見達子先生說話了。」

相川一愣：「那位醫生是不是姓……」

「——新一，我們要回家啦。」大野夫婦向孩子喚著，新一聞言便笑著跑回父母的身旁，相相離去了，

相川看著他們三人的背影，有那麼一剎那，彷彿看見了竹山一家的重聚模樣。

（六）

如果說回去鈴木不動產那路上相川已作好失業的準備，那麼在回家這條路上，他可說是作好被碎屍萬段的準備。終於回到了家門前，他又再度發現門前的地毯消失了，滿帶歉意地掏出鑰匙，轉開門鎖開門後，一陣香溢的炒菜氣味隨門縫湧出，直撲他的鼻腔。相川看見正在做飯的妻子，連忙說：「我回來了。」

「你回來了啦。」妻子沒什麼表情地如常回應。但是相川長進了，他一個躍步擠到妻子跟前，低著頭手掌合十對她說：「……我錯了！」

「你吃錯藥了？」妻子只是愣怔了一下，輕拍他的頭：「快洗手準備吃飯。」

就這樣逃過一劫？相川摸著頭心想。阿武聽到父親回來，便碎步跑過來：「爸爸，我的禮物能不能提早給我呢？」

相川也很高興看見多天未見的兒子，只是禮物……相川摸了摸公事包，倏地摸到一

個硬物，他拿出來，才發現是那天大正分店的大叔送給他的著名「土產」——達子妹妹的手辦模型。

「謝謝爸爸！」阿武看見有禮物便開心得原地躍起。相川看著他歡喜的模樣，心頭一暖，大概阿武最想要的禮物，是自己的陪伴罷了。

吃過飯後，相川和妻子坐在沙發上觀看黃金檔的綜藝節目。相川一邊窺探妻子的表情，一邊若無其事地說：「門口那張地毯……還是放回原位吧？」妻子側望他，看似不明白他的意思，他不是不喜歡那張地毯的嗎？

相川回想起離開大野家那天，看見門前也放著一塊地毯時，因好奇心作祟而問大野太太，為什麼妻子都愛往門口放地毯。大野太太掩唇說：「因為有一張地毯，你們男人回來過也好，深夜回來也罷，我們都能從地毯上的痕跡得知一二，丈夫是不是沒回來呀，是不是回來了又去上班了呀——哎喲，起碼我是這樣想的啦。」

但相川終究還是沒向妻子認證她是不是也有這麼一番心思，他怕妻子聽後取笑：「我只是覺得它花紋好看而已，笨蛋！」

於是相川用了一個更奇怪的問題來轉換話題：「吶，如果我死了以後，你會改嫁嗎？」

「欸？」

「如果你不確定我會不會回來，你還會一直等嗎？」

「我這……」妻子想了一會兒，終究只能給出一個哭笑不得的苦笑：「我這不是一直等嗎？」

相川愣然地望向妻子。

「兩個人在一起，不就是在平靜的生活中互相等待嗎？我不怕等你回來，就怕你不回來，也怕你回不來。」妻子把頭依偎在他的肩膊，憶起許多過往：「可能因為，你向我求婚時，我在生阿武時，都讓你等得好久好久吧。我永遠也不會忘記你等我時的那些眼神，那麼害怕又期待。那時我便覺得，啊，這個笨蛋是值得我用一生相依的。

「後來我就發現了，每天的我不是在等你，是在陪你啊。」

相川想自己早就明白，過去他所摒棄的那些心意，都是某些人求之不得的幸福。以往他以為這種生活很苦，現在想起來，再沒有比這更甜的日子了。

若一個人只能留給你過去，也許只是一種施捨的憐憫，一個人能給你現在，大概是求之不得的緣分，只有能陪你走到未來的，是兩個人在每個平凡日暮裡，都能贖回彼此的幸運。

妻子望向窗外靜靜說：「下雨了呢。」

相川若有所思地說：「這場雨如果可以早點下就好了。」

把雨下在二十五年前的初夏，讓寸草不生的隙縫生出向陽之花，那麼那些在深淵裡淌滿鮮血的靈魂，也許就能早日回家。

五——告別在海洋彼岸

生活裡如影隨形的孤獨在於
前一刻我還用心烤了兩條香腸
煎兩隻太陽蛋　烘了兩片麵包
下一刻風來　雨過

你說你要離開
叫我狼狽得把它們全夾在一起
原來世上所有的成雙成對
都能湊整為一
成為一份豐盛的午餐
在你面前笑著吞下了
這份孤獨剛好能飽腹

坎特伯雷的雨

——「你那邊的雨，最後還是下在了我的眼中。」

飛機的滑輪接觸地面那刻產生一陣衝力，把我從不知第幾層的夢境拋回身體內，可惜過於倉卒的裝嵌令肌肉關節都痠痛萬分。空服員唸著優雅有禮的廣播：「歡迎蒞臨倫敦希斯洛機場，現在的時間是早上六時十五分。」有關於夢的細節還來不及降落在記憶床，便被舊有的回憶覆蓋——當希斯洛航廈睽違五年後，出現在帶著雨點的窗口邊角上，我便知回憶也許可以捏造，但習慣不同，無人可欺騙習慣，正如我看見雨點，便會潛意識地覺得礙眼一樣。

我又回來了英國，這個令我習慣了躲閃雨點的地方。

我和楚瑜通過了入境櫃檯，大概因為她是第一次來英國的關係，被職員問了好幾道問題，都被她滿面笑容地應對過去。步出接機大堂的時候天空還未全亮，泛著一點魚肚白。我牽著楚瑜的手，像是牽住一個小朋友一樣怕她迷路，又怕她因為藏不住的好奇心而引人注目。

由希斯洛去倫敦，這麼多年了還是坐皮卡迪里線最方便。倫敦的地下鐵車廂總有一陣醺味，是地底溼氣與乘客手中的報紙油墨經過百年混合後的霉味，揮之不去的英倫味道。深藍色的毛絨座位上有著暗淡的汙跡，我見慣不怪，卻還是盡力找了一處看起來尚可的座位喚楚瑜坐下。皮卡迪里線的初段還在地面上還能收到上網訊號，可是當進了地底便會與世隔絕，我不時看向楚瑜，又遞去一本旅遊指南給她解悶。

那些被我厭倦的城市細節我都想為它們辯解、掩飾，心裡默默害怕楚瑜會討厭這個城市，接著她便會連帶討厭我在這裡生活的過去。突然發現自己好傻，像是個休戰後小心翼翼地重返戰地的老兵——明明比誰都要熟悉地形，卻還在恐懼腳下深埋記憶地雷。牽著楚瑜的手，因為她站在我的現在未來，能拉住回到過去的我。她不會迷路，對一個初來的人來說這裡到處都是值得一看的景象。但我不同，這裡到處都是回憶的引線，而一直害怕會在這個城市迷路的人，原來是我。

*

來英國旅行其實是楚瑜的提議，我們說好要在準備婚禮之前來一趟情侶身分的旅遊，不是為了試探，而是為了認識彼此完整的過去。我由初中到大學一直在英國唸書，將近十年的時間由東邊的肯特郡走到中部倫敦，這個國家的確記錄了人生中部分的我。從小到大都在臺灣的楚瑜對那些部分的我很是好奇，也許她認為我的過去沾了一點洋氣，比現在老氣的我有趣多了。

但來到坎特伯雷後，我便知道一切迴避都是徒勞無功的。我不想比較，可是當你重回心裡面曾經最喧鬧的一片土地時，就像回到球場主場，旗幟滿天飛揚，無法視若無睹，外來的人只能更加用力揮動作客的小旗對抗。

隨著細雨，我帶楚瑜來到我曾經待了五年的學校，這是一間歷史悠久的英國寄宿學校。記得入學時有背過那些繁冗的歷史，關於哪個十八世紀伯爵的慷慨和教養，可惜早早就交還給老師了。我也因此向楚瑜解釋不了什麼故事，反正這裡一磚一瓦，幾百年來都用著它們的肉身向途人展示斑駁遐邇的歷史，更多的言語在這些痕跡前都變得無力。

走在碎石鋪成的小路上，沿著路走下去便是藤蔓滿布的主樓。不時有下課的學生與我們擦身而過，向我們投射好奇的目光。密雲滿布，天空一直下著綿綿暗雨，滴滴答答的在泥地積起一潭渾濁的水窪。我們細心打著傘，學生們卻兩手空空，最多也只是拿制服外套蓋著頭匆匆跑過。

楚瑜好奇地問：「他們為什麼不撐傘？」

「英國人覺得這些雨不算雨。」我下意識地想要解釋，但話一說出口便後悔了。

我還是想起了她，記憶導線一旦被點燃便無法被挽回，只能任它們隨回憶襲來。

曾經有一個女生也是這樣，不愛撐傘，甚至這句「不算雨」也是她說的——

穿著黑色百褶長裙的她每天都會從教堂往主樓這邊奔來，記憶中金色微鬈的長髮被雨水打溼後浮漾出一綹流光，在灰暗天空下那是唯一一片滑潤柔和的雲彩。噠噠的皮鞋踏在石子路上濺起陣陣水花，落在她蒼白的小腿上盪漾得像露珠欲滴。雨點落在她附近彷彿都會變慢，形成一串串斷線的透明珍珠，要套在她的脖子上。

對於一個對女性從未心動過的少年來說，那顯然是一次被俘虜的初遇。我只想起皮耶·考特那幅〈暴風雨〉中的克羅伊，也是這樣在雨中優雅奔馳，不同的是克羅伊身邊有著愛人達菲尼斯，而我慶幸眼前的她還是孑然一人。後來我發現這個「克羅伊」總是不帶傘，在這個被灰霧微雨包圍的城市，她總是跑在雨中。

「你沒有傘？」終於有一天，拿著傘的我用英語喚住她，開學已經兩個月，我還未跟她認真說過一句話。

她挑眉，掀起似有還無的微笑，回應我：「對英國人來說，這不算雨吧。」

「可能是的，」我不介意她這種國籍玩笑，尤其當我們穿著同一樣的制服，更不當這是一個玩笑。我舉了舉手中雨傘：「但對英國人來說，你們也不會感冒嗎？」

她想了想，好像覺得我說得有道理，便走進我的傘下。她的肩膊貼著我的手臂，髮絲間洗髮水的蒼蘭香味傳入我的鼻腔，但那也有可能是柵欄旁的波斯菊混合土壤的芬芳，反正我不懂花，但我認識了她。來到了主樓的屋簷，我收了傘，撒了撒傘緣的雨水，回頭迎上她的微笑與對我說的一聲謝謝。

「對我們這些外國人來說，這不算一個認真的道謝。」我戲謔地反將她一軍。

她有點意外，然後在我的聳肩中，忍不住與我對視而笑。

在坎特伯雷鳥語鶯鶯的春天、更多的是在漓漓流瀉的雨天，她會在學校餐廳旁的小亭等我下課。她不愛帶傘，於是我第一份送給她的禮物偏偏是一把藏青色帶暗紋的小傘。我也不是要嘲笑她，只是覺得穿著黑色制服的她拿起這把傘，走在灰褐色磚瓦的校園定是好看。

她是一個天主教徒，每逢禮拜天都一定會到學校的小教堂禱告。每個週末同學們都興致勃勃去跑到城中心，有的甚至會跑到倫敦。我問她為什麼不去坎特伯雷的大教堂？

她說那裡人太多，感覺神不能聽到她的聲音。

我不信這世上有神，因此每當她閉上眼祈禱，我都張開著眼肆意看她美麗的側顏。有次學校的神父經過看到了我們，我羞窘地想立刻闔上雙眼，但他笑著搖搖頭，指了指十字架上的主耶穌，好像在說：「孩子，你就繼續注視你喜歡的人，不用假裝，真心與否，祂全都知道。」

神父睿智的微笑令我有點怔忡，我茫然低下頭，第一次試著向著神禱告：神啊，如果祢真的存在，就算祢只看顧祢的信徒也無妨，我只希望祢保佑我身邊的這個女生，永遠幸運安好。

張開眼後發現她在好奇地看我祈禱。我問她向神祈求什麼了，她碧綠的雙眼溜了一圈：「求主別再讓這個城市下雨了，不然有個麻煩鬼會一直跟著我，要我帶傘。」

是的，就算在我們交往以後，她仍然不愛用傘。甚至她有很多地方都不聽我的勸告。她會穿著鞋走進宿舍房間，就算我覺得這並不衛生；她總愛喝冰水，哪怕是生病了或者是痛苦的生理期也與冰水相依；她愛週末去派對、愛與異性朋友喝酒，就算我私下跟她說我們已經交往了，也許你不能跟所有人都這麼親密，你可能需要和那些陌生的人拉開距離。

「你聽我說，我很高興你這樣珍惜我，我向你承諾我會保護自己，可是我的確需要一些私人空間和你對我的信心……」

但我與生俱來有一種要保護人的意欲，總希望喜歡的人不受風吹雨打，哪怕是任何有可能讓她受傷的細節。我知道她不願受人束縛，於是花了很大的心力去避免那演化成一種控制慾，默默接受她與我的所有不同。她討厭中菜，不愛計畫，不理世事，追求刺激，她認為愛就是浪漫而不用向對方妥協。彼此不同的價值觀就像玫瑰身上一根根的刺，每次向她靠近，便要在我身上拉扯出細碎的傷。

那幾年的時間足夠讓我咀嚼她給我的所有悲傷，同時害怕她嫌惡我的關心，所以每每在包紮之間，我微笑放手讓她做一切令我刺痛的事情，看她時而任性，看她時而冷酷，看她時而熱情，看她在下雨的夜晚，再一次走在小鎮的路上，永遠帶著我的傘，卻永遠沒打開。

她把我放在心上是一種靈魂上的承諾，但身體卻可以隨時離去，奔向我不能理解的冒險之中。有時我甚至會希望，她對宗教的虔誠能分給我一點點。她的注視、她的祈盼、她的罪惡感若能放在我身上，那麼我受的傷也算有了相等的回饋。當人在愛中太過卑微，便會像這樣，不介意為你受傷，只是更怕受傷以後沒有迴響。

「我不明白你在煩惱什麼，但我愛你。」她從來不吝嗇說愛我，像其他英國人一樣，彷彿張口就能說愛，哪怕我沒有感覺到被愛。我不輕易說愛，常常以「喜歡」代替，我覺得愛是被感受的而不是被宣之於口的一種存在，像我跟所有與她類同的女生拉開距離，都是希望能跟她在同一條路上走更長的距離。

她說：「說喜歡不夠的，我喜歡傑克，我喜歡教科學的羅素先生，我也喜歡瑪莉太太和她的小狗，但我愛你，你也要對我說同樣的話。」

我感到無能為力，原來她根本不明白：「……這裡人太多了，感覺你聽不到我的聲音。」

「這裡是坎特伯雷，怎麼會太多人？」

「不，我說錯了，」我仍然用英語對她說話，卻幾乎肯定我倆無法溝通：「是你永遠聽不懂我的聲音。」

我明明有說愛，從第一天就說了，當我看見你在雨中跑來，就想為你遮擋。只是你永遠不懂。不是語言的問題，也不是距離的問題，是由一開始，各自心中愛的模樣就截然不同，貢獻的方法也絕不一樣。就算我粉身碎骨為你付出一切，你也不懂那就是我無聲的愛——我的愛不是贈予稱謂、不是反覆說愛，是我摸清你與我的差異後，無悔換取一身求同存異後的傷口。

你向神祈禱時不是也沒作聲嗎？神也是不用言語，以行動回應你吧。那為什麼你能感應祂對你似有還無的眷顧，卻不懂我近乎虔誠的保護？

那天下的不是綿綿微雨，是滂沱大雨，那是我跟你分道揚鑣的一天，也是我收到來自臺灣父親病危消息的那天。我走在雨中，想點起我為你學會吸的香菸，它就像不愛撐傘的你，在雨水中怎也燃點不起火源，果然我只學懂了你的動作，卻學不會你的灑脫。

好不容易點起了，也僅僅是咬著它的身體讓你發熱發亮，將你的靈魂愈送愈遠，漸漸吐出雲繚煙繚，默默放走你的背影，指縫間還剩下些沾有你氣味的菸灰細碎。聽說人類體內有百分之七十都是水，難怪離開時，過半的我要從擠擁的眼眶裡逃離，要回到更大片的水滴之中。

*

「我的天！」瑪莉太太從花圃裡抬起頭來，看見了我和楚瑜，熱情地把泥鏟拋到一旁：「我的孩子，你終於回來了，讓我看看……都過多少年了？」

我跟她交換一個擁抱，向她介紹我的女友楚瑜。瑪莉太太是學校花園的管理者，年過五十仍風韻依舊。往日我經常幫忙看顧她的小柯基犬，好讓瑪莉太太能專心打理花園，那時還有她陪我一起。我想這亦是瑪莉太太對我印象深刻的原因。

瑪莉太太給我們泡了茶，三人坐在花園伴著鳥語花香閒聊這幾年的逸事。楚瑜跑去跟小狗玩耍了，瑪莉太太溫柔的目光掃過她，最後落在我身上。喝完最後一杯茶，瑪莉太太緩緩向我遞上一把傘。

我一愣，這是我當年送給「她」的那把傘。

「幾年前她也回來過……她看起來很好，結婚後搬到了法國，那次回來，她說想把這把傘交回這個地方。」瑪莉太太微笑又帶點惋惜地說。她看過這麼多人從這裡相識，相愛到最後分開，就像見證過無數次最純真的幼苗發芽，卻還是無法開花結果。

我欲言又止，看見花園內同一片白色的花海，裡面混集著不同的花種：「也許我和她就像這樣，只是因為恰好在同一片土壤中成長，穿著同一件衣裳，淋過同一場雨，便以為我們也擁有著同一顆心，能夠走過一生。」

兩顆種子不同的花也許能開出一樣的顏色，但卻不能一同盛開、一同枯萎，每個人覺得命中注定的相識和分離，都是緣分罷了。

瑪莉太太搖搖頭說：「孩子，我人生中的第一盆花是我花上最多心思種的。我一直盯著它、為它澆水、給它陽光，但到最後它也沒能開花，有時我還是會想像它開了後會是我看過最美麗的花——但我感謝它沒能開花，我才學會照顧下一盆花。那盆花可能真的很美，但那時的我不適合它，我還不懂種植，它不能盛開最長的花期。」

一朵波斯菊在我們談話期間掉了花瓣，我想，花瓣落下的速度不會快過一個春天，忘記一個人的速度大概也不會長過一生。

楚瑜的笑語隔著花田傳來，像極了在這裡讀書耍樂的女學生，引得瑪莉太太也笑著領我往她那邊走去：「人活到我這個歲數便會明白，你不應慨嘆分離，你應該感謝相遇。我在這裡快四十年了，看見很多人離開，也有不少人回來，但很少人會帶著另一伴重遊舊地的……一個人肯陪你細看過去，代表她有決心成為你的未來。」

我以往不信神，也不認為誰是誰的救贖。到了後來她離開我，才發現讓自己心甘情願受傷的我是自己的罪人，那麼說不定楚瑜就是上天給我的救贖。

楚瑜跑到我跟前，玩得滿頭大汗，甚至有點泥巴沾到臉上，十分滑稽：「你們聊什麼了？」

「我們在重聊……」我頓了頓，微微一笑：「一個發生在坎特伯雷的古老故事，我忘了故事的結局，瑪莉太太提醒我罷了。」

楚瑜當然會追問，我感覺自己就像是喬叟的《坎特伯雷故事集》[5]裡面其中一個說故事的朝聖者，便突然想了一個故事，向她說：「傳說坎特伯雷的雨能考驗真愛，它能令人相遇，能令人分開，也令人永遠在一起……所以有些人對雨水趨之若鶩，有些人卻害怕著雨水。從前有一個人在這裡認識了一個女生，他們淋了雨，女生開開心心的跑走，跑到別的城裡去了。剩下那個人懵懵懂懂地留了幾行詩句，最後消失在雨點裡——」

你住的城市又下雨了

但你的傘還留在我的手中

所有沾溼你肩膊的風雨都與我無關
我們不能聊同一場天氣
再也談不了同一場戀愛
唯一相關的　大概是你那邊的雨
最後還是下在了我的眼中

楚瑜聽後仍是不懂，她說她英語不是太好，問：「他們是分開了嗎？」

雨又開始淅瀝地下，今天這場雨輕得的確不是雨。我笑著攬過她的肩膊，打開那把與記憶中別無二致的藏青色雨傘，向瑪莉太太告別後，我與她一同走在坎特伯雷的雨裡。

「那場雨令他們分開了，但這場雨，我們就在一起。」

5.《坎特伯雷故事集》是英國詩人喬叟在十四世紀出版的一部詩體短篇小說集，故事講述三十名朝聖者從倫敦一家客棧出發，前往坎特伯雷大教堂，途中每人都要講四則故事來消磨旅途時光。

在巴黎養貓的日子

——「我不在別人的愛情裡揮霍，因為我還欠著帳，那些對牠或他的思念，我一直按時供養。」

海總是會在清晨六時微拱著背，坐在窗臺上靜靜地盯著蒙馬特的街道，和眼下杳遠廣闊的巴黎。海是我丈夫從小養大的貓，自結婚後成了我的家人，特別在丈夫走了以後，牠是我和丈夫僅有的活物聯繫。牠年紀漸長，故此每次看牠的背影都像個佝僂的老人。我總覺得牠凝望這個城市的眼神是帶著一點緬懷意味的，可惜我並不知道牠和丈夫獨自走過的巴黎，是不是更加雋永聖潔。

婚後我們搬到了蒙馬特，這個近一百年才被納入巴黎市區的第十八區。這裡不同市中心，沒有以財富和文明輾壓出來的一股艱深優雅，也沒有塞納河千百年來流轉的繾綣波光，有的只是蜿蜒小道和無數個古今畫家不得志的嘆息。海總是凝望窗外這些街道，好像很想出去。可是我不能開窗，這裡是位於七樓的公寓，若打開窗引牠好奇一躍，牠是要死的。

身為掠奪牠自由和野性的飼主，每當我懷著歉意給牠好多零食，牠會回頭默默地看一眼嗅一下，垂一下頭，再張嘴呑食。我不知道這是不是牠與我丈夫之間的一種儀式，還是牠在悼念自己對慾望的屈服。我為此感到抱歉又異常滿足，鍥而不捨地用色香味俱全的食物來吸引牠的注意，哪怕對牠而言這又是一次失去自由的代價。

我總是後悔丈夫沒把海也帶走，他靈魂和肉體都離我遠去尋覓自由，卻留下了年邁、敏感卻優雅的海，過去的回憶都死了，海卻仍然帶著他活著的習慣，叫我夾陷在過去和現實之間的隙縫不能動彈。

*

海之所以叫海，是因為丈夫喜愛看海明威的書。我那法國丈夫叫牠做He，來自Hemingway的略寫。而我擅自喚牠做海，是取中文與英文勉強相似的發音，同時亦因為海有一雙如湛藍汪洋的深邃眼睛。

海明威流傳後世的名言：「如果你夠幸運，在年輕時待過巴黎，那麼巴黎將永遠跟著你，因為巴黎是一席流動的饗宴[6]。」以他的描述，那麼我和海都足夠幸運。但我後來想，這不對，我和海都沒有感到特別幸運。海明威眷戀巴黎，是因為他的人生充滿告別和

6. 出自海明威的著作《流動的饗宴》，記錄了他與妻子旅居巴黎時一段貧窮卻快樂的日子。

旅程。他從未完整擁有過一個城市，因此才會只看到她的美好。對我而言巴黎的確是生動的，但不是一場盛宴，在這裡你會慢慢變得飢餓，而你得優雅地享受這份生活的飢餓。

丈夫轉身離開我和海以後，我自由地擁有整個無邊無際的巴黎。

而今天整個城市萬里無雲，我卻最討厭這種天氣，每個人懷裡都總有些事物，我卻找不到一隅雲朵可以抱擁。去博物館看畫，別人都說梵谷的畫太亂了，我說不是啊，我明白的。

那是他的心太空了。

*

每天早上，放下一碟清水和貓糧後，我會告別海然後出門上班。蒙馬特是個高地，於是匆忙離家時會被下斜的鵝卵石路絆得慌，緩慢回家時又會怨恨這上斜的石路，但我依然堅持穿小跟高跟鞋上班。不因生活的困難而去改變自己鍾情的打扮，是丈夫教會我關於巴黎人的倔強。

巴黎的地鐵站沒有時間表，因此你不能準確預計時間，只能早一點到達月臺等候，不能遲一點，因為它通常只會早一點，卻會遲很多。地鐵站的氣味是有的，但對久居巴黎又有一隻貓的我來說，說不清這種酸騷是不是難以忍受，在我看來大概等於海鬧脾氣後拒絕尿在沙盆的小瑕疵，可以忽略。丈夫說過一個城市最古老的痕跡不是建築是味道，我想是對的，說不定我與梵谷共享同一股生活的酸腥，在這個騷動的巴黎。

上了地鐵，剛好碰到有手風琴樂手來車廂演奏。這麼多年了我仍然會窘縮地移開視線，丈夫則不同，他常常樂意掏出零錢給那些樂手：「若有人能在生活裡分享一刻美好，你應該給他相應的贈禮。」我總是不能理解他的慷慨，就像我不能同意他對每個人都有過多的共情能力和愛。法國人就是有種天生的感性浪漫流在血液裡，只需一點葡萄酒的芳香便能叫他們陷入其中，他們管這種叫欣賞藝術與佳餚的修養。

但大概是這麼一個迷人又浪漫的丈夫，才會不顧一切也要遺棄我與海，奔向追求新鮮愛情的刺激感吧？我與海都枯燥、懶惰、自傲，我們生來就這樣，怎麼可能去改變？人生中最大的後悔就是婚後放棄事業，成為一個只會討好丈夫的妻子，每晚做精緻的大餐，抹上香水和口紅，去準備令他歡飽的饗宴。現在海偶爾也會這樣對人類撒嬌，是不是受我影響了呢？遇到海撒嬌的時候我總是受寵若驚，牠會故作姿態地在我身邊徘徊踱步，擺動的尾巴掀起一片眼花撩亂，毛茸茸的頭靠在我大腿廝磨，可憐又可愛得很。但我還是希望海能做回牠自己，牠根本不用這樣對我，我亦會好好飼養牠，這是我的責任啊。

黃昏前路過三一堂附近不為人知的麵包店，再度放棄了長長的法棍，因為一個人吃不完，放久了會像丈夫從前的皮膚般僵硬。年齡大了以後我獨愛巧克力的可頌，甜得像第一年來巴黎時的日子。那時我仍會與丈夫寫情書，他總共給我寫過一百一十首詩。但如今我都不忍去翻看——歲月吸啜過的文字像老人乳房般鬆弛，哪怕它們都曾經給過對象乳汁般的滋潤、富有營養的愛和快感，但當再也沒有人撫摸過後便會自動枯萎，曾經有多澎湃，現在便有多乾癟。

朋友說要為我介紹對象，但我自問不是巴黎女人，不會為一杯酒去跟人長相廝守，也不願意再因為一首詩去愛上一個人。早已討厭了以色示人，每天在說服自己我的漂亮是要湊得很近才能體會的，而人們卻總隔那麼遠，於是只有海和鏡子看穿我的美。週日我會買很多塊小可頌，也會自製一份蘸上榛子醬的可麗餅和起司，帶著海，到肖蒙山丘公園野餐。睡在遍地失眠的野花上，海會靜靜伏在我腿邊，與我一同俯瞰整個熟悉的巴黎。

餘生的我一直在這城市搜集許多流動的快樂，滿城盡是觸手可及的浪漫，卻好像不再生存在這個城市裡。我不斷地在街角移動，卻沒有一個人能把我拴下來，給我一杯解渴的水，給我一個溫柔的眼神，給我一個親吻。我總感覺生活在他方[7]，但已無力去尋找詩和遠方，只有匱乏的此處。唯有海還願意留在我身旁。

我又再一次解開牠頸上繫著的繩子想還牠自由，但牠仍然不走，只是盤旋在我的腳邊，不停地喵喵叫，好像對我說：「我都懂，但我們無處可逃。」

我仍然會每天給海清水，給牠溫柔，給牠親吻，所有我缺乏的，我都奉獻予牠。我與海都習慣了這樣小心翼翼的日子，害怕再被城市的繁華絆倒。一旦被愛馴服的人，終究無法揮霍。我也不在別人的愛情裡揮霍，因為我還欠著帳，那些對牠或他的思念，我一直按時供養。

我在巴黎養貓的日子，後來發現，原來也是我被巴黎豢養的日子。

唐人街

——「我們不長大，我們只是在不停老去。」

（一）

一年一度的舊金山電影展擠滿採訪記者和保全，各路爭豔鬥麗的影星在閃光燈下徐徐走過紅毯路，擺出婀娜多姿的姿勢留下倩影。此時入口處前停下一輛黑色房車，兩位年輕演員雙雙登場，旋即吸引大批鏡頭和鎂光燈注視。待人群都走遠後，一個面容陌生的華人女子才從同一輛車中緩緩步出，她沒有男伴，獨自步上紅毯。

幾乎大部分記者的視線都被先來的演員所吸引，但還是有經驗老到的專訪記者認出女子，捉緊機會上前發問：「方導演，你第一部執導的國際電影《唐人街》剛剛在芝加哥影展獲得最佳新進導演的殊榮，今次更受舊金山影展邀請作開幕電影，你有什麼感想？」

7. 來自米蘭．昆德拉的小說書名《生活在他方》。亦啟發自詩人蘭波的詩句「La Vraie vie est absente. Nous ne sommes pas au monde.」（真正的生活永遠缺席，我們並不存在這世上。）

被逮住的方導顯然有點愣然，但不過一瞬便換上得體的笑容：「當然是很高興的，回到舊金山這份喜悅更是雙倍，畢竟這部電影的取材同樣是這裡。」

「你曾說過電影角色及部分片段均是改編自真人經歷，但有部分影評說你誇大了華人生活的苦況，有種族分化及失真之嫌，尤其是在加州這樣一個多元化社會。你怎樣回應？」

「岩漿在爆發之前埋在地底下，依然都是滾燙的，所有不被人看見的傷口並不代表它不痛，這部電影只是把鏡頭對準火山口而已……電影裡那些在舊金山受傷的人，同樣是在舊金山痊癒以及重拾美好的，他們並不會恨這個地方。我曾經在唐人街生活過，也很感恩自己有這段回憶，謝謝。

「對了，今天影展的《唐人街》是特別為舊金山影展重新剪接的版本，希望大家留意喔。」

方導拋下這句便帶著微笑踏上紅毯會合她的團隊，直至她與她的演員被安排至一個偌大的戲院，她才能卸下微笑。

全場燈光熄滅，象徵電影即將開始上映。她深吸一口氣，明明這些鏡頭都出自她手……可是今晚不同，今晚這場是在舊金山上映的，這個她真真正正生活過的城市，她感覺自己的青春又再上演，正在被大家窺看。可是為了他，這是她必須要重播的青春。

黑暗中一段字幕浮現在銀幕上。

——致 回憶中那個永遠邋遢，穿著拖鞋跑在唐人街上的男人

舊金山的風只是用來辨別海的方向，海的另一頭，聽說是你的故鄉——可你卻說，你沒有故鄉。

一把清脆的女聲響起。

「考試、論文、答辯……我都一一搞定了，可是那又怎樣呢？我搞不定我的人生。」

「我是一個留學生，但有時我覺得，我永遠不會畢業。」

「後來我每天醒來都發現，留在唐人街的我們原來也不長大，我們只是在不停老去。」

銀幕下忽明忽暗的光影正在重新構造那些熟悉的場景。她不禁想，原來從前跟現在都一樣，他參演了她的青春，她卻從頭到尾，只能旁觀他的人生。

＊

魏承翰在舊金山國際機場已經等待超過兩個小時，航班資訊欄上全是紅色的晚點通知，他不耐煩地抖著腳，壓下令他更加暴躁難耐的菸癮。他等待已久的航班終於降落，雖然一支菸的時間應該還是有的，但他一直聯繫不上要等的人，故也不敢走開。他這輩子見過太多出國留學便不帶腦子的溫室小花小草，常常丟證件丟行李甚至能把自個兒也

弄丟了。這種漫長的等待最磨耐性，偏偏耐性這種東西魏承翰最為欠奉。

大概是多班延誤已久的航班一下子降落，接機大堂一直有人出來，卻一直沒有人接近他。魏承翰半放棄狀態地舉起接機牌，他連接機對象的樣子也不清楚，只知道她的名字和電話號碼，於是只能不時查看人海中有沒有哪隻迷途羔羊。

「是魏先生嗎？」

魏承翰抬頭定眼一看，一個個子嬌小、眉眼清秀的女生正眨著大眼看著他，她綁了一條馬尾，身穿短身T恤和短牛仔褲，青春動人。他瞇眼看著手機聯絡人的名字：「方璐小姐？」

女生點點頭，魏承翰呼了口大氣，他想以後還是別接這浪費時間的活兒了，表面卻扯出一個大剌剌的笑容：「撥你的手機沒回應，幸好等到你，行李都拿好了嗎？」

「不好意思，我的手機沒電了，充電器又寄倉了……」

「沒事，常有的事。」魏承翰看了看方璐身後，睜大眼睛：「呃，你只有一件行李？」

「嗯。」方璐天真無邪地點點頭：「東西夠了，不夠在這邊買就是了。」

魏承翰咋舌，果然這種土豪大小姐就是任性。但他也樂見這種豪爽沒架子的客戶，一手把她的行李拿過來，二人便往車子走去。

他對留學生有偏見不是沒原因的，他經常會幫開中介公司的弟弟做這種接機的粗活兒，在開學的月分更是近乎每天都要往機場當柴可夫司機。見過太多第一次出國的亞洲學生，不是丟三落四的媽寶，就是留個學像要把家也整座搬過來似的富二代，二話不說便把五、六件行李丟給他，真把自己當成大少爺大小姐的。

上了車後魏承翰跟方璐再次確認：「方小姐，是去這間酒店沒錯吧。」

方璐突然神色有點閃縮：「嗯……是的。」

魏承翰心想畢竟是個小女生，果然到了國外人生路不熟還是會慌張的，他緩色爽快地說：「別擔心，你叫我承哥就好了，我是在舊金山長大的華僑二代，有我在就沒有我不會的路。留學生嘛，就是最初的安頓比較煩人，習慣下來就好了。都是華人，往後有什麼問題你就跟你的中介人聯絡，別害羞，售後服務嘛這是，覺得服務好的話就跟你的同學呀親友也推薦一下吧。」

方璐聽了他的長篇大論，傻呼呼地問：「你不也是中介公司的人嗎？」

「你選的這間留學中介是我弟和朋友合夥開的，他的團隊專辦舊金山一帶大學的留學服務，口碑好得很——我沒唸過大學，留學中介這種細活我幹不了，只是偶爾幫他的客戶接機、當司機什麼的。反正我就是個『專業散工』，沾我弟的光，混口飯吃。」

方璐聽後沉默了一會，只說：「可是你人很好很盡責，你等了我很久。」

魏承翰沒料到迎面而來的稱讚，眉眼增添悅色，沒想到小女生看人還是看得挺透徹的。

機場往市區只有一條路，略舊的雪佛蘭小汽車在高速路上飛馳，左邊就是一望無際的海洋，右邊可以看到沿著山脈綿延而上的小房子。魏承翰看見方璐從背包裡翻出一部小型攝像機，不發一言地拍攝著舊金山的風景。他想起曾經匆匆一瞥的資料，她來是唸電影系的，難怪愛拍影片。

愈接近市區塞車的情況便愈嚴重，到達酒店時天已經全黑了起來。方璐在半途累得睡著了，魏承翰把車泊好後看著她毫無防備的睡顏，這女生竟然抱著白皙的大腿就在一個陌生男人的車裡睡了？他搖搖頭，一邊心唸著非禮勿視，一邊輕拍她的手臂。幾乎是一觸碰方璐她便張開眼醒了，魏承翰正色說：「方小姐，我們到了，你直接去前臺辦入住手續，我來幫你搬行李吧。」

方璐看了眼車窗外的酒店，不禁神色一斂。她嘆了口氣，拿起自己的背包和攝像機便下了車直往前臺。魏承翰把她的表情看在眼內，不解她從上車開始便隱隱可見的慌張和愁容，心裡將她歸類為「不想留學但被迫出國的大小姐」。他拿著方璐唯一的行李，到達前臺時卻看見方璐和櫃檯職員不斷在交談，方璐看起來十分尷尬，職員則滿臉疑惑。

魏承翰快步上前用英語問：「怎麼了？」

「我們沒有這位方小姐的預訂紀錄。」職員盯著電腦紀錄，搖頭回答。

「怎麼會這樣，你再查查看。」魏承翰追問，但服務員又再重複相同的答案。方璐一副不知如何是好的模樣，她把臉埋在掌心，看起來疲倦又狼狽。

魏承翰撓著頭向她問道：「這裡有空房先住下嗎？你……這酒店本來也只是住一晚的吧？房東的住址有帶在身上嗎？我幫你打電話問問，看看能不能早一天去房東那兒吧。」

方璐陡然蹲了下來，令魏承翰十分愕然，她嬌小的身子正在不停發抖，像隻迷路的小白兔，在華麗寬敞的酒店大堂中離鄉別井孤身一人，不知如何是好。

「我沒有房東……」方璐仍然掩著臉，顫聲道出她真正的委屈：「我爸爸的公司一個月前就破產倒閉了，公司被人追債，我出國留學的生活費也自然沒了。我便說，爸，我不走，我還是在國內唸書吧。但爸執意要我出國，他債主太多了，自己也顧不上自己的性命，他說我跑到國外反而會比較安全……」

魏承翰整個呆掉，沒想到人家是出國留學，但這女生是出國逃命，他弟弟的留學中介現在還包「海外潛逃」這個服務的嗎？慢著，他弟弟有收到方璐的尾款嗎？他慨嘆自己的運氣：「我替你打電話問問我弟，看看這事該怎麼處理吧。」

「不、不能說的……拜託你，連中介公司都別說，爸說我往後要活得低調一點……所以才花掉最後一筆錢，給了中介公司全款趕著送我出國。」方璐想起家人，心裡泛起一發不可收拾的酸楚，終於嚶嚶嚀嚀地啜泣起來。

「喂你別哭、等等，別人都在看我們了。」

方璐抬起頭，她抱著膝蹲在角落，整個人可憐兮兮地用一雙含著秋水的盈盈眼眸瞅著魏承翰，她知道自己或許是個麻煩，聲音幾乎輕不可聽，卻又字字傳到他心裡去：「承哥，我該怎麼辦？」

魏承翰怔忡了幾秒，他有點後悔自己剛剛逞英雄的說要幫她找房東，可她這樣一個有禮貌又有教養的小女生，由富家女一下子變成無依無靠的窮學生，很難視若無睹。他嘆了口氣，翻了翻口袋裡的記事本，再確認了日期：「你身上的錢夠你用多久？在美國真的沒親戚可投靠嗎？」

「親戚一聽到我爸破產了便急著劃清界線了。錢方面我想應該……夠付一兩個月的房租，可是我不懂在這裡找房子。」

魏承翰細想幸好他弟有收到全款，也不至於做蝕本生意。他扶額認栽，不發一言地把她的行李和背包都拿過，方璐朝他投向一個疑惑的眼神。

「跟我來吧，」他擅自向大門走了幾步，才回眸向她抿嘴苦笑：「你還真夠運氣，我家裡剛好有間空房出租。你如果不介意和一個三十幾歲的大男人，和我那個房東老媽住在一個舊屋子的話，就先租給你吧。」

方璐思考了幾秒，便立馬抹去眼淚蹦起來，急急追上魏承翰。她這才發現他的個子很高，肩膊又寬又橫，自己在他背後就像個小孩追著牆壁跑似的。

「等等，你忘了你的護照啊，那個——」櫃檯職員見她要離去，連忙喚出護照上的名字拼音：「方……柔嘉小姐？」

女生聽到自己的名字後下意識地回頭，魏承翰則已經走出門外，什麼都沒聽見。她露出來到舊金山後第一次發自真心的明豔笑容，拿回護照和在櫃檯上一直開著的攝像機後，對職員說：「是的，謝謝你。」

（二）

方柔嘉在車程中多番偷看一直蹙著眉叼著菸的魏承翰，他看起來比在機場時更加煩躁，已經在車上抽完好幾支菸。這男人應該是三十出頭，稍長的頭髮用橡皮圈隨意紮起，額角露出幾縷髮絲垂至眉眼。他的輪廓很深，濃眉大眼，帶點冷漠和桀驁不馴的味道，以致有一瞬間她以為他是混血兒。但他一開口那種騙不了人的粗獷市井氣息和大刺刺的笑容，又確確實實地告訴她，他是那種爽直不轉彎抹角的老實人。

方柔嘉並不是頭一次出國的溫室大小姐，從小到大她見識過很多人，所以心裡直覺覺得他不是壞人，可是誰說得清呢？她刻意給魏承翰製造很多毫無防範的空隙，的確對方暫時都沒越軌，也許每個人初見時都有濾鏡般的美好印象。就像今天她第一遍親眼目睹這舊金山的遼闊景色，也彷如樂園一般夢幻璀璨。

她別過頭，默默看著車窗外掠過的市區景象。

萬盞燈火下的舊金山就跟妹妹房間裡貼滿整幅牆壁的照片一模一樣，也是這樣奪目迷人，殊不知那是令妹妹淪陷的失樂園——她的妹妹方如晴自從一年前從舊金山退學後，就每天把自己困在房裡，不吃飯不外出，像尊失去動力和靈魂的空洞雕像，拒絕與人交流。

「晴晴，起來吃一口飯好不好？今天太陽很大，我們出去走走吧。」方柔嘉每天都對方如晴說同一番話，但都是徒勞無功。

有時方如晴會對姐姐的話有反應，可也只是這麼一句啜泣：「姐……我好難過。」

方柔嘉不忍看見妹妹瘦骨嶙峋的樣子：「他值得嗎？都一年了，他有來找過你，為你說一句話嗎？」

如晴聽到「他」，每次都會把頭移向牆上一張照片，茫然地說：「是我不想見他，我沒有勇氣面對他。我們其實都一樣，都是這麼軟弱……」

那是一張在斜坡由上往下拍攝的照片，美國獨有的黃巴士泊在車路，兩旁是琳瑯滿目的中式舊舖，竹竿如枝椏般伸出半空，吊著數個紅燈籠，一個少年正往鏡頭跑來，他笑得眼角起褶，彷彿有星光溢出。

方如晴在兩年前隻身出國留學，家裡不算是大富大貴的家庭，可也十分支持女兒出國留學的事，如晴出國時自己委了一間價錢相宜、口碑不錯的線上留學中介報讀學校，住宿和後續手續都辦得十分妥當。方如晴不時會傳舊金山生活的照片回家，看似十分享受留學生活。

但就在一年前，方如晴突然被校方開除學籍。

有人告發方如晴學術造假，替系內近十人代寫論文。校方拿了如晴平常遞交的論文與其他學生的文章作對比，發現文筆風格十分類同，部分文檔的系統作者更是跟如晴電腦的使用者名稱如出一轍。後來有學生承認聘請了寫手代寫論文，然後便收到方如晴的論文，證據椿椿件件都指向方如晴。

方柔嘉不相信妹妹會做出這樣不利己的事情，她從小便是品學兼優的三好學生，自己家裡也不是一窮二白的景況，不需要為了錢以前途犯險。

可是為了「他」，她說她願意。

方如晴說，她真的不知道自己的論文是幫那些不相識的人寫的。兩年前她在舊金山認識了一個男生，兩人迅速交往。她的男友剛開了一間留學中介公司，但後來他工作繁忙，幾乎是廢寢忘餐，如晴便提出要幫他寫寫論文減輕功課壓力，因為都是商科，寫起來也不是太難。

但她為男友寫的論文最後竟然出現在其他人的電腦內，當作別人的論文上交。系內教授屢次收到筆風類似的論文，一查之下便有這樣的結果。

「你男友的公司，是不是也有論文代寫的買賣？」方柔嘉聽了來龍去脈，得出這樣一個猜測，令方如晴愣怔了。方柔嘉深嘆一口氣，她妹妹怕是個不知情的受害者，為他人作嫁衣裳也懵然不知。

「姐答應你，會幫你討一個說法公道，你等我回來。」

方柔嘉不同妹妹般柔弱怕事，她自小便愛到處跑、周圍冒險，愛和人聊天，性格外向又情感充沛。對她好的人她會加倍的回報，可她也是個睚眥必報的人，凡是涉及她和身邊人的不公不平她都不能接受。正因如此，快要從電影系畢業的她才會決定這個時候去舊金山留學，她要用自己的眼睛和鏡頭去記錄證據，去掀發那些黑幕，去質問那個棄如晴不顧的男人——魏柏翰。

一切都不太困難，雖然她兩姐妹的本名也不太相似，但為了慎重起見，她還用了假名委託魏柏翰的中介公司留學，只購買了生活顧問和留學接送的套餐。只是她沒想到來接機的就是魏柏翰的哥哥——她從他車上隨處亂放的證件上瞥見他的名字，證實了這個巧合。於是她決定將計就計，先接近魏承翰，再找出他弟弟的消息。

「……我臉上髒了？」魏承翰的聲音打破空氣中的沉默。方柔嘉——「方璐」回過神來，發現他在疑惑地看著自己。

「不是，是你一直皺著眉，」方璐別過視線，看著自己膝上的攝影機，故意低下頭說：「我是不是給你麻煩了？」

「你不容易，我也不容易，不過你離鄉別井自然是要比我難一點。萍水相逢，能幫就幫吧。」滿腔的煩躁彷彿已跟隨無數支香菸遠去，現在的魏承翰灑脫得像個俠客一樣，他把車停在一條上斜坡道前，斜睨著對她說：「下車吧，我們到了。」

方璐望向車窗外，雙龍環繞的石柱頂著青瓦飛簷，飛簷下面有一副楹聯匾額，金漆刻字顯然易見：舊金山唐人街。

*

魏承翰往酒樓送完今天最後一批貨，在門口跟陳老闆扯了一支菸分量的寒暄廢話。他把身板依在那架舊雪佛蘭上，陳老闆便笑道：「老魏，你這舊車的手煞不太靈光就別往車上靠了，待會車往下滑就夠你賠的。這破車，我吃虧一點，多加幾百刀幫你要了吧？」

「去你的，烏鴉嘴。」魏承翰吐了一口煙霧，笑說：「能用便用，這車跟了老子多少年了，戰跡響盡唐人街。」

「欸你這麼省，難不成要存錢娶老婆了？老吳說最近有個貌美如花的小姐姐從你屋子進進出出的，替你屈指一算說你流年旺桃花，是不是好事近了？」

魏承翰沒費唇舌解釋，跳上車後「啪」地一聲關上車門，向酒樓老闆抛下一句：「我看起來像是那種向青春少艾出手的人渣嗎？」

陳老闆的一句「像啊」還未離開嘴邊，便被雪佛蘭揚長而去的廢氣嗆得無話可說。

魏承翰在倒後鏡裡看見老陳的呆樣便覺得好笑，沒心沒肺地笑完後，他還是在車上想起了方璐——這個嬌小滴滴的女生住進他家已有一個多月。他對這女生一直有種說不出的違和感，她看起來明明是柔弱無助的模樣，魏承翰最初猜想她也是那種不懂人情世故，十指不沾陽春水的女生。

但相處下來，他發現她做事意外的處變不驚，更有種說不出的機靈。寄人籬下的她沒有悲天憫人，也從不害羞與魏承翰這麼一個大男人住在一起，有時甚至會拿著掃把在屋內團團轉，自動自覺地做起家務，把角落都打掃得一乾二淨。就連他年過六十的親媽也甚感安慰：「你這女友不錯啊，家務幹得像模像樣的。」

「媽她不是——」

「承哥，你的衣服我摺好了，放在你房間。」方璐抱著一堆魏承翰的衣服朝他喊道，上面甚至有他的內褲，令魏承翰最後一絲的解釋失敗收場。

不是魏承翰正直得沒起色心，是他知道自己壓根不適合方璐。這女生是來留學的，唸的還是州立大學，不是混個野雞學位的那種。若不是家中有變故，方璐的人生就算說不上星光爍爍也沾不上半點塵埃，和粗魯邋遢的他八竿子打不著關係。

他自覺要跟這個少女保持距離，想叫她乖乖生活讀書就好，可是方璐經常逞強又不聽話。她對他說要打工，不能在他家白吃白住。魏承翰想想也有她的道理，便給她托關係找了份唐人街海味店的工作，幫老闆娘做一些清點貨物和記帳的輕活，畢竟她的學生身分不能做長工。然而這丫頭好像嫌苦不夠吃，自己瞞著他額外找了份侍應來做，氣得他索性不管這不知天高地厚的臭丫頭。

天色漸暗，魏承翰把雪佛蘭停在唐人街某間餐館對面，將車窗調下，他從菸盒抽出一根菸點上，靜靜地看著對面玻璃裡那影影綽綽的身影。

方璐正仔細抹著一隻酒杯，她應該是有點完美主義的——從家裡摺疊得一絲不苟的衣服裡便可看出她的要求。魏承翰吸了口菸，拿起那本破舊的記事本，在上面寫寫又畫畫，不時抬頭看一眼那個女生，最後發現自己筆下的紀錄又再度和她有關。

有好幾個晚上，他都是這樣遠看著方璐，自己則待在車上撰寫他的人物觀察和創作，這是他忙碌生活中僅餘的愛好，畢竟他每天見過的人很多，揣摩每個人的個性是他覺得很好玩的事情。酒樓老闆的油膩、海味店店主的悠閒、留學生的年少輕狂、還有聚坐在唐人街上，那堆老人們的木訥……種種心境他都很會模仿。也許因為他擅長推測每個人的所思所想，他才能油滑又恰到好處地說該說的話，開合適的玩笑，摸清人前人後大家需要的模樣：虛假又誠懇、勤奮又偷懶，在唐人街這種龍蛇混雜的地方才會混得如魚得水。

但是唯有方璐，他還理不清她拚盡全力的原因，他不能理解。

「你說你還要抹多久？大小姐，請你回來是只抹杯子的嗎？」另一邊廂，餐館的老闆娘正衝方璐發脾氣，她一向看不慣長得嬌氣的方柔嘉，嫌她不懂說廣東話，做事也慢個幾拍。

方璐不想搭這個話茬，她知道老闆娘看她不順眼，當初記得妹妹說過魏柏翰以前常常會來這裡吃飯，她才會來這裡打工想試試打聽他的消息，但是昨天從魏承翰口中得知他弟弟這一兩年都在矽谷工作，很少返回市內。加上這個月來她在魏承翰家中到處翻查都沒什麼有用的證據，她便知道自己蠢了，可答應下來的活還是要幹完的。

「我說你們這些留學生，不好好待在國內唸書，非要跑到國外折騰自己。做人要知道自己的斤兩，真有本事就考到獎學金不用打工，才能專心學業呀？這樣高不成低不就的，算什麼呢？」老闆娘這番話故意用國語說出來，雖然發音不太正確，但方柔嘉還是聽懂了她的每字每句：「真是自己找苦吃，還怪別人不給你飯吃似的。」

方璐手中的杯一滑，便掉到地上破碎了。老闆娘正要開罵，方璐便用狠話反堵：「難不成要一輩子待在同一個地方，混得舒舒服服的像頭豬一樣，才叫成功？」

「你——」

「『事頭婆』，幹嘛發這麼大脾氣呀？」一把熟悉的男聲從兩人背後傳來，說的卻是方璐陌生的廣東話。

方璐回頭，原來是魏承翰。他插著口袋大步走入餐館內，還叨著一口菸，雲淡風輕地插話。

「死老魏，多久沒來開檯打麻雀了，怕輸清光？」老闆娘一看到魏承翰便像看見老朋友，尤其他常掛在臉上那笑不見底的笑容，總能澆熄她易起的怒氣。

「最近比較忙，下週吧，通宵也奉陪到底！」魏承翰眨眨眼，望向地上的玻璃碎片：「是不是這丫頭做錯事惹你不高興了？我說你保養得這麼好，不值得為小事長皺紋。老闆娘這麼富貴，肯定不會對一個杯子斤斤計較。」

被他這麼一說，老闆娘剩下的脾氣也不好意思發出來，只好揮揮手叫方璐下班。

收拾過後方璐隨魏承翰上了車，她默默拿起隨身的攝影機，拍攝夜闌人靜下的唐人街。魏承翰不急著開車由她拍著，又抽出一根菸咬在唇邊，裝作不經意地問：「你不覺得辛苦的嗎？總是這麼較勁認真。」

方璐聽出他話中有話，望向他：「所以我做事認真，指出錯處，是我錯嗎？」

魏承翰嘆氣，他從小是在舊金山吃苦吃大的，華人身分加上成績不好，他白小便知道在人群裡一味善良和勤奮並不是萬能，只有靈活變通地平衡大家的個人利益和需要，才合乎這個社會的社交規則。

比方老闆娘其實不在乎什麼工作能力，她要的是一個聽話、不太優秀、會說好話奉承的員工，最好是懂廣東話的，因為傳統老闆都喜歡控制下屬。方璐這種性格不會在這個傳統社會裡好過，至少在她還必須依賴他人的時候。

「沒說你是錯，但在美國……起碼在舊金山，在唐人街，站得太前受了傷，沒人會替你可憐，做人處事要圓滑機靈一點，說錯話要懂得挽回，有不對勁就要先走，這樣才不會被人坑，別人才拿你沒辦法。凡事不要太過認真，只在你值得的人和事身上用心就好了。」

「但是你永遠不會知道什麼人、什麼事是值得的。為什麼不做好眼前的事，反而總要替自己找好逃走的路？」方璐想起她的妹妹的遭遇，她不覺得留學生全心全意做一件事是有錯，錯的只是利用完人與人的信任便逃之夭夭的人：「有時不值得的人事，偏偏是上天給你的機會，你以為值得的，反而會令你失望。」

「所以你就要任何事都傾盡全力，看見不對就要出聲？」魏承翰反問。

「如果我真的看見了，為什麼不可以。」

「如果鬥不過他們呢？如果這不是你的地盤，作為一個外來人，你對這個地方裡面生活的不公根本無能為力呢？」

方璐一愣，沒說話，緩緩垂下手中的攝影機。

魏承翰還是點起菸，抽了好大一口，任由心中的話隨煙霧釋出：「你問問你自己，先不說你家中突生變故——你出國留學是為了什麼？為學業？為知識？為夢想？可是這些的前提都是生計。你連生計都不能忍下去低頭面對，生活上一有小疙瘩便覺得心酸要反擊，怎能繼續撐下去呢。承哥勸你，先乖乖的……」

「令我覺得心酸的，根本就不是這種拮据窘迫的生活。」

魏承翰抬頭看著倒車鏡裡那個失望又倔強的方璐，她看起來像根野草一樣纖幼無力，但就算不小心落在荒野也絕不認命枯萎，像要把她的韌性往泥濘裡紮根。

「真的，這些生活我在出國之前都有心理準備了，它和我想像中的潦倒相差無幾。」方璐苦笑：「真正令我心酸的，是生活上那些如影隨形、令我措手不及的無形攻擊──同是華人的嘲諷、語言障礙帶來的歧視，以及我剛剛終於湊夠勇氣去為自己據理力爭，你卻叫我繼續啞忍，說這會令我好過一點。

「承哥，我可能真的是個外人，我發現這個城市，每個人都在模仿其他人，你看我我看你，扮演著理想中華人的樣子，窩在唐人街裡找自己的一角天地，尋一份舒適感。當他們看見像我這樣的留學生想奮力掙扎，便想以自己的經驗為我妄下判斷……可能這也是我與這裡格格不入的原因吧。」

他啞聲問：「格格不入？」

「你其實說得對，我對很多事情都無能為力，但我飛了大半個地球遠途而來，就是為了要改變自己的無能為力。如果做人還是這樣得過且過，我為什麼要來？我怕有一天，會發現自己快要失去珍惜的人與事，也沒有了為他們付出的勇氣。

「生活和夢想的確是有優先順序，但我這麼努力，不過是希望雙線發展而已。你看，我是學電影的，一個故事主線看似可以單線進行，主角先歷練，遇上難關再突破，最後大團圓結局，是這樣沒錯。但在人生的劇本裡從來就不只有生存這條枯燥乏味的單線。每個角色都有他的故事、苦衷和追求，我覺得要徹底體會並全力掙扎過才叫飽滿。」

「生活和夢想，就不可以同時追求嗎？那些在生活上閃閃發光的人，都不只會跟隨別人演好被定義的角色，而是在盡力做好本分之餘，還叫別人看到了更多可能。戲如人生，但人生並不如戲，我們絕不是只演好生活上那一面濃縮，就叫演活自己整個的人生。」

方璐覺得自己肯定是傻了，才會對魏承翰說出這些掏心掏肺的話。

她在美國其實也不單單是為了她妹妹，自己的確擁有一個關於電影的夢想，她留在這裡學習是為了認識更多理論和技巧，喜歡拍攝則是因為可以一邊體驗生活，放大那些骯髒或美好的細節，供她仔細觀看每個人真實的面貌。

譬如在她鏡頭下的魏承翰雖然邋遢又不修邊幅，但她看到他很會觀言察色，比她更在意四周的人，能幫的便幫，不能幫的也會盡力打個圓場，令她對這個老是大言不慚的男人有點刮目相看。

她曾經不小心瞥見魏承翰那記事本的幾頁，裡面全是他對身邊人的紀錄和感想。方璐覺得他並沒有自己口中說得那麼麻木不仁，他跟自己在本質上都是一樣的，均是對世界細膩又敏感的人。不同的只是他涉足世界只會對善意落筆；她卻不甘心，更想對世上所有惡意都著墨，在她的劇本裡，她要為它們寫上一個絕筆。

（三）

馬克吐溫曾說過：「世上最冷的冬天是舊金山的夏天。」

就算方璐是夏末來的舊金山，也認為他的確所言非虛，所以到了冬天，她已經不會被舊金山陽光普照的假象欺騙。二話不說就颳起的強風加上大西洋海風的會合，都能使寒意輕易侵襲舊金山每個人類的每寸筋骨。整個冬天方璐都在趕電影系的理論論文，整天泡在大學圖書館內，幾乎沒碰見魏承翰，有時溫習完回到家，會發現魏媽還在等她回來一起吃飯。

方璐有時懷疑，這家人的壞基因是不是全都給了弟弟魏柏翰，魏媽媽和魏承翰都是拿著善意待人的大好人。魏媽的廚藝比她母親還要好，若不是有魏媽把她當親女兒來疼，常常三餸一湯供吃，方璐肯定自己的小胃會被美國的冷凍食物糟蹋到懷疑人生。

「小璐，你跟伯母說，和阿承是不是吵架了？」魏媽往方璐碗內多夾了幾條通菜，又偷瞇她幾眼，還是忍不住要問。

方璐有點窘，她也說不清上次對他的反駁算不算是吵架，她抿嘴笑說：「沒有啊伯母，我和承哥只是太忙罷了，他要工作我要上學，平常我們都很少見面。」

魏媽嘆了口氣，放下碗筷：「他這個性子是真慢熱，如果他對你婆婆媽媽的話你也別怪他，他是老大，從小就不習慣對人示弱，不會為自己爭什麼，不像他弟弟。」

方璐眼中閃過一點光：「承哥的弟弟？」

「他弟弟柏翰成績比較好，也是老么，從小我便比較縱容他，令他的性格有點任性，不知天高地厚……阿承習慣幫他善後，所以有什麼都習慣往自己身上擔。」

魏媽抬頭望向牆上那幅泛黃的全家照，一個女人牽著笑容滿面的小男孩，旁邊站著一個同樣笑得燦爛的青年：「我孤身一人帶著他們兩個來美國的時候，柏翰還是小學生，阿承卻已經上初中了，英語和其他成績當然沒弟弟吸收得那麼好。後來我患了病……你也知道我的心臟不好，就是那時落下的病根。所以承翰高中畢業便決定放棄夢想，在唐人街做散工給弟弟攢學費。」

方璐一愣，她從沒聽說過魏承翰的過去：「承哥他本來……有什麼夢想？」

「他沒跟你說過嗎？定是他臉皮薄覺得不好意思。」陷在回憶裡的魏媽會心微笑，隨後又露出一絲可惜：「他從初中起……因為英語說不好吧，被其他小孩杯葛不跟他玩耍。他就一個人溜達到唐人街上，有時幫酒樓老陳派傳單，有時去天后廟替老吳掃地，一邊觀察街上路人的神態然後記下來。後來我發現他很擅長模仿其他人說話，在學校裡很喜歡演戲，還曾經說過，想要考什麼C什麼A……」

CalArts，加州藝術學校。方璐在心裡想。她當然知道這個名字，修讀電影專業的她對藝術表演的院校也略有耳聞，它的戲劇學院是美國數一數二的演員搖籃。

方璐從沒想過世故又散漫的魏承翰曾經抱著這樣遠大的夢想，她那天竟然還反問他為什麼生活要得過且過，暗諷他不像自己，是有理想的……

大門被打開，是魏承翰拎著一袋日用品回來了。他的眼睛剛對上了方璐微皺的表情，又見母親一副立即噤聲的樣子，真不知家裡兩個女人剛說到什麼話題，是他的壞話嗎？

魏承翰只能尷尬地對方璐說一聲：「嗨。」方璐複製又貼上地回他同樣的話。

魏媽實在看不下去這兩個年輕人，她突然摸著自己的背脊嗚呼哀哉：「哎呀呀我的腰又痛了——小璐，你上次替我買的藥酒真管用，可是我都用完了，你能幫我再買一瓶回來嗎？」

方璐連忙應好，魏承翰沒料到母親有這麼一齣戲，嘆氣道：「我陪你吧。外面冷，多加件衣服。」

方璐和魏承翰走在夜幕低垂的唐人街上，店舖都逐漸打烊，半掩的鐵閘縫裡漏出一點昏黃的溫柔燈光，流瀉在柏油路上被兩人輕輕踩過，誰都不打擾誰的寧靜。他們剛好趕在藥局打烊前買到了藥酒，方璐想走原來的路回去，但魏承翰卻突然開口。

「要去兜兜風嗎？」

「可是你媽媽的腰……」

魏承翰有點尷尬，只好實話實說：「相信我，要是我們只花了五分鐘就回去，她又不知道身邊哪個部位會痛了。」

方璐後知後覺地聽懂了，呆呆地臉紅點頭：「喔，好。」

兩個人坐上了魏承翰的小雪佛蘭，途中還在便利商店買了幾罐啤酒。方璐沒有問他到底要載她到哪，她這才意識到他們從來沒一起到過唐人街以外的地方。幸好她有帶她的攝影機，能把掠過的夜色盡數收進鏡頭裡。

舊金山也不大，魏承翰很快便停下了車，方璐發現他們正在一條橫街上，往上看是一條蜿蜒曲折的車道。車道上均種滿鮮花和草叢，兩旁的精緻洋房沐浴在銀白的月色下，彌漫一股與唐人街截然不同的靜謐典雅。

方璐從未來過這裡，卻是認得這條街的，希區考克的那齣《迷魂記》，主角便是住在這條曲折的九曲花街上，展開他淒美迷離的偵探之旅。

兩個人下了車，帶著啤酒坐在花簇旁的樓梯上，遠眺腳下半個燈火搖曳的舊金山。

方璐開著攝影機放在一旁，想要記錄整個城市。

「承哥，」最後還是她先開口：「那個……那天我說話可能沒分沒寸的，你別放在心上。」

說完她又灌了口啤酒掩飾尷尬，她忍不住偷看旁邊魏承翰的表情。

「臭丫頭，」魏承翰忍不住嘆了口氣，堵在心上好幾天的違和感終於退去一點，他轉過頭對著方璐輕狂地說：「當年我一天之內駕著雪佛蘭在唐人街送了八十八箱大貨的時候你怕是小學都還未畢業，我怎會是在混──」

「你的夢想是成為演員嗎？」方璐索性直截了當地截斷他的話。

魏承翰陡然靜了下來，嘴唇張開又合上，要說的話被硬生生地嚥了下去。他頓覺喉嚨乾涸得很，於是匆匆別過頭低頭灌了口啤酒。

「曾經吧。」

「那天我說過自己跟你不同，我同時追求生活和夢想，那些話並不是有意嘲諷你的。」方璐垂下頭，髮絲稍稍搭在魏承翰的手背上：「我也曾經不小心看到你那本記事本，對不起，承哥。但你其實還未放棄的，對嗎？」

魏承翰不知要怎麼回應，他也不明白方璐為什麼要在意這件事，而且看起來帶點悲傷。

他開始後悔自己的菸留在車上，這樣他一手拿著啤酒，另一隻手空了出來，就會不期然向她靠近。他還是用寬掌揉了揉方璐的頭髮，可她也沒反抗。

「方璐，我與你不同。我已經過了追夢的最佳時間，遲了整整十幾年……不，應該說我追夢的成本從小就比人大，我不能自私地只顧我自己，我媽心臟有事需要我照顧，柏翰又比我有才能，他們都是我的成本，亦是我這輩子最大的回報。」

方璐不解：「可是他們現在都過得挺好的，也希望你開心的去做自己想做的事。」

「那是我的問題了，是我習慣了吧，」魏承翰凝視眼前粗糙得起繭的手：「我總是習慣收集這個世界給我的偶爾僥倖和蒙混過關，去對抗每天生活贈予我的磨難。兩者相減後的落差，可能就是我現在手中的平凡吧。」

「如果你喜歡這種平凡，那也沒什麼不好的。但是承哥，我覺得你並不真正喜歡這種生活，你是憧憬更多的。」

方璐頓覺他與她都有個共通點，他們都是喜歡與這個世界對視的人，愛仔細觀察每個人虛偽或真誠的面貌。他們靜靜觀望每個人的人生，彷彿自己並不屬於這些平凡和繁喧，但同時他們渴望更多，他們總是期待著下一刻能有震撼內心的感動出現眼前。

在異國人海裡遇見一個與你凝望著相同方向的人，也許是世界給他們的緣分。

魏承翰指了指眼下舊金山高高低低的坡道，驟似沒有盡頭：「太遲了，我都三十幾了。你可能才剛剛出發，可是我已在這條斜坡上走了一大半。

「方璐，你是想做導演的人，你擅長修改角色的出場和下場，因為你便是他們的命運。但我的人生裡有很多東西是我無能為力的，包括我成長的這個地方，別人對我的既定印象……學會適應這些絆倒我的東西，學習如何負重前行，這才是我的命運。」

「那麼我也是你的命運啊。」她說。

魏承翰一愣。

「你的命運裡不會只出現不好的東西。比方我和你相遇，不也是一種命運嗎？雖然我也給了你這麼多麻煩……但說不定是上天派我來監督你，修改你的結局，逼你重新出發。」方璐對著漫天星宿的夜空微笑：「其實我也不知道我能不能成為一個導演，你會不會成為一個演員，但我會把你寫進我未來的劇本裡——就算拍不成，起碼我人生劇本上有過你，你也參演了我的青春。

「要是我到了三十歲才發現一直走的這條路不通，我便會找別的路，但目標不變。我絕對不後悔自己走過這些路、遇見過這些人，所以你怎麼能放棄呢。二十多歲的我現在是一個留學生，我漂洋過海來生活，不想再複製同樣的人生。三十多歲的我可能是一個導演，我也不要我的演員演繹自己都無法喜愛的人生，他們做自己就好——承哥，你做自己，就很好。」

魏承翰呼吸一滯，凝望她的眼神剎那亮了起來，譏誚地說：「真霸道啊，方導演。」

魏承翰經常會模仿生命裡每張出現過的臉孔，往後在社會上遇見類似的「角色」，他都大抵知道對方的喜好是什麼、會說些什麼，再沒有一個人能帶來太大的感覺，每個人都是寂寂無名的群演。生活根本就像一齣戲，然而劇本枯燥乏味。

但在此刻他才發現為什麼他對她總是沒轍，她的個性無法推敲亦無法複製。他想理解她，但愈接近她，又被她渾身的鋒芒閃爍得不敢直視，因為她不同別人，不是社會上被定義的演員，她想成為創造定義的導演。

霸道的未來導演方璐說了這麼一大篇宣言，頓覺心跳加速，她避開他火燒般的視線，倒頭便灌了一大罐啤酒。冷凍的液體加上迎面而來的寒風，害她打了個大噴嚏。方璐哆嗦道：「舊金山的風真大。」

魏承翰把大衣脫下，披在她的身上：「你不知道嗎，舊金山的風大得只有一個作用：用來辨別海的方向，西北方就是大海，這片海的另一頭，便是你的故鄉了。」

方璐嗅著他的氣息，揉著眼問：「不也是你的故鄉嗎？」

「不，那裡已經沒有人在等我回去。我有時想，我們這群海外華人都沒有故鄉。」

「這裡呢？」

「嗯？」

「這裡啊，舊金山，這裡有你媽媽和弟弟等你回來，唐人街的街坊不也全都認識你麼……」方璐打了個呵欠：「酒樓的陳老闆、天后廟的老吳、還有那個我很討厭的老闆娘，然後……」

方璐愈說愈沒了聲音，魏承翰低頭覷見驟然一沉的手臂，她已睡著了，還「然後」……

然後不是還有你麼？魏承翰想。

但又覺得自己在胡說什麼呢，他們現在的距離，大概是彼此人生裡靠得最近的一刻，不能再多了。再多下去，到她幾年後要回去時，便像他抽慣的菸一樣，是要上癮的。

他想，人生根本就是一場又一場的現實逃難，有錢有能力的話你能逃得遠一點，但不代表你逃得掉。什麼分離、什麼青春，總要往既定的賽道上邁進。知道自己為什麼活得這麼吃力嗎？這場逃跑是倒後的，我們明明面向明天，卻總是不自覺的往後跑，因為妄想要留著每個今天。

他想留住和她一起的今天。

如果這是一齣片長有限的電影，那麼與她有關的所有戲分，他永遠都願意重演。

（四）

舊金山的春節氣息絕對是全美之冠，華僑過春節弄得比老外過聖誕還要鋪張，唐人街的十多條街道全都掛滿紅燈籠和彩飾，像是要把新年喜氣染勻每個街角。春節前一天，魏承翰睡眼惺忪地來幫媽媽搬菜上樓時，嚇一大跳：「媽，用得著買這麼多嗎？」

「今晚柏翰回來吃團年飯嘛，都不知他有多久沒好好吃上一頓飯了。」

「他住在矽谷，又不是住在大峽谷……」

而當魏柏翰終於出現在門前時，方璐才明白為什麼魏家所有人都對他寄予厚望。

魏柏翰是一個溫文爾雅的人，薄唇總帶淺笑，身穿簡簡單單的白襯衫，便給人一種神采飛揚的感覺。他的話簡短但富藏內涵，眼神帶著溫潤的光，像能把人看個徹底。這樣的男人細心又機智，與隨心而活的魏承翰截然不同。

方璐想起妹妹房間裡放著的相片，那個曾經笑得輕狂的少年，便是眼前這個風度翩翩的男人。

「這是魏柏翰，我弟弟。這是方璐……」魏承翰替二人互相介紹，突然想起方璐曾經說過要低調，故此便略過二人的相識過程，憋出一句總結：「我的……朋友。」

魏柏翰看了看各自尷尬的二人，露出若有所思的微笑，他伸出手：「你好，方小姐。」

眼前的男人似乎變得內斂不少，褪去了相中少年眼底那股傲氣。當方璐瞧見對方雲淡風輕的笑臉，心裡便泛起妹妹終日以淚洗臉的愁容，理智拉得繃緊。但她知道自己不能露餡，她還未替妹妹好好質問眼前這個男人。

方璐掀起一個甜美笑容，握上魏柏翰的手：「你好，魏先生，很高興認識你。」

魏承翰在一旁看著方璐滿臉笑容，突然有種無以名狀的感覺。

離晚飯還有一點時間，魏媽見柏翰已有一整年沒回來唐人街，便喚他去跟街坊鄰居打聲招呼。魏柏翰正要起行，方璐突然問他能不能一起去，順便想拍攝一下新年市集的映像。他有點意外，但也禮貌地說：「當然好，我們到處逛逛吧。」

魏承翰猶豫地問：「你還認得路嗎，要不要我也去……帶路？」

「哥，你在什麼開玩笑，我也是在這裡長大的。」魏柏翰搖頭苦笑，揮揮手便帶方璐出了門，魏承翰默默看著門扇在他眼前合上。

方璐和魏柏翰走在唐人街上，很快她便感覺到一種違和感，魏柏翰對一切事物都不太感興趣，他對家人以外的人與事都不太關心也不會投放過多視線。他彷彿不屬於這條唐人街，甚至應該說，他整個人都沒有相片裡或是他人口中那麼充滿活力生氣。

來到一個比較人煙稀少的公園，兩個人坐下稍作歇息，魏柏翰突然問道：「方小姐也是留學生嗎？」

「對，我唸電影，」方璐小心翼翼地試探：「我聽承哥說你是高材生，年紀輕輕便開了留學中介公司。」

魏柏翰抿嘴苦笑：「是我哥誇大，他從小就比較疼我。」

「能問問你為什麼選這行創業嗎？」

「我以前比較急進，難聽點說就是急功近利……」魏柏翰回憶起最初的創業時光，眼睛稍稍重燃光芒：「這個世界其實到哪都一樣，每個產業的生產資源都被大公司壟斷在手裡，但是資訊整合、人際溝通、演繹技巧和反應速度這些東西並無硬體限制而且是流動的，永遠都難以壟斷。只要掌握了充足資訊和理解客戶的要求，進入留學中介市場的門檻其實並不高。畢竟沒太多資本的話，畢業生只能專注成本較低的創業。我那時最大的問題就是資金。」

「如果我也有這個煩惱呢？」方璐乘機抓緊這個話題：「實不相瞞，其實我一直都在為畢業後的出路所煩惱，我在考慮和朋友成立一間小型工作室，但資金同樣是我的致命傷。」

「我不太熟悉藝術工作的行情，不過恕我直言，加入這邊的電視臺工作不是比較實際嗎？」

「我不會是留在美國太久的人，家裡還有人等我……」方璐拿起自己的攝影機，細細撫摸，她的確想起了如晴：「我想回到自己的國家實現夢想，拍自己喜歡的劇本。擁有一間屬於自己的工作室是我的第一步，但我的資金的確不夠，魏先生能指點一下我嗎？」

魏柏翰陷入一陣沉默，半晌以後他才緩緩笑說：「方小姐想問什麼？」

「我還要上學，所以想要找一些能賺錢的方法，我想你的公司會有門路。」

他似乎察覺到些什麼，眼中神色一斂，站起身來：「我能替你介紹一些藝術範疇的實習工作，或許是大公司的兼職空缺……」

「不，我不是指這些，」方璐見他要離開，連忙拉住他的手：「作為學生，有沒有些是沒有成本又高回報的，比如說——論文代寫？」

*

魏承翰在家中來來回回地走了有十遍以上，在要完成第十一遍時，瞥見方璐擱在玄關的圍巾，便決定不忍了，轉頭跟還在做飯的母親說要出去一下，魏媽問他要去哪了？

他沉著臉說：「給丫頭送圍巾，她感冒剛好。」

張燈結彩的唐人街上，有一個身穿皮夾克的男人正在穿插人群四處張望，他一邊奔跑，一邊撞上紛紛擾擾的人群，毫不在意路人拋過來的抱怨眼神。在日夜流連的繁囂街角裡，魏承翰忽然感到一切景物都十分陌生。活到這把年紀，他的心就像一個日久失修的舞臺，被動地任由相似的角色出場然後退場。他木然地看著這些毫無起伏的過場，等待舞臺自動塌下的一天。

忽然有一天，世界的射燈全打在一個女生的身上，她磕磕絆絆地走上臺，然後環看四周，走到光照不到的陰暗裡，拉出藏在幕帳中的他，然後對他滿心歡喜地說——找到你了，你才是這裡的主演。不是嗎？

這個世界仍舊是同一個世界，但自她出現後，多了輕快的配樂，多了光影的斑駁，多了交織的對話，多了感動的理由，多了喜怒的觸覺。

他平凡又荒唐的生活被剪輯成一幕又一幕繾綣細膩的影像，全因她說在她的視角裡，他是值得被溫柔包裹善待的對象。

魏承翰在往上的斜坡拚命奔跑，心跳得快要躍出胸膛，他有一種莫名其妙的危險感，他必須要抓住方璐，不然她就會驟然遠去——最後他終於在公園轉角處看見方璐和柏翰的身影，稍微緩息之間，風聲把方璐的聲音傳到耳邊：「我不會是留在美國太久的人，家裡還有人等我。我想回到自己的國家實現夢想，拍自己喜歡的劇本。擁有一間屬於自己的工作室是我的第一步，但我的資金的確不夠……」

他看見方璐拿著她隨身攜帶的攝影機，臉上是憂心忡忡的表情，那是她從未向他展露過的脆弱。

魏承翰陡然停下了腳步，自己的喘息和突然颳起的大風蓋過了剩餘的對話，他看見方璐抓緊了柏翰的手，彷彿有什麼重要的事需要依賴他。

畫面好像被按下了暫停播放一樣定格，瘋狂撲通的心跳聲彷彿戛然而止，風聲和樹葉聲都被調成靜音。心裡突然冒出一種無法動彈、無法上前打擾的怯懦。連比他能幹可靠的弟弟看起來都面有難色，這裡能有他的什麼事？他垂下了攥緊圍巾的手，默默地退出這幅煞眼的景象。

魏承翰往下坡的路一直走，隨坡而上的大風吹得他哆嗦，他圍上了手中的圍巾，但這不是一個聰明的決定，方璐的氣息倏然鑽入鼻腔，笑臉泛在心頭。

他煩躁地往口袋一探，見鬼了，老菸槍的他竟然再一次忘記拿菸。他四處張望四周有沒有賣菸的地方，最後視線落在一座樓高數層的中式廟宇，牌匾寫著：天后古廟。

他快步走進廟內，在一室昏暗燈火中找到相熟的老吳，衝他就問：「有菸嗎？」

「啥？」看起來不過是四十多歲的廟祝老吳抖著二郎腿，笑弄道：「這不全都是煙嗎，香火鼎盛，就是天后娘娘有求必應，快過年了，你也來拜神嗎？」

魏承翰覺得自己現在就能氣得吐血，能撲上去揍他一頓，怒火燃起間忽然瞥見一個籤筒和貼滿牆板的籤文，他茫然地問：「這麼多年了，我好像從沒找過你解籤吧。」

「你不老是說我是穿鑿附會麼，你從不信這些東西。」老吳挑著眉說。

「……以前是我認了命，覺得兵來將擋，水來土掩，我不想求什麼，安分守己過一輩子就完了。」魏承翰悠悠地看著深處那尊諱莫如深的神像：「可是現在有一個人對我說事在人為，我應該去為自己喜歡的人和事拚一拚，我就想問老天爺，我是不是太遲了。」

老吳露出意味深長的眼色，嘆了口氣：「命數雖定，但人各自修為，你向娘娘求一籤，我來看看吧。」

魏承翰遲疑地拿起籤筒搖晃，他其實也不知是否要唸什麼咒文，還是需自報姓名八字，腦海裡只是不斷出現方璐時而鮮明、時而模糊的模樣。不過一刻，一枝籤便掉到地上。

老吳拾起看了眼籤號，從牆板取一籤文，瞇眼細讀：「綠柳蒼蒼正當時，任君此去作乾坤，貴人歸遠千里外，雲開月出自分明[8]——上籤是說楊柳已經變得茂密蒼綠，代表你的時機成熟正是時候去闖，而下籤則是你命中的貴人……」

魏承翰卻截停了他：「下籤別說了，我聽懂了。」

老吳不滿嘀咕：「你真的懂嗎？我說的可是專業解籤！」

魏承翰拿回籤紙，揮揮手便轉身離開天后廟。他看著籤文上的二十八個細字，明明輕如鴻毛，卻像是一份波瀾起伏的大劇本，預言他人生的轉折結局。他對自己突如其來的迷信嗤之以鼻，心裡又很清楚，人一旦擁有牽掛，便怕力有不逮，便要求神拜祭。

世間憾事紕漏，唯望神佛可救。但縱使有神明保佑，還是要他以行動證明心中虔誠。

他默默掏出手機撥號，很快另一邊便接通：「喂，老陳，之前你說過想要一部二手車，還作數嗎？」

「你的雪佛蘭？你肯賣我當然要呀！說起來老魏，你最近不打麻雀又不賭球，那天你媽還說你開始戒菸了，修心養性，是不是真的好事近了？」

魏承翰驀地想起那天晚上在九曲花街下，方璐滔滔不絕地說要把他寫進劇本時的笑靨，依然這麼歷歷在目。手上的籤文此刻在逆光下像一抹吉光片羽，彷彿是少女贈予他的所有未來。

他只能頹然笑語：「嗯，是好事近了。」

*

被北風吹得蕭瑟的公園內，魏柏翰的神情僵硬冷漠：「我不明白你在說什麼。」

方璐依然強裝誠懇：「有人告訴我，你認識美國的寫手網絡，我想你的公司也有做這方面的中介，如果可以……我希望可以加入。」

8. 首兩句出自甲媽祖籤己丑第三十一籤。

「方小姐，相信你作為學生也很清楚，學術欺詐是很嚴重的行為，我勸你不要以身犯險……」魏柏翰不停躲避她的視線，下一秒就要轉身離開。

方璐聽到他假仁假義的勸告，終於連最後一絲的偽裝也裝不下去，她嘲諷說：「是嗎，那方如晴呢？你為什麼不也勸勸她別替人寫論文，別要學術造假還丟了學位？」

魏柏翰心神巨震，猛然回頭攥緊方璐的手臂：「你認識如晴？你是不是知道她在哪裡？」

「我當然認識……」方璐悚然，但濃濃的不甘很快湧上喉嚨：「我的妹妹，方如晴，我疼了二十年的妹妹被你盜取名義替人代寫論文，結果被校方處分……」

他面露詫異：「你是如晴的姐姐？不是這樣的、那件事不是我做的……但是我也沒有勇氣面對她，我沒有為她站出來作證。」

方璐對他的話茫然不解：「為什麼？那一年到底發生了什麼？」

魏柏翰整個人憔悴不堪，雙肩像垮了下去，倒坐在長凳上。在方璐眼中，眼前的他絲毫不像相片裡那渾身光芒的少年，倒像是輸掉世界的頹漢。

「我的公司是和一個合夥人開的，他是我的大學同學。大學最後一年我有矽谷的實習，他便替我在舊金山處理公司的起步營運和聯絡工作，我甚至把自己的電郵郵箱給了他，叫他幫我回覆大學的郵件。」

他沙啞地說：「我太相信他了，沒想到他竟然私底下有做代寫中介人，寫手的數量不夠，他知道如晴的成績很好，竟然用我的名義聯繫如晴騙她幫我寫論文。被我發現後，他又說他只是想用代寫中介那邊賺到的錢去補貼公司的營運。」

方璐冷冷地說：「你為什麼不告發他？你就眼睜睜的看著如晴蒙受委屈嗎？」

「當我知道整件事的時候，如晴已經收拾好所有東西回國了。她不願聽我的解釋，我也根本不知她在國內的住址。我沒告發那個人，因為我沒勇氣，當年我媽心臟發病急需一筆錢做手術，我的資金全押在公司裡，他私下將一筆巨款借給我。事情發生後他說如果我要告發他，他就要我連本帶利立刻還款。當時的我根本沒辦法……」

「請你等等我，叫如晴再等等我……」魏柏翰對著方璐的臉龐，彷彿就看見記憶中那個少女，他疲憊地喃語：「這兩年來我一直努力，我快有能力能和他劃清界線，當時機成熟，我就可以去見她……」

方璐的腦海中忽然響起如晴說過的那句：我們其實都一樣，都是這麼軟弱。

她看著旁邊一直錄影著的攝影機，知道自己得到想要的答案，可是如晴呢？她從一開始就說得沒錯，他們對彼此的愛缺乏勇氣，她沒有勇氣去面對他的不堪，而他亦沒有勇氣去為她犧牲。他們都想完好無缺地愛，但當愛情失去濾鏡，現實裡還有幾多對愛侶是毫無瑕疵的？

這個世界上，最殘酷的變化不是令相愛的人變得不愛，而是目睹世界把曾經萬丈光芒的王子，在一夜之間變成向現實屈服的戰俘。當他不能再為你遮風擋雨、披甲上陣，曾經的愛與信任便要倒戈相向，你徘徊在愛的阡陌裡，默默被它們刺個遍體鱗傷。

（五）

農曆新年過後，魏承翰整整消失了一個月。魏柏翰亦已回去矽谷，他答應一年之內一定會還給如晴一個清白。方璐其實清楚妹妹最在乎的並不是被褫奪的學位，而是她與魏柏翰之間的這份情感。因此她沒再逼問柏翰，也沒再隨身攜帶她的攝影機，反正魏柏翰的自白和情感，已經被鏡頭牢牢記錄了。

幾個月後的一天，方璐放學回家，甫開門便看見一個男人穿著紅色的毛衣站在餐桌前。魏承翰飛快地回頭，慌張地把方璐的攝像機放回桌上，她心裡一驚，上前伸手拿回機器，還瞧見自己失蹤已久的圍巾正擱在桌子一角。

魏承翰立即舉起雙手以示無辜：「我、我可沒弄壞啊……我見它放在邊角上便將它放好而已。」

方璐倒不是怕他弄壞，而是裡面有很多不想被他看到的片段：當初以家務作掩飾，在他家中東翻西翻搜集柏翰的「罪證」、上次在公園與柏翰的對話，還有——

還有清晨起床時，看見魏承翰睡在沙發上毫無防備的睡顏。

數個在餐館打工的夜晚，她透過玻璃拍攝對面街角，發現他在車上抽菸沉思的側顏。

聖誕節那天，魏媽將拍照按錯成錄影，魏承翰和她在家中那棵矮矮歪歪的聖誕樹下維持僵硬動作的尷尬模樣。

他和她到超市採購、一起拉水喉洗車、一起看電視直播NBA的瑣碎片段。

……還有在最初那一天，她其實在接機口內很早便看見了他，卻不知為什麼突然心頭一觸要躲在一角，靜靜地偷拍攝他在焦躁等待的樣子。

方璐驀然發現，她的鏡頭已經蒐集了許多和魏承翰一起的碎片，舊金山唐人街裡的每一角落，都有他叼著菸談笑風生的身影。在異國摸索生活的每個日暮，每次他嘴上叫她要安分守己，卻總會在她肆意橫行後暗中護她一把。

魏承翰其實一點也不特別也不完美，在別人面前他將自己的定位拿捏得恰到好處：為人圓滑、帶點小機智、沒有什麼專長也沒有野心，誰都不得罪，誰都不交心。但對她，他會毫無防備地坦露自己的缺陷——包括他奮不顧身後仍然踩空的青春，他為家人操盡了心但無悔放棄的理想。他的人生鑲滿遺憾，但他以此為榮，自娛自樂。

這樣的魏承翰在暖洋春草下每天都活得悠然瀟灑、毫無牽掛，可是夜深人靜時他又會黯然沉思，獨自複習演繹生活輪廓的技巧，那是他放不下的青春。他真是最會偽裝的演員，這種押上人生的演技卻令方璐莫名其妙地心痛。

「發什麼呆？」魏承翰用手在方璐面前晃了晃，然後清了清喉嚨：「那個……方璐，我有份禮物送給你。」

方璐回過神來：「為什麼要送禮物？」

魏承翰的心漏了一拍，他就是怕這種問題，對女人好還要怕她起疑心，他似笑非笑：「靠，現在的小女生面子真大，送禮都不屑收的。」

魏承翰將一張紙遞給方璐，她低頭一看，這是一張很輕的支票，上面的銀碼卻大得令她詫異。魏承翰看她怔呆了便趕緊說：「你別把這看得太重，就是怎樣說……當我投資吧？柏翰跟我說過你想在畢業後開一間工作室，我想著自己也沒什麼要用錢的地方，當承哥借你吧。」

她緩緩抬頭：「你怎麼突然有這麼一筆錢？」

「老陳他啊，老愛我的雪佛蘭了，整天在我耳邊嗡嗡煩我賣給他。反正我也駕厭了便轉讓給他了。其他的……看，承哥比你活多了這麼些年，還是能攢下一點積蓄的吧。怎麼，看不出我在唐人街竟然是個小土豪？」

方璐不知這是他又在演戲還是什麼，搖搖頭，直覺自己不能再受他的恩惠。她把支票塞回給他，顫聲道：「你拿回去，我不能要你的錢……我沒有資格去收你這筆錢。」一開始她便是為了查魏柏翰的事情才盯上他、接近他的。但就算她沒騙他，她憑什麼白拿他的東西呢？

方璐頓覺得自己無地自容，她垂下雙眸頹然地說：「承哥，我要回去了，這個學期完了以後，我就回去了。」

魏承翰一愣：「你家裡不是……」

「我家裡根本沒事。我來你身邊是另有目的的，我為了我妹妹而來，我甚至連名字也是騙你的，我根本不叫方璐……」

方璐過了半晌，終於顫著嗓子將所有的來龍去脈告訴魏承翰，包括她妹妹和他弟弟的瓜葛，她來舊金山的目的，她接近他的方法。愈說明白，她便愈厭惡自己的虛偽。

魏承翰聽完一聲不吭，只是平平淡淡地問：「……除了你妹妹的事，你說過的那些夢想也是騙我的嗎？」

方璐一愣，搖搖頭。

魏承翰掀起一個淡然笑容，乾淨俐落地說：「那麼其他的事也沒關係了，這是我給你的。」

怎麼會沒關係？「為什麼要為我做這些，為什麼要賣車？你明明很喜歡陪你很久的雪佛蘭——」

「可是我也——」魏承翰幾乎要脫口而出，可是他還是止住了。他神情複雜地看著方璐：「……也許因為這樣你才需要我。一個人如果無時無刻都如此強大，那麼她根本不需要擁抱，不需要陪伴，也不需要被愛。方璐，我是一個很貪心自私的人，我希望你不那麼完美，你懂嗎？」

方璐的腦子一片混亂，木然地說：「我不懂，你要麼就說明白一點，不然我不懂。」

「你長大了，你有能力去實現自己的夢想，我想你去開一間工作室，」魏承翰摸了摸她的頭：「你要拍一齣你真心喜歡的電影，用你認可的演員，說你那些不知天高地厚又觸動人心的故事，起碼這件事我知道你能搞得定的。」

「不，考試、論文、答辯……我都能一一搞定，可是那又怎樣呢？不代表我能搞定我的人生。」

「我就說你們這些小女生真麻煩，平時說得囂張，一到這些關頭又臨陣退縮，還愛哭。」魏承翰深深嘆氣，伸手抹去她的淚水：「我們來做個交換吧，你要是肯收了這筆錢開工作室，那麼我也會去考藝校。你不是說你是我的命運，你是來逼我重新出發的嗎？那麼你成功了。

「但你忘了一點，我也是你的命運，你躲不過避不掉的。」

方璐茫然地對上他的臉，見他把支票和半張紅紙放到她手上，力道不容拒絕。定神細看，半張紅紙上只有兩句——綠柳蒼蒼正當時　任君此去作乾坤。寥寥數字，卻彷彿有千言萬語，都是他萬事大吉，所向披靡的祝願。

「方璐，」魏承翰最後的話輕如耳語，低如浮塵：「別再問為什麼，長大後你便知道做人，無論快樂還是不快樂，相聚還是分離，都沒有那麼多為什麼。」

包括我喜歡你的這回事，其實從來也沒為了什麼。

*

舊金山國際機場設計得不太聰明，國際航廈的離境口設得小小的，故此總是洩得人山人海。方璐拿著小行李箱焦急地翹首等待，直至身邊那些依依不捨的旅客全都擁抱或親吻完入閘了，她還是拿著登機證呆呆地佇立。

終於在最後五分鐘，人群裡冒出一個高䠷身影。穿著白色襯衫的男人抓住西裝外套往離境口奔跑過來，那個人邊跑邊扯鬆領帶，領口隨他的動作微微敞開，露出了線條分明的鎖骨。夕陽餘暉在他的黑髮鍍起光邊，像是要把橙黃的柔光全注在他身上，令路過的人都不禁偷偷注視。男人匆匆跑至離境口，見到了方璐，才彎下腰不停喘息。

方璐呼一口氣：「我還以為你趕不及了。」

明顯是打理過自己的魏承翰抬起頭來，儘管跑得喘氣，還是不忘裝帥：「開玩笑，老子沒了雪佛蘭，騎摩托車還是能風馳電掣橫掃整個舊金山。」

方璐直接無視廢話，心急如焚地問：「藝校面試怎麼樣了，表演題目是什麼？」

魏承翰不發一言地搖搖頭，順平氣息後陷入一陣緬懷。他仰頭環看四周，彷彿一切都是浮光掠影，連眼前的這個人也即將遠去。

「還記得這裡嗎？那一天我也是在這裡接到你。」魏承翰低頭望向方璐，漫不經心、一字一句地說：「我曾經以為自己活得潦倒是沒有理由的，但原來世界給我大片黑暗，就是讓我更容易看見那點光。那天我一抬頭才知道，你是我的星星。」

方璐一愣，刷紅了臉有點局促：「什麼星星……不發光的那種猩猩嗎？」

「不，是在茫茫星海裡，突然掉下來被我剛好接住的流星。」

魏承翰伸手摸了摸她的眉眼，指尖微顫：「你知道嗎，星星不動，就算多亮也沒人會發現，但當它掉下來劃過天際，哪怕只有一瞬，那溢出的光也很好看。你來或走，永遠都是我心裡的光。」

方璐屏息，心頭開始泛起細碎的疼痛，心亂如麻。

「信了嗎？」

「啥？」

魏承翰用手掌包住她的頭，大力揉了揉：「你信了的話，即是我的演技精湛，這下肯定過了。不是我說，老外的表演題目真不靠譜，居然只給一個單詞叫我自由發揮：Star！去他的，星什麼，星巴克嗎？」

方璐面無表情地看著魏承翰，話是從牙縫裡擠出來的：「……混蛋，我走了。」

「方璐——」魏承翰站在欄外目送方璐的身影離開，可在最後一刻他還是問了：「還未告訴我，你到底叫什麼名字？」

方璐一愣，然後趕緊說：「我叫方——」

「算了，別告訴我，」魏承翰打斷了她，笑得譏誚：「我還是不要知道，待有一天你的電影在這邊都能上映了，我便知道你的名字了。方大導，到時有群演空缺要找我啊。」

「嗯，方導答應你。」

方璐忍著淚，別過頭一直往前走，儘管走得搖搖欲墜，還是離開了他，離開了舊金山。

她想，這些年有一個人衝進她的青春，撞碎一些事物，也總有一個人在混亂過後攙扶她的人生，默默善後。對她而言，這兩個人都是他。

她曾經是一個留學生，但有時她覺得，她永遠還未畢業。

失去了未來延續，哪怕綴滿現在每分每秒的思念，陷在回憶裡無法動彈的我們也不長大，我們只是在不停老去。

她想，大概世界上最難擺脫的悲傷，是在熙來攘往的生命裡，和不再在場的你一起生活。幻看著回憶中的你成長、看著你灑脫、看著你帶著我累積的哀傷，終究蛻化成我未來陌生的模樣。

(六)

「柔嘉，你這樣我真的很難做啊，下次這樣的影展你要是再來一個特別剪輯版，能不能先跟我說一聲啊……」影展開幕禮結束後，製片人抹一把冷汗，在回程的房車上對方柔嘉抱怨說。

方柔嘉淺笑道：「突然加了個電影彩蛋，不是挺有話題性的嗎？」

製片人無力地扶額：「你這股操作的確可以炒一波熱度，可是其他發行商會投訴的呀，他們手上的片子又沒你這段彩蛋。」

「方導，明天的通稿我打出來了，你要看一下嗎？還有公司的公關剛打來問，最後片尾那個演員的真名是什麼？他們說已經有廠商想找他試鏡喔。」方柔嘉的助手看準空隙，連題發問。

「真名？字幕上打了什麼就是什麼。明天通稿加上他的照片，別用片尾彩蛋的截圖，醜死了，我發你一張比較能看的。」方柔嘉一邊除下耳環，一邊指示說。

「方導，他是何方神聖啊，你這樣捧他他必紅呀。」

方柔嘉把頭依在車窗上，凝望著她熟悉的舊金山：「我也不知道他在哪裡，但我還是想他好好的，這是我跟他的約定……這個世界給我榮耀，我便想分他一份。」

說罷，她低頭看了眼助手寫好的通稿——

舊金山影展完美開幕《唐人街》彩蛋突現驚喜

《唐人街》講述失憶症女子方璐（李夢思飾）一天醒來，竟然帶著攝像機回到六十年代的舊金山唐人街。每天醒來就忘記前一天記憶的她，每日透過攝影機錄下的新影像，在一個又一個平凡的日暮裡奔跑街角，重新尋找昔日摯愛……

華人女導方柔嘉新作《唐人街》除了故事感人，拍攝手法也別有用心。為配合女主角失憶的設定，電影中一直以逆光及失焦鏡頭的手法呈現男主角的面貌，但依然能讓觀眾熱淚盈眶，更獲影評人一致好評。昨日在舊金山舉行的國際影展上，作為開幕電影的《唐人街》在片尾釋出神秘彩蛋，男主角的廬山真面目終於揭開！難道是續集的預示？

——舊金山影展當日《唐人街》放映廳——

大銀幕上片尾名單徐徐滾動完畢——一個男子的臉龐倏地近鏡出現，鏡頭跟著抖動了一下。忽遠忽近之間，只見他身穿紅色的針織毛衣，脖子上圍著略顯得短小的圍巾。

「這部攝影機怎麼弄的啊……平常看丫頭按這個鍵……可惡，應該行了吧？」

男人走遠了點，在斜陽照過的客廳中正襟危坐，一臉厲色地說：「方璐，老子我跟你說，今天我——唉不行、又不是江湖談判。

「方璐，不好意思，我想跟你說的是……靠，我還是十八歲小鮮肉嗎？

「方璐，我是不厚道……兔子都不吃窩邊草但我竟然……啊——好煩。」

最後他抬起頭，目光如炯的雙眼凝視鏡頭，彷彿無論那個人在或不在，他都能看進對方的眼眸。

「方璐，我喜歡你，行了吧？我魏承翰喜歡你，比世界上任何一個人都要喜歡。就算你畢業了要回去了，我還是這麼喜歡。我錄下來了，你別不認帳。就算我們之後不得不告別，也請你別忘記，在這個世界上、在這條唐人街裡——永遠會有一個人這麼喜歡你。」

後記

寫這本書的時候疫情開始肆虐，然而書的標題《告別你的全世界》是一早便定了下來的，於是每天一邊把自己困在房間裡忙不迭地寫，一邊看著外面的確診數字急升，都覺得自己搞不好真的在告別整個世界。

已經看完全書的你，應該會發現本書內十五個故事的結局都是以分離告終的，但它們都不一定是以悲傷作結——無論身處何方，人與人之間的告別有時無奈至極，有時滿懷恨意，有時包含祝福，有時期待已久……告別後我們可能孤身一人，但我們絕不只剩下悲傷。《告別你的全世界》中的「你」，可以是你腦海中的那個他／她／它，甚至可以是你自己。不管是誰，告別以後，你的世界從此要掀開全新的一章。

從前我在Instagram上發表的文字都是基於自身經歷，但我其實不太喜歡把自己平臺上的文字照搬出版。於是當出版社向我邀稿時，我便決定要為這本書寫一些全新的故事。寫作的時候比較困難的地方是除了香港和日本以外，我都沒有在書中的其他城市長期生活過，在描寫城市的細節上成了一件好玩又痛苦的事。若你恰好身處故事中提及的地方而又在我筆下看見破綻，請不要見怪。

本書內的故事有些比較現實、有些則天馬行空，只因我是一個比較貪心的人，每個故事的背後各自都有我想要表達的訊息、以及我選擇這個城市做背景的原由。如果你有興趣知道更多，歡迎移步到我的Instagram，閱讀hashtag #告別你的全世界後記。

毛姆說過：「偉大作家需要的不只是文筆，而是激情和敘述欲。」我當然不是偉大的作家，也沒有足夠好的文筆，然而每一天，我都希望自己能保持激情和敘述欲，透過寫作去表達心裡相信的那些美好。也曾經有人說過：「寫作應該是為了一些人事甚至更大的理念。」我實在感到慚愧又自憐，因為即使到了今天，我其實都是為了滿足自己而寫作。一個人如果不能先滿足自己，也帶不了什麼感動給旁人，我是一個自私的作者，只想擁抱筆下許多的溫柔。

當然有時也會想，要是這本書的某個故事能令一個讀者哭一哭就好了，那麼那些半夜裡攢積的悲傷也有了共鳴的意義。「世上傷害人的人不一定明白溫柔的意義，但所有溫柔的人，都是被傷害過的。」年輕的我為什麼要承受這樣的痛呢，大概就是為了讓長大後的我把過去的歲月攤開來，踉蹌地賦予它一些價值。

最後藉此機會謝謝我的男友兼本書插圖的攝影者，每次我感到寫不下去的時候，看見他仍然孜孜不倦地拍攝這個世界，彷彿用行動證明給我說：只要這個世界一天還未崩塌，就有值得記錄的地方。我也因此失去了對靈魂匱乏的恐慌。還有感謝皇冠出版社的編輯們對我的鼓勵與支持。最後當然要感謝你、還在溫柔地細閱我的文字的你。

寫這篇後記時，外面的世界仍在騷動，疫情、紛爭和戰火均未有偃旗息鼓的跡象。希望你看完這本書的那一刻，翻天覆地的混亂已經平息——如果還未平息，只願這本書能帶給你一絲慰藉，在這個告別聲不停交錯的世界。

二〇二〇年八月　香港

國家圖書館出版品預行編目資料

告別你的全世界 / 伊芙著. -- 初版. -- 臺北市：皇冠，2020.10
面； 公分. --（皇冠叢書；第4884種）(有時；14)
ISBN 978-957-33-3606-8(平裝)

857.63 109014414

皇冠叢書第4884種
有時 14

告別你的全世界

作　　者—伊芙
發 行 人—平雲
出版發行—皇冠文化出版有限公司
臺北市敦化北路120巷50號
電話◎02-27168888
郵撥帳號◎15261516號
皇冠出版社（香港）有限公司
香港上環文咸東街50號寶恒商業中心
23樓2301-3室
電話◎2529-1778　傳真◎2527-0904
總 編 輯—許婷婷
責任編輯—陳怡蓁
美術設計—嚴昱琳
著作完成日期—2020年6月
初版一刷日期—2020年10月

法律顧問—王惠光律師

讀者服務傳真專線◎02-27150507
電腦編號◎569014
ISBN◎978-957-33-3606-8
Printed in Taiwan
本書定價◎新台幣380元／港幣127元